Markus Bauder, Volker Holzer, Thomas Paaß, Ulrich Patzig, Christian Seifritz

Holzer Stofftelegramme Wirtschafts- und Sozialkunde (Gesamtwirtschaft), Gemeinschaftskunde

Kompetenzbereiche I–IV
Industriekauffrau/-mann
Groß- und Außenhandelskauffrau/-mann
Kauffrau/-mann für Spedition und Logistikdienstleistung
Immobilienkauffrau/-mann
Kauffrau/-mann für Marketingkommunikation
u. a.

Baden-Württemberg

Lösungen

3. Auflage

Bestellnummer 14905

Bildungsverlag EINS
westermann

service@westermann.de
www.westermann.de

Bildungsverlag EINS GmbH
Ettore-Bugatti-Straße 6-14, 51149 Köln

ISBN 978-3-427-**14905**-7

westermann GRUPPE

Inhaltsverzeichnis

Wirtschafts- und Sozialkunde (Gesamtwirtschaft)

Kompetenzbereich I: In Ausbildung und Beruf orientieren

Kompetenzbereich II: Wirtschaftliches Handeln in der Sozialen Marktwirtschaft analysieren

Kompetenzbereich III: Wirtschaftspolitische Einflüsse auf den Ausbildungsbetrieb, das Lebensumfeld und die Volkswirtschaft einschätzen

Kompetenzbereich IV: Entscheidungen im Rahmen einer beruflichen Selbstständigkeit treffen

Gemeinschaftskunde

Prüfungsaufgaben Sommer 2019

Kompetenzbereich I: In Ausbildung und Beruf orientieren

1 Duales Ausbildungssystem

1.1 Grundlagen: Beteiligte, Lernorte, Ausbildungsordnung

1. • Berufsbildungsgesetz
   • Ausbildungsordnung
   • Jugendarbeitsschutzgesetz
   • Berufsausbildungsvertrag

2. **Duales Ausbildungssystem:** Kombination zwischen praktischer und theoretischer schulischer Ausbildung

   Lernort Betrieb: Auszubildender erhält praktische Berufsgrundbildung. Basis der Ausbildung:
   - Berufsausbildungsvertrag
   - **Berufsbildungsgesetz**: enthält u. a. Bestimmungen über Rechte und Pflichten des Auszubildenden sowie über die Ausbildungsordnung (s. u.)

   Lernort Berufsschule: Auszubildender erhält theoretische Ausbildung. Basis der Ausbildung:
   - Schulpflicht
   - Lehrpläne
   - Schulgesetze der Länder

3. **Inhalte der Ausbildungsordnung (§ 5 Berufsbildungsgesetz):**
   - Bezeichnung des Ausbildungsberufes
   - Ausbildungsdauer (zwei bis drei Jahre)
   - Ausbildungsberufsbild: Fertigkeiten und Kenntnisse, die Gegenstand der Ausbildung sind
   - Ausbildungsrahmenplan: Anleitung zur sachlichen und zeitlichen Gliederung der Fertigkeiten und Kenntnisse
   - Prüfungsanforderungen

4. **Ausbildungsberufsbild:** Beschreibung der Fertigkeiten und Kenntnisse, die Gegenstand der Ausbildung sind

5. **Ausbildungsrahmenplan:** schriftliche Anleitung zur sachlichen und zeitlichen Gliederung der Vermittlung der notwendigen Fertigkeiten und Kenntnisse des jeweiligen Ausbildungsberufes

1.2 Das Ausbildungsverhältnis mit Exkurs Zeugnis

1. mindestens ein Monat, maximal vier Monate

2. während Probezeit jederzeit ohne Angabe von Gründen fristlos kündbar

Nach Probezeit: unkündbar

Ausnahmen:
- fristlose Kündigung bei wichtigem Grund
- Aufgabe Berufsausbildung (Frist vier Wochen)
- andere Berufsausbildung (Frist vier Wochen)

3. **Rechte:**
- Vergütung
- Fürsorge
- Ausbildung gemäß Ausbildungsziel
- Bereitstellung der Ausbildungsmittel ...
- Urlaub
- Freistellung zur Berufsschule
- Zeugnis

Pflichten:
- Dienstleistung
- Berufsschulbesuch
- Berichtsheft führen
- Lernpflicht
- Schweigepflicht
- Weisungen befolgen ...

4. Berufsbildungsgesetz, Jugendarbeitsschutzgesetz

5. Schriftform

6. mit Bestehen der Abschlussprüfung bei der IHK

7.
- Selbstständigkeit
- Teamfähigkeit
- Verantwortungsbereitschaft
- Fähigkeit zur Problemlösung
- Kommunikationsfähigkeit
- Denken in Zusammenhängen
- Eigeninitiative
- Kreativität

8. a) **Vereinbarung I:** Vorrang des Betriebes gesetzeswidrig, weil
- Berufsschulpflicht besteht für den Auszubildenden und Pflicht zur Freistellung zum Besuch der Berufsschule für den Ausbilder.
- Ein Entgeltausfall darf durch den Besuch der Berufsschule nicht eintreten.

Vereinbarung II: Probezeit
- ist zu lang; maximal vier Monate, Probezeit endet am 31.12.2013.
- Beendigung des Ausbildungsverhältnisses fristlos und ohne Angabe von Gründen ist während der Probezeit möglich.

Vereinbarung III: Tätigkeiten

Diese Vereinbarung ist ungültig, denn Auszubildenden dürfen nur Aufgaben übertragen werden, die dem Ausbildungszweck dienen. Hausmeisterarbeiten gehören nicht dazu.

Vereinbarung IV: Urlaubsregelung
- Die Mindesturlaubsdauer beträgt 24 Werktage; dies gilt auch für volljährige Auszubildende.
- Für Auszubildende unter 18 J. gelten längere Regelungen, abhängig vom Alter.
  15-jährige = 30 Werktage, 16-jährige = 27 Werktage,
  17-jährige = 25 Werktage. Der Auszubildende hier ist zu Beginn des Kalenderjahres noch keine 17 Jahre alt (Geburtstag am 25.05.2013); er hat also Anspruch auf 27 Werktage, d. h. Anspruch auf neun Werktage im Jahr 2013.

ba) Die Kündigung ist rechtens; in der Probezeit kann fristlos gekündigt werden.

bb) Die Kündigung ist nicht rechtens. Für eine fristlose Kündigung nach der Probezeit muss ein wichtiger Grund vorliegen. Das ist hier nicht der Fall. Eine fristgerechte (vier Wochen) Kündigung wäre möglich, wenn Jan die Berufsausbildung ganz aufgeben möchte bzw. eine andere Berufsausbildung absolvieren möchte.

bc) Wenn Erdan die Abschlussprüfung insgesamt besteht, endet die Ausbildung mit der Bekanntgabe des Ergebnisses. Dies ist am Tag der mündlichen Abschlussprüfung der Fall. Das Ausbildungsverhältnis endet am 15.07.2013.

bd) **Einfaches Zeugnis:**
Angaben über Art, Dauer und Ziel der Berufsausbildung sowie erworbene Kenntnisse und Fertigkeiten
Qualifiziertes Zeugnis:
zusätzliche Angaben über Verhalten (Führung) und Leistung

9. a) Hallo Ursel, grundsätzlich können laut § 20 BBiG Probezeiten von 1–4 Monaten vereinbart werden, und damit können auch Unterschiede bei Auszubildenden entstehen. Deine Probezeit von 6 Monaten ist jedoch aufgrund des Gesetzes nicht zulässig.

b) Hallo Kevin, da du noch nicht volljährig bist, gilt für dich das Jugendarbeitsschutzgesetz. Hier ist in § 8 Abs. 1 klar geregelt, dass Jugendliche maximal acht Stunden täglich und 40 Stunden wöchentlich arbeiten dürfen. In Ausnahmefällen auch 8,5 Stunden, sofern die 40 Stunden in der Woche nicht überschritten werden. Damit sind die Überstunden nicht rechtmäßig.

c) Hallo Sabrina, die getroffene Vereinbarung verstößt gegen das Gesetz. Laut § 17 Abs. 1 BBiG muss die Vergütung jährlich ansteigen.

d) Hallo Armin, laut § 13 Nr. 6 BBiG bist du während deiner Ausbildung verpflichtet, Stillschweigen über betriebsinterne Geheimnisse zu wahren. Eine fristlose Kündigung ist laut § 22 Abs. 2 Nr. 1 BBiG nur aus einem wichtigen Grund zulässig. Hierzu können die Weitergabe interner Informationen gezählt werden. Damit ist die Kündigung rechtmäßig.

e) Hallo Nina, laut § 15 BBiG und § 9 JArbSchG muss dein Chef dich für die Berufsschule freistellen.

Test → **Ausbildungsvertrag I – Lösungen**

1., 2., 3. Versuch | Erzielte Punkte

1

An der beruflichen Ausbildung sind **zwei Partner** beteiligt: **Berufsschule** (1) und **Ausbildungsbetrieb.** (1)

1. 2 | 2. 2 | 3. 2

2

Vorteile des dualen Systems	Nachteile des dualen Systems
• Die Ausbildung wird **abwechslungsreicher.** (0,5)	• Die **Abstimmung** der Ausbildungsinhalte zwischen **Betrieb** und **Schule** ist häufig **schwierig** (0,5) umzusetzen.
• Die Ausbildung erfolgt **praxisbezogen,** da sie sich überwiegend im Betrieb abspielt. (0,5)	• **Ausbildungsplatzangebot** der Betriebe ist **unzureichend.** (0,5)

1. 2 | 2. 2 | 3. 2

3

- **Berufsbildungsgesetz** (BBIG) (1)
- **Jugendarbeitsschutzgesetz** (JArbSchG) (1)

1. 2 | 2. 2 | 3. 2

4

- **Ausbildende** (1)
- **Auszubildende** (0,5)
- Bei Minderjährigen ist die **Unterschrift** des **gesetzlichen Vertreters** notwendig. (0,5)

1. 2 | 2. 2 | 3. 2

5

- **Schriftform** (1) Ausfüllen eines bundeseinheitlichen Vordruckes
- Bei der **IHK** (1) (ist für die kaufmännische Ausbildung zuständig) erfolgt die Eintragung in das Verzeichnis der Ausbildungsverhältnisse („Lehrlingsrolle").

1. 2 | 2. 2 | 3. 2

6

- **Beginn** und **Dauer** der **Ausbildung** (1)
- **Dauer** der **Probezeit** (1)
- Höhe der Ausbildungsvergütung usw.
  Siehe § 11 BBiG.

1. 2 | 2. 2 | 3. 2

Tragen Sie Ihre Punktesumme ein und ermitteln Sie auf dem Aufgabenblatt Ihre Note.

Punktesumme 1. 12 | **Punktesumme** 2. 12 | **Punktesumme** 3. 12

Test → Ausbildungsvertrag II – Lösungen

1., 2., 3. Versuch | Erzielte Punkte

1

Pflichten des Auszubildenden § 13 BBiG	Pflichten des Ausbildenden § 14 ff. BBiG
• **Lern**pflicht → 0,5	• **Ausbildungs**pflicht → 0,5
• **Schweige**pflicht → 0,5	• **Freistellung** zum **Berufsschulbesuch** → 0,5

1. 2 | 2. 2 | 3. 2

2

mindestens **1 Monat**, 0,5 maximal **4 Monate** 0,5 (§ 20 BBiG)

1. 1 | 2. 1 | 3. 1

3

Beide Partner sollen sich **kennenlernen** → 0,5
und
die **Berufseignung und -neigung** überprüfen können. → 0,5

1. 1 | 2. 1 | 3. 1

4

a) Während der Probezeit kann jeder Vertragspartner, also auch der Arbeitgeber, **fristlos** kündigen (§ 22 Abs. 1 BBiG). → 1
Da Deborahs Arbeitgeber die **Schriftform** nicht beachtete, ist die Kündigung **unwirksam** → 0,5 (§ 22 Abs. 3 BBiG). → 0,5

b) Eine **fristlose Kündigung** → 0,5 ist **nach Ablauf der Probezeit nicht möglich.** 0,5 Da bei Kim ein **Berufswechsel** 0,5 vorliegt, beträgt die Kündigungsfrist **vier Wochen** 0,5 (§ 22 Abs. 2 BBiG).

1. 4 | 2. 4 | 3. 4

5

a) Der Ausbildungsbetrieb muss ein **einfaches Zeugnis** ausstellen. → 1
(§ 16 Abs. 2 BBiG)

b) Das Zeugnis enthält Angaben über **Art, Dauer** → 1 und Ziel der Berufsausbildung sowie über die erworbenen Fertigkeiten und Kenntnisse des Auszubildenden (§ 16 Abs. 2 BBiG).

c) Auf Verlangen des Auszubildenden sind Angaben über **Führung, Leistung** → 1 und besondere fachliche Fähigkeiten aufzunehmen (§ 16 Abs. 2 BBiG).

d) Es handelt sich um ein **qualifiziertes Zeugnis** → 1 (§ 16 Abs. 2 BBiG).

1. 4 | 2. 4 | 3. 4

Tragen Sie Ihre Punktesumme ein und ermitteln Sie auf dem Aufgabenblatt Ihre Note.

Punktesumme 1. 12 | **Punktesumme** 2. 12 | **Punktesumme** 3. 12

1.3 Konfliktsituationen und Lösungsmöglichkeiten

1. Konflikte sind meist die Folge von **Kommunikationsstörungen**. Nur 10 % der Konflikte sind auf unterschiedliche Auffassungen über eine **Sachfrage** zurückzuführen. In 90 % aller Konflikte geht es „eigentlich" um die **Beziehung**, die beide Konfliktpartner zueinander haben.

2. **Mobbing** liegt vor, wenn der Konflikt über einen **längeren Zeitraum besteht**, die angegriffene Person unterlegen ist, die Angriffe **absichtsvoll und geplant** erfolgen, mit dem Ziel, das Mobbingopfer **auszustoßen**.

3. **Kommunikationsregeln** für ein Konfliktgespräch:
   - Person des Gesprächspartners achten; nur sachliche Kritik vortragen
   - keine Vorwürfe, nicht verletzen
   - Gesprächspartner nicht ins Wort fallen, ausreden lassen
   - Probleme des Gesprächspartners ernst nehmen, nichts herunterspielen
   - gemeinsam nach Lösungen suchen
   - keine Lösungen aufdrängen

4. **Ablauf eines Konfliktgesprächs:**

1.	Konflikt gemeinsam genau **beschreiben**: Worum geht es eigentlich? Typische Frage: „Wie siehst du das?" (keine Vorwürfe, nicht unterbrechen)
2.	Persönliches Anliegen und Betroffenheit durch **Ich-Botschaften** ausdrücken. Nicht gleich nach Lösungen suchen. Typische Redewendungen: „Mir geht es dabei ...", „Für mich bedeutet das ...", „Ich möchte gern ...", „Ich fühle mich ..."
3.	Gemeinsam nach **Lösungsmöglichkeiten** suchen. Typische Fragen: „Was können wir tun?", „Was hältst du von ...?"
4.	Gemeinsam **Vereinbarungen** beschließen. „Können wir uns darauf einigen ...?", „Ich werde ... tun und du wirst auf ... achten."

5. **Stufenplan zur Konfliktbewältigung:**

1.	**Konfliktsignale wahrnehmen**	• Widerspruch (Drohung, Beleidigung, Polemik) • Aufregung (Unruhe, Streit, Fraktionsbildung) • Ausweichen (Schweigen, Blödeln) • Lustlosigkeit (Desinteresse, Unaufmerksamkeit) • Krankheit (hohe Fehlzeiten), hohe Fluktuation
2.	**Konfliktursache feststellen**	• Sachfragen (unterschiedliche Vorstellungen) • Beziehungsebene (Sympathie, Antipathie) • Führungsfehler (Bevorzugung, autoritäre Führung) • Organisationsmängel (Über-, Unterorganisation)
3.	**Konflikt handhaben**	• Rückzug (Umgehung, Vermeidung, Verdrängung) • Durchsetzen (Gewinner)/Nachgeben (Verlierer) • Kompromiss (beide geben teilweise nach) • Konsens (gemeinsame Vereinbarung) • Intrige, Sündenbock suchen
4.	**Rückmeldung (Feedback)**	• Ich-Botschaften geben • zeitliche Nähe beachten • Bezug auf eine konkrete Situation • Bezug auf das Verhalten (nicht auf die Person) • Abmahnung, wenn keine Besserung

2 Schutzbestimmungen für Mitarbeiter am Arbeitsplatz

2.1 Das Jugendarbeitsschutzgesetz

1. Personen unter 18 Jahren

2. Kinder, Jugendliche unter 15 Jahren

3. Berufsausbildungsverhältnis oder leichte Tätigkeiten mit Einwilligung der Eltern ...

4.
- Beschäftigungsverbote
- Arbeitszeiten
- Berufsschulbesuch
- Ruhepausen
- Urlaub
- gefährliche Arbeiten

Test → **JarbSchG – Lösungen**

1., 2., 3. Versuch | Erzielte Punkte

Nr.	Lösung	Punkte	1. Versuch	2. Versuch	3. Versuch
1	Jugendliche stehen noch in ihrer **geistigen und körperlichen Entwicklung** und sind deshalb **besonders schutzbedürftig** vor **Überforderung, Überbeanspruchung** und **Gefahren.**	1, 2	3	3	3
2	Beschäftigte Personen, die mindestens 15, maximal 17 Jahre alt sind.	1, 1, 1	3	3	3
3	• Akkordarbeit (1) • gesundheitsgefährdende Arbeiten (1) • Arbeiten, die die Leistungsfähigkeit der Jugendlichen übersteigen (1)	1, 1, 1	3	3	3
4	Gewerbeaufsichtsamt	1	1	1	1
5	• Geld- oder Freiheitsstrafe (1) • Bei mehrmaligem Vergehen: Beschäftigungsverbot für Jugendliche (1)	1, 1	2	2	2

Tragen Sie Ihre Punktesumme ein und ermitteln Sie auf dem Aufgabenblatt Ihre Note.

Punktesumme 1. 12 | Punktesumme 2. 12 | Punktesumme 3. 12

2.2 Arbeits-, Unfall-, Gesundheits- und Kündigungsschutz

1. a) • Arbeitsschutzgesetz (Inhalte: Arbeitssicherheitsgesetz, Arbeitsstättenverordnung, Gefahrenstoffverordnung, Bildschirmarbeitsverordnung, Betriebssicherheitsverordnung)
   • Gewerbeordnung
   • Vorschriften der Berufsgenossenschaften

   b) Gewerbeaufsichtsämter, Berufsgenossenschaft, Sicherheitsbeauftragter im Betrieb bei mehr als 20 Beschäftigten

   c) **Unternehmerpflicht:** geeignete Maßnahmen für Arbeits-, Gesundheits- und Unfallschutz der Beschäftigten treffen; Gefahren minimieren, z. B. hinsichtlich Umgebungsbedingungen (Beleuchtung, Lüftung, Staub- und Gasbeseitigung, Schutzvorrichtungen), Arbeitsbedingungen (einseitige Belastung, Monotonie, Körperhaltung), persönlichen Eigenschaften (Alter, werdende Mütter, Erfahrung)

2. a) **Allgemeiner Kündigungsschutz:** Schutz vor sozial ungerechtfertigter Kündigung
   Kündigung in folgenden Fällen unwirksam:
   • Der Arbeitgeber liefert keinen Kündigungsgrund.
   • Die Kündigung ist betrieblich nicht notwendig.
   • Soziale Gesichtspunkte wurden bei der Auswahl nicht ausreichend berücksichtigt.

   b) Arbeitnehmer, die mindestens sechs Monate im gleichen Betrieb sind; Betrieb hat mehr als zehn Arbeitnehmer

3. **Betriebsratsmitglieder und Jugendvertreter:** während Amtszeit und innerhalb eines Jahres danach nicht kündbar. Ausnahme: fristlose Kündigung bei wichtigem Grund.

   Werdende Mütter: während der Schwangerschaft bis vier Monate nach Entbindung, während Elternzeit

   Schwerbehinderte: Hauptfürsorgestelle muss der Kündigung zustimmen.

   Auszubildende: nach der Probezeit unkündbar; Ausnahme: fristlose Kündigung bei wichtigem Grund.

4. a) unkündbar (Ausnahme: fristlos/wichtiger Grund)

   b) Während Probezeit: fristlos/wichtiger Grund
   Nach Probezeit: unkündbar (Ausnahme: wichtiger Grund)

5. schwere körperliche Arbeiten, Akkord-, Fließarbeit, Mehr-, Nacht-, Sonn- und Feiertagsarbeit

3 Mitwirkung und Mitbestimmung nach dem Betriebsverfassungsgesetz

3.4 Aufgaben zu den Kapiteln 3.1–3.3

1. **Für Mitbestimmung:**
   - Interesse und Motivation der Arbeitnehmer am Betrieb steigen.
   - Demokratisierung der Wirtschaft
   - Humanisierung des Arbeitslebens
   - Gegenseitige Abhängigkeit von Arbeit und Kapital erfordert Mitbestimmung.

   Gegen Mitbestimmung:
   - Erschwerung betrieblicher Entscheidungsprozesse
   - Mitbestimmung ohne gleichwertige Mitverantwortung und Risikoübernahme
   - evtl. fehlende notwendige Sachkenntnisse der Arbeitnehmer
   - evtl. Kapitalflucht des in- und ausländischen Kapitals

2. a) **Betriebsrat:** Vertretung der Arbeitnehmer gegenüber dem Arbeitgeber

   b) **Einigungsstelle:** zur Beilegung von Meinungsverschiedenheiten zwischen Arbeitgeber und Betriebsrat

   c) **Betriebsversammlung:**
   - Versammlung aller Arbeitnehmer eines Betriebes während der Arbeitszeit
   - Der Arbeitgeber ist einzuladen.
   - Berichte des Betriebsrats und des Arbeitgebers

   d) **Wirtschaftsausschuss:**
   - in Unternehmen mit über 100 Arbeitnehmern
   - Mitglieder werden vom Betriebsrat bestimmt.
   - Aufgaben:
     - Beratung wirtschaftlicher Angelegenheiten mit dem Unternehmer und Unterrichtung des Betriebsrats
     - Informationsrecht über wirtschaftliche Angelegenheiten

   e) **Betriebsausschuss:** wird gebildet, wenn der Betriebsrat mindestens neun Mitglieder umfasst (§ 27 BetrVG).

   f) **Jugend- und Auszubildendenvertretung:** Vertretung der Belange der Jugendlichen und Auszubildenden (§ 60 ff. BetrVG)

3. Z. B.

> Liebe Kolleginnen und Kollegen,
> Euer Betriebsrat hat unter anderem folgende Aufgaben:
> - Mitarbeiter beraten und sie bei der Durchsetzung ihrer Rechte gegenüber der Geschäftsführung unterstützen
> - kontrollieren, ob die geltenden Gesetze und Verordnungen zum Schutz der Mitarbeiter eingehalten werden
> - Mitbestimmung in sozialen Angelegenheiten
> - Mitwirkung in personellen Angelegenheiten
> - Betriebsversammlung organisieren und leiten
>
> Bei Fragen sind wir gerne für Euch da!
> Euer Betriebsrat

4. a) § 99 BetrVG: **Mitwirkungsrecht des Betriebsrats:**
   - Unterrichtung vor Einstellung
   - Vorlage der Bewerbungsunterlagen
   - Auskunft über Bewerber und Auswirkungen der geplanten Maßnahme
   - Zustimmung und Zustimmungsverweigerung in bestimmten Fällen möglich
   - Möglichkeit des Arbeitgebers bei Zustimmungsverweigerung durch BR: Antrag beim Amtsgericht, die Zustimmung zu ersetzen

   b) § 87 BetrVG: **Mitbestimmungsrecht des Betriebsrats:** Betriebsrat muss zustimmen. Bei Nichteinigung entscheidet die Einigungsstelle.

   c) § 111 f. BetrVG: **Recht auf rechtzeitige und umfassende Unterrichtung und Beratung**; bei Nichteinigung über den damit zusammenhängenden Sozialplan: Unternehmer oder Betriebsrat können den Präsidenten des Landesarbeitsamtes um Vermittlung ersuchen oder die Einigungsstelle entscheidet.

   d) § 90 BetrVG: **Recht auf Information und Beratung**

   e) § 102 BetrVG:
   - Dem Betriebsrat müssen vor Kündigung die Kündigungsgründe mitgeteilt werden.
   - Er kann innerhalb einer Woche in bestimmten Fällen widersprechen (z. B. wenn soziale Gesichtspunkte nicht ausreichend berücksichtigt wurden).
   - Kündigt der Arbeitgeber dennoch, ist die Kündigung zwar wirksam, der Arbeitnehmer kann jedoch auf Feststellung klagen, dass das Arbeitsverhältnis nicht aufgelöst ist. Er muss dann bis Ende des Rechtsstreits weiterbeschäftigt werden.

   f) § 93 BetrVG: Betriebsrat kann verlangen, dass Stellen erst innerbetrieblich auszuschreiben sind. Hier weigerte sich der Arbeitgeber. Folglich kann der Betriebsrat gemäß § 99 Abs. 2 Nr. 5 BetrVG die Zustimmung zu Einstellungen verweigern. Der Arbeitgeber kann beim Arbeitsgericht beantragen, die Zustimmung zu ersetzen (§ 99 Abs. 4 BetrVG).

   g) § 102 Abs. 1 BetrVG: Kündigung unwirksam, da Betriebsrat vorher zu hören ist.

   h) § 102 BetrVG: Da der Arbeitgeber soziale Gesichtspunkte nicht ausreichend berücksichtigte, kann der Betriebsrat innerhalb einer Woche schriftlich Widerspruch einlegen. Kündigt der Unternehmer dennoch, kann Boll Klage auf Feststellung erheben, dass das Arbeitsverhältnis nicht aufgelöst ist. Der Unternehmer muss dann den Arbeitnehmer nach Ablauf der Kündigungsfrist bis zum rechtskräftigen Abschluss des Rechtsstreits weiterbeschäftigen, wenn der Arbeitnehmer dies verlangt. Ist die Klage erfolgreich, muss Boll weiterbeschäftigt werden.

5. - Anhörungs- und Erörterungsrecht in betrieblichen Angelegenheiten, die seine Person betreffen (§ 82 BetrVG)
   - Beschwerderecht bei ungerechter Behandlung (§ 84 f. BetrVG)
   - Einsicht in Personalakte (§ 83 BetrVG)

6. Allgemeine Aufgaben des Betriebsrats (§ 80 BetrVG), z. B.:
   - Überwachung der Einhaltung von zugunsten der Arbeitnehmer geltenden Gesetze und Vorschriften (z. B. Tarifverträge, Betriebsvereinbarungen, Unfallverhütungsvorschriften)
   - Maßnahmen, die dem Betrieb und der Belegschaft dienen, beim Arbeitgeber beantragen
   - Verhandlungen mit Unternehmer über Arbeitnehmeranregungen führen
   - Förderung der Eingliederung von Schwerbehinderten und Ausländern
   - Wahlorganisation und enge Zusammenarbeit mit der Jugendvertretung

7. von der Arbeitnehmerzahl (§ 9 BetrVG)

8. Folgende Gruppen müssen anteilmäßig vertreten sein:
   - Arbeiter, Angestellte
   - Frauen, Männer
   - Betriebsabteilungen
   - unselbstständige Nebenbetriebe

9. Das Wort „muss“ ist falsch. Es ist den Arbeitnehmern freigestellt, ob sie einen Betriebsrat wählen oder nicht.

10. Nein; Wahlberechtigung erst ab 18 Jahre (§ 7 BetrVG)

11. Nein; wählbar sind alle Wahlberechtigten, die mindestens sechs Monate im Betrieb sind.

12. Ja; alle Arbeitnehmer über 18 Jahre (In- und Ausländer) sind wahlberechtigt (§ 7 BetrVG).

13. Ja; der Arbeitgeber ist einzuladen und berechtigt, in der Versammlung zu sprechen (§ 43 BetrVG).

14. a) Kandidat 1: Herr Hanke kann nicht kandidieren. Er ist zwar volljährig, aber erst seit vier Monaten im Betrieb.
    Kandidat 2: Frau Persson kann kandidieren. Sie ist volljährig und länger als sechs Monate im Betrieb. Die Staatsangehörigkeit spielt hierbei keine Rolle.
    Kandidat 3: Frau Junke kann nicht kandidieren, da sie noch nicht volljährig ist (§ 8 BetrVG).

    b) Z. B.
    - JAV vertritt die speziellen Interessen der Jugendlichen und Auszubildenden.
    - JAV unterstützt bei Fragen zur Berufsausbildung.
    - JAV sorgt dafür, dass die geltenden Gesetze für Jugendliche und Auszubildende eingehalten werden.
    - JAV nimmt Anregungen der Jugendlichen und Auszubildenden entgegen.
    - JAV kümmert sich um die Integration ausländischer Jugendlicher und Auszubildender.

    ca) Z. B.
    - Nachhaltigkeit bezeichnet eine Entwicklung, die den Bedürfnissen der jetzigen Generation entspricht, ohne die Möglichkeiten künftiger Generationen zu gefährden, ihre eigenen Bedürfnisse zu befriedigen und ihren Lebensstil frei zu wählen.
    - Nachhaltigkeit bezeichnet eine Entwicklung, in der Ökonomie, Ökologie und soziale Ziele so in Einklang gebracht werden, dass die Bedürfnisse heutiger Generationen befriedigt werden, ohne die Bedürfnisse kommender Generationen zu gefährden.

    cb) Z. B.
    - Auswahl umweltfreundlicher Produkte (Inhalt, Verpackung ...)
    - Auswahl von Produkten, deren Herstellung nicht auf der Ausbeutung anderer Menschen basiert
    - Kunden in der Beratung verdeutlichen, inwiefern ein bestimmtes Produkt zum Umweltschutz beiträgt.
    - Führung des Betriebs unter Beachtung sozialer Gesichtspunkte

cc) Z. B.
- Sicherung der Arbeitsplätze
- Schaffung eines guten Betriebsklimas
- familienfreundliche Arbeitsbedingungen
- übertarifliche Bezahlung
- Gewährung von Zulagen
- Weiterbildungsmaßnahmen anbieten

15. a) Lohnfortzahlung durch den Arbeitgeber sechs Wochen, danach Krankengeld von der Krankenkasse

b)
- Alberto Lopez ist wählbar. Er ist volljährig und länger als sechs Monate im Betrieb. (Staatsangehörigkeit ist irrelevant.)
- Luise Müller ist nicht wählbar. Sie ist zwar volljährig, aber weniger als sechs Monate im Betrieb beschäftigt.

c)
- Wahlberechtigt sind alle Azubis des Betriebes unter 25 Jahren und alle Arbeitnehmer unter 18 Jahren.
- alle Arbeitnehmer des Betriebes, die das 25. Lebensjahr noch nicht vollendet haben
- Die Amtszeit beträgt zwei Jahre.
- Z. B.
  - Wahrnehmung der Belange der Jugendlichen
  - Überwachung der Einhaltung der Gesetze bzgl. Jugendlicher
  - Förderung der Integration der ausländischen Jugendlichen im Betrieb

Test → **Betriebsrat – Lösungen**

1., 2., 3. Versuch	Erzielte Punkte
1. 12	
2. 12	
3. 12	

1

a) Nein, nach dem § 1 BetrVG kann in **jedem Betrieb mit mindestens fünf ständig wahlberechtigten Arbeitnehmern** ein Betriebsrat gewählt werden. → 1

b) Sie hängt von der **Anzahl der wahlberechtigten Arbeitnehmer** ab (§ 9 BetrVG). → 1

c) Der Betriebsrat

- **achtet** u. a. **auf** die **Einhaltung** von Tarifverträgen, Betriebsvereinbarungen, Unfallverhütungsvorschriften usw. → 1 (§ 80 BetrVG),
- **bereitet** die **Wahl** einer **Jugend- und Auszubildendenvertretung vor.** → 1 (§ 80 BetrVG)

d) Aktives Wahlrecht: (§ 7 BetrVG)
Wahlberechtigt sind **alle Arbeitnehmer,** die zum Wahlzeitpunkt das **18. Lebensjahr vollendet** haben. → 1

Passives Wahlrecht: (§ 7 BetrVG)
Wählbar sind **alle Wahlberechtigten,** die zum Wahlzeitpunkt mindestens **6 Monate** dem Betrieb angehören. → 1

e) Die Ansicht von Schnell ist **falsch.** (→ 0,5) Der Betriebsrat hat hinsichtlich der Arbeitspausenregelung ein erzwingbares **Mitbestimmungsrecht,** (→ 0,5) d. h., diese Regelung wird erst mit seiner **Zustimmung wirksam** (§ 87 BetrVG). → 1

f) 4 Jahre → 1 (§ 21 BetrVG)

g) Der Betriebsrat muss einmal im Kalendervierteljahr eine **Betriebsversammlung** abhalten und einen **Tätigkeitsbericht** abgeben (§ 43 BetrVG). → 1

h)

Mitbestimmungsrechte (§ 87 BetrVG)	Mitwirkungsrechte (§ 106 BetrVG)
• **Urlaubsplan** → 0,5	• **Rationalisierungsvorhaben** → 0,5
• **Arbeitszeit** → 0,5	• Einführung **neuer Arbeitsmethoden** → 0,5

Tragen Sie Ihre Punktesumme ein und ermitteln Sie auf dem Aufgabenblatt Ihre Note.

Punktesumme → 1. 12 | Punktesumme → 2. 12 | Punktesumme → 3. 12

Test → **JAV – Lösungen**

1., 2., 3. Versuch | Erzielte Punkte

1.	12	
2.	12	
3.	12	

1

a) Die Wahl einer JAV ist möglich, wenn **mehr als fünf Jugendliche unter 18 Jahren oder Azubis unter 25 Jahren** beschäftigt sind. (§ 60 BetrVG) → 1 → 1

b) Wahlberechtigt sind **alle Arbeitnehmer** unter 18 Jahren und Azubis, die das **25. Lebensjahr noch nicht vollendet haben** (aktives Wahlrecht). (§ 61 Abs. 1 BetrVG) → 0,5 → 0,5

c) Wählbar sind **alle Arbeitnehmer**, die das **25. Lebensjahr noch nicht vollendet haben** = passives Wahlrecht. (§ 61 Abs. 2 BetrVG) → 0,5 → 0,5

d) 2 Jahre → 1 (§ 64 BetrVG)

e) Die Hauptaufgabe der JAV ist **die Vertretung der besonderen Belange der jugendlichen Arbeitnehmer** (§ 60 Abs. 2 BetrVG). → 1

f) Werden **Angelegenheiten** behandelt, die die **jugendlichen Arbeitnehmer** betreffen, so hat zu diesem Tagesordnungspunkt die **gesamte JAV ein Teilnahmerecht.** → 0,5 (§ 67 Abs. 1 BetrVG) → 0,5

g)
- Jugendliche Arbeitnehmer stehen noch in ihrer **geistigen und körperlichen** Entwicklung. Sie haben andere Probleme als ihre erwachsenen Kollegen. → 0,5
- Es sollen ein **Interessenausgleich und ein Miteinander** mit den **Erwachsenen angestrebt** und umgesetzt werden, was zu einem guten Betriebsklima beitragen soll. So entstehen weniger Konflikte, die der Arbeitgeber beheben muss. → 0,5

h) Ja, wählbar sind **alle Jugendlichen,** die **noch nicht 25 Jahre alt sind.** (§§ 60, 61 Abs. 1 BetrVG) → 1 → 1

i) Der Wahlleiter kann die **Stimmabgabe nicht verweigern**, da die ausländischen Arbeitnehmer die Wahlberechtigung mit **Vollendung des 15. Lebensjahres haben**. (§§ 60, 61 Abs. 1 BetrVG) → 1 → 1

Tragen Sie Ihre Punktesumme ein und ermitteln Sie auf dem Aufgabenblatt Ihre Note.

Punktesumme → 1. 12 | Punktesumme → 2. 12 | Punktesumme → 3. 12

4 Tarifvertrag, Arbeitskampf und Betriebsvereinbarung

4.3 Aufgaben zu den Kapiteln 4.1 und 4.2

1. Tarifvertragsgesetz

2. **Arbeitsvertrag:** ein Arbeitgeber – ein Arbeitnehmer

   Betriebsvereinbarung: ein Arbeitgeber – Betriebsrat

   Verbandstarifvertrag: Arbeitgeberverband – Gewerkschaft

   Firmentarifvertrag: ein Arbeitgeber (z. B. VW) – Gewerkschaft

3. Es besteht eine Hierarchie (Gesetz – Tarifvertrag – Betriebsvereinbarung – Arbeitsvertrag):

   Gesetze: Minimalanforderungen für Tarifverträge, Betriebsvereinbarungen und Arbeitsverträge (keine Schlechterstellung!)

   Tarifverträge: Minimalanforderungen für Betriebsvereinbarungen + Arbeitsverträge

   Betriebsvereinbarungen: Minimalanforderungen für Arbeitsverträge

   Arbeitsverträge: Obige Minimalanforderungen sind zu beachten.

4. Arbeitgeberverbände – Arbeitnehmerverbände (Gewerkschaften)

5. a) **Manteltarifvertrag:** regelt allgemeine Arbeitsbedingungen (Urlaub, Arbeitszeit usw.) und gilt mehrere Jahre
   b) **Lohn- und Gehaltstarifvertrag:** Lohn- und Gehaltsvereinbarungen; gilt i. d. R. ein Jahr

6. a) **Tarifvertrag:** Kollektivvereinbarungen zwischen Arbeitgeberverband und Arbeitnehmerverband (Gewerkschaft) für ganze Berufsgruppen einer Branche
   b) **Tarifautonomie:** keine staatliche Einmischung in Tarifverhandlungen
   c) **Koalitionsfreiheit:** Art. 9 GG: Recht zum Zusammenschluss (z. B. zu einem Arbeitgeberverband)
   d) **Tarifbindung:** Tarifvertrag = Mindestbedingungen bei Arbeitsverträgen und Betriebsvereinbarungen
   e) **Friedenspflicht:** Kampfmaßnahmen während der Dauer des Tarifvertrags sind nicht erlaubt.
   f) **Nachwirkung:** Nach Tarifvertragsablauf gilt der alte Tarifvertrag bis zum Neuabschluss.
   g) **Allgemeinverbindlichkeit:** Der Tarifvertrag gilt für **alle** Arbeitgeber und Arbeitnehmer seines Geltungsbereiches, also auch für Nichtmitglieder („Außenseiter"), wenn er vom Bundesarbeitsminister auf Antrag einer Tarifvertragspartei für allgemeinverbindlich erklärt wurde.

7. **Vorteile für Arbeitnehmer:**
   - Garantie von Mindestarbeitsbedingungen
   - Gleichstellung gleich qualifizierter Arbeitnehmer
   - Arbeitnehmer wäre Arbeitgeber evtl. unterlegen, wenn alles im Arbeitsvertrag zu regeln wäre.

   Vorteile für Arbeitgeber:
   - klare Kalkulationsgrundlage, da einheitliche Tarife
   - weniger Konkurrenz bei Personalanwerbung
   - Vertragsinhalte müssen nicht jedes Mal neu ausgehandelt werden (Zeit- und Kostenersparnis).

8. **Rationalisierungsschutz:** Beseitigung bzw. Verminderung der Nachteile bei Rationalisierungsmaßnahmen (Umschulungen, Abfindungen ...)

   Humanisierung der Arbeit: Verbesserung der Arbeitsbedingungen und des Betriebsklimas

9. **Kündigung des Tarifvertrags:**
   - Tarifverhandlungen
   - Schlichtungsverfahren
   - Einigungsvorschlag des Schlichters
   - 1. Urabstimmung
   - Streik
   - Aussperrung
   - neue Verhandlungen
   - 2. Urabstimmung
   - neuer Tarifvertrag

10. a) **Vollstreik:** Alle Arbeitnehmer des Tarifgebietes streiken.
    b) **Schwerpunktstreik:** Arbeitnehmer nur einzelner Betriebe streiken.
    c) **Mini-Max-Streik:** Mit minimalem Streikgeldaufwand (Streik in wenigen Zulieferbetrieben) wird maximale Wirkung erzielt (Lahmlegung eines großen Wirtschaftsbereiches).
    d) **Warnstreik:** kurzfristiger Streik zur Demonstration der Streikentschlossenheit; auch während der Friedenspflicht erlaubt.
    e) **Wilder Streik:** nicht organisierter Streik ohne Urabstimmung; verboten
    f) **Schlichtung:**
       - Verfahren zur Beilegung von Streitigkeiten bei Tarifverhandlungen, um Streiks zu verhindern
       - Das Schlichtungsverfahren endet mit dem Einigungsvorschlag des neutralen Schlichters.
    g) **Aussperrung:**
       - Kampfmittel der Arbeitgeber (Gegenmittel zum Streik)
       - vorübergehende Aufhebung der Arbeitsverhältnisse aller Arbeitnehmer
       - Der Grundsatz der Verhältnismäßigkeit ist zu beachten.

11. Die Aussperrung ist ein notwendiges Gegenmittel der Arbeitgeber gegen Schwerpunkt- und Mini-Max-Streiks („Waffengleichheit") = Hauptzweck. Sie verkürzt den Arbeitskampf und verhindert übertriebene Forderungen der Gewerkschaft.

12. Vor Ablauf des Tarifvertrags besteht Friedenspflicht. In dieser Zeit sind nur Warnstreiks erlaubt. Nach 30.06. sind alle Kampfmaßnahmen denkbar.

13. Da Boll in keiner Gewerkschaft ist, kann untertarifliche Bezahlung vereinbart werden, wenngleich dies nicht üblich ist.
Ist der Tarifvertrag allerdings für allgemein verbindlich erklärt worden, muss auch ihm mindestens der Tariflohn gezahlt werden.

14. a) nein b) ja
c) nein d) nein

15. a) nicht rechtsgültig; wilder Streik
b) rechtsgültig; Warnstreik
c) rechtsgültig; Warnstreik auch während der Friedenspflicht erlaubt
d) nicht erlaubt; ohne vorherigen Streik keine Aussperrung rechtsgültig
e) nicht erlaubt; Verstoß gegen die Koalitionsfreiheit
f) rechtsgültig
g) nicht erlaubt; alle sind wieder einzustellen
h) nicht rechtsgültig; Verstoß gegen Verhältnismäßigkeitsgrundsatz

16. a) **Tariflohn:** Mindestlohn, der nicht unterschritten werden darf
b) **Ecklohn:** Lohn eines 21-jährigen Facharbeiters; er ist die Basis für die Festlegung von Lohnsätzen verschiedener Lohngruppen.

17. a) Lohn- und Gehaltstarifverträge/Entgelt-Tarifverträge sind Verträge mit der kürzesten Laufzeit. In der Regel gelten sie ein Jahr. In ihnen werden fast ausschließlich die Höhe von Löhnen, Gehältern, Ausbildungsvergütungen (Entgelten) geregelt.
b) Der Manteltarifvertrag regelt die allgemeinen Arbeitsbedingungen, wie z.B. Arbeitszeit, Urlaub, Probezeit, Nacht- und Schichtarbeit. Die Laufzeit beträgt mehrere Jahre.
c) Das ist so nicht richtig. Die Regelungen des alten Tarifvertrages gelten weiter solange, bis der neue Tarifvertrag in Kraft tritt.
d) Das geht nicht. Streiks müssen von der Gewerkschaft organisiert werden. Außerdem ist eine Urabstimmung nötig.
e) Bei Tarifvertragsverhandlungen gilt Tarifautonomie, d. h., der Staat darf sich nicht einmischen.
f) Das ist zunächst richtig. Es sei denn, der Tarifvertrag wird für allgemein verbindlich erklärt.
g) Das geht nicht. Eine Aussperrung ist nur als Gegenmaßnahme auf einen Streik möglich.

18. Eine Betriebsvereinbarung ist ein Vertrag zwischen Arbeitgeber und Betriebsrat.

Geltungsbereich: Für alle Arbeitnehmer des Betriebs

Inhalt: Rechte, Pflichten, Vereinbarungen und verbindliche Normen, z. B.
- zusätzliche Maßnahmen zur Verhütung von Arbeitsunfällen
- Sozialeinrichtungen
- Förderung Vermögensbildung

Nur wenn es der Tarifvertrag erlaubt: Arbeitsentgelte, Arbeitsbedingungen

Test → **Tarifvertrag – Lösungen**

	1., 2., 3. Versuch	Erzielte Punkte

1

Tarifverträge werden zwischen **Gewerkschaften** (0,5) und **Arbeitgeberverbänden** (0,5) abgeschlossen.

1. 1 | 2. 1 | 3. 1

2

Der Tarifvertrag ist ein **Kollektivvertrag,** (0,5) in dem **einheitliche Arbeitsbedingungen** (0,5) für die **Arbeitnehmer ganzer Wirtschaftszweige** festgelegt werden.

1. 1 | 2. 1 | 3. 1

3

Merkmale	Manteltarifvertrag	Lohn- und Gehaltstarifvertrag
Laufzeit	• **längerfristig** (ca. 3–5 Jahre) (0,5)	• **kurzfr.** (i. d. R. 1 Jahr) (0,5)
Inhalt	• regelt **allgemeine Arbeitsbedingungen** wie z. B. Urlaub, Arbeitszeit, Urlaubsgeld (0,5)	• enthält die Höhe der einzelnen **Lohn- oder Gehaltsgruppen** (0,5)

1. 2 | 2. 2 | 3. 2

4

Der Ecklohn ist der **Lohnsatz eines 21-jährigen gelernten Facharbeiters** (1) (100 %), von dem die **Abschläge** (0,5) bzw. die **Zuschläge** (0,5) der verschiedenen Lohn- und Gehaltsgruppen berechnet werden.

1. 2 | 2. 2 | 3. 2

5

Tarifautonomie ist das Recht der Tarifpartner, **selbstständig und ohne staatliche Einmischung** (1) Tarifverträge auszuhandeln und abzuschließen.

1. 1 | 2. 1 | 3. 1

6

Mit der Allgemeinverbindlichkeitserklärung gelten die Bestimmungen des Tarifvertrags auch **für die nicht tarifgebundenen Arbeitnehmer und Arbeitgeber.** → (1) (§ 5 TVG)

1. 1 | 2. 1 | 3. 1

7

Arbeitgeber	Arbeitnehmer
• **klare Kalkulationsgrundlage**, da einheitliche Tarife → (1)	• Garantie von **Mindestarbeitsbedingungen** → (1)
• Vertragsinhalte müssen nicht jedes Mal neu ausgehandelt werden **(Zeit- und Kostenersparnis).** → (1)	• **Gleichstellung** von Arbeitnehmern mit gleicher Qualifikation wird sichergestellt. → (1)

1. 4 | 2. 4 | 3. 4

Tragen Sie Ihre Punktesumme ein und ermitteln Sie auf dem Aufgabenblatt Ihre Note.

Punktesumme → 1. 12 | Punktesumme → 2. 12 | Punktesumme → 3. 12

Test → **Arbeitskampf – Lösungen**

	1., 2., 3. Versuch	Erzielte Punkte

1

Streik ist das **Kampfmittel der Arbeitnehmer** (0,5), d. h. **gemeinsame Arbeitsniederlegung der Arbeitnehmer.** (1)

Aussperrung ist das **Kampfmittel der Arbeitgeber** (0,5); man versteht darunter die **vorübergehende Aufhebung der Arbeitsverhältnisse** (0,5) der Arbeitnehmer und die **Nichtzahlung von Lohn/Gehalt**. (0,5)

1. 3 | 2. 3 | 3. 3

2

- **Lohn- bzw. Gehaltserhöhungen** (0,5)
- **Arbeitszeit** u. a. (0,5)

1. 1 | 2. 1 | 3. 1

3

- **Schwerpunktstreik** bedeutet: Nur die **wichtigsten Betriebe eines Wirtschaftszweiges** werden bestreikt. (1)
- **Flächenstreik** bedeutet: **Alle Betriebe eines Wirtschaftszweiges** werden bestreikt. (1)

1. 2 | 2. 2 | 3. 2

4

Wilder Streik ist ein Streik, der **ohne Urabstimmung** (0,5) **und ohne Genehmigung** (0,5) **der zuständigen** Gewerkschaft durchgeführt wurde.

1. 1 | 2. 1 | 3. 1

5

Der Arbeitgeber ist berechtigt, die **streikenden** Arbeitnehmer **fristlos** zu **entlassen.** (1)

1. 1 | 2. 1 | 3. 1

6

Urabstimmung: (0,5) **75 %** der **abstimmungsberechtigten Gewerkschaftsmitglieder** (0,5) eines Tarifbezirkes müssen sich für den Streik entscheiden.

1. 1 | 2. 1 | 3. 1

7

Im Schlichtungsverfahren versucht ein neutraler Schlichter die Tarifpartner doch noch zu einigen, um einen **Arbeitskampf zu vermeiden.** (1)

1. 1 | 2. 1 | 3. 1

8

Streikende bzw. ausgesperrte Arbeitnehmer erhalten **weder Lohn noch Gehalt.** (0,5) **Gewerkschaftsmitglieder**, (0,5) die streiken bzw. ausgesperrt sind, erhalten von der Gewerkschaft **Streikunterstützung**, (0,5) die sich nach Beitragshöhe und Dauer richtet. **Nichtgewerkschaftsmitglieder** erhalten **keine finanzielle Unterstützung**, (0,5) auch kein Arbeitslosengeld.

1. 2 | 2. 2 | 3. 2

Tragen Sie Ihre Punktesumme ein und ermitteln Sie auf dem Aufgabenblatt Ihre Note.

Punktesumme → 1. 12 | Punktesumme → 2. 12 | Punktesumme → 3. 12

5 Das System der sozialen Absicherung

5.9 Aufgaben zu den Kapiteln 5.1–5.8

1. a)
   - Krankenversicherung (KV)
   - Rentenversicherung (RV)
   - Arbeitslosenversicherung (AV)
   - Unfallversicherung (UV)
   - Pflegeversicherung (PV)

   b) KV:
   - Allgemeine Ortskrankenkassen (AOK)
   - Betriebskrankenkassen
   - Innungskrankenkassen
   - Ersatzkrankenkassen (z. B. DAK-Gesundheit, KKH-Allianz)

   RV: Deutsche Rentenversicherung, Knappschaft-Bahn-See

   AV: Bundesagentur für Arbeit (Aufgliederung in Arbeitsämter)

   UV: Berufsgenossenschaften

   PV: Pflegekassen bei den Krankenkassen

2. KV, RV, AV, PV: bis Beitragsbemessungsgrenze steigende, darüber konstante Beiträge

   UV: BBGrenze hat keine Bedeutung.

3. KV:
   - alle Arbeitnehmer bis zur Versicherungspflichtgrenze der KV
   - alle Auszubildenden
   - Rentner

   RV, AV: alle Arbeitnehmer und Auszubildenden

   UV: alle Beschäftigten

   PV: alle Mitglieder der gesetzlichen bzw. privaten Krankenkassen

4. Abführung der Beiträge durch den Arbeitgeber an die
   - Krankenkassen (KV, RV, AV, PV),
   - Berufsgenossenschaft (UV)

5. KV:
   - Krankenhilfe: Arzt-, Krankenhaus-, Arzneikosten, Krankengeld
   - Vorsorgeuntersuchungen
   - Familienhilfe
   - Mutterschaftshilfe

   RV:
   - Rentenzahlungen:
     - Rente wegen Alters
     - Rente wegen Berufs- oder Erwerbsunfähigkeit
     - Witwen- und Waisenrente
   - Rehabilitationsmaßnahmen

AV:
- Arbeitslosengeld I
- Arbeitslosengeld II (aus Steuern)
- Kurzarbeitergeld
- Winterausfallgeld
- Berufsberatung
- Umschulung
- KV-Beiträge Arbeitsloser

UV:
- Leistungen bei Arbeitsunfallfolgen (Krankenhilfe, Renten ...). Zu Arbeitsunfällen zählen auch Unfälle auf dem direkten Weg zwischen Wohnung und Arbeitsstätte.
- Unfallverhütungsmaßnahmen:
  - Aufklärung
  - Belehrung
  - Überwachung

PV:
- Pflegesachleistung (ambulante Pflege)
- Angehörigenpflege (Pflegegeld)
- Heimpflege (stationär)

6. Arbeitgeber

7. Der Arbeitgeber haftet für eventuelle Nachteile, die der Arbeitnehmer hierdurch erleidet. Es handelt sich um eine Verletzung der Fürsorgepflicht.

8.
   - sechs Wochen Gehaltsfortzahlung (vgl. Entgeltfortzahlungsgesetz)
   - Ab der 7. Woche Krankengeld von der Krankenkasse (max. 70 % der Beitragsbemessungsgrenze für die Kranken- und Pflegeversicherung) oder maximal auf 90 % des Nettoeinkommens begrenzt (§ 47 SGB V). Der geringere Wert ist ausschlaggebend.

9. Vgl. Stofftelegramm.

10. a) Kein Arbeitslosengeld, da Heidi Sonne zur Arbeitsvermittlung nicht zur Verfügung steht. Außerdem erhält sie zwölf Wochen Sperrfrist.
    b) Schott kündigte ohne wichtigen Grund und erhält somit zwölf Wochen kein Arbeitslosengeld.
    c) Nach fruchtlosem Widerspruch ist das Sozialgericht zuständig.

11. Aus der **Kranken- und Pflegeversicherung** kann er austreten, da mit Überschreiten der Versicherungspflichtgrenze die Versicherungspflicht entfällt.

    Renten-, Arbeitslosen- und Unfallversicherung sind absolute Pflichtversicherungen. Eine Kündigung ist daher nicht möglich.

12. a) **„Meldung zur Sozialversicherung“:**
       - Vordruck
       - vom RV-Träger für jeden Arbeitnehmer ausgestellt
       - Beitragsnachweis
       - Dokument für Rentenansprüche

    b) **Generationenvertrag:** Die beitragszahlende Generation sichert mit den Beiträgen die Renten der Renten empfangenden Generation.

c) **Rentendynamisierung:** Rentenanpassung an allgemeine Lohnentwicklung

d) **Anrechnungsfähige Versicherungsjahre:**

	Beitragszeiten	
+	Berücksichtigungszeiten	(Kindererziehungs-, Pflegezeiten)
+	Anrechnungszeiten	(Ausbildungs-, Krankheits-, Schwangerschafts-, Arbeitslosigkeits-, Schlechtwetterzeiten)
+	Ersatzzeiten	(Kriegsdienstzeiten)
+	Zurechnungszeiten	(bei früher Erwerbsunfähigkeit)

13. a) **Rentenhöhe** abhängig von:
- Lebenseinkommen
- anrechnungsfähigen Versicherungsjahren
- durchschnittlichen Arbeitsverdiensten aller Arbeitnehmer
- Steigerungssatz

b) Es entsteht eine Rentenlücke bzw. Versorgungslücke: Prozentanteil oder Betrag, um den das letzte monatliche Netto-Einkommen vor Renteneintritt die spätere gesetzliche Altersrente übersteigt. Das Rentenniveau wird 2030 nur noch bei gut 50 % des letzten Nettogehalts liegen (Schätzung!).
Gegen das zu starke Absinken der verfügbaren Finanzmittel muss vorgesorgt werden, z. B. durch betriebliche und private Vorsorgemaßnahmen.

c)

3	**Kapitalanlageprodukte = private Vorsorge**	Private Kapitalanlagen und Rentenversicherungen, die nicht zwingend für die Altersvorsorge genutzt werden müssen Bsp.: klassische private Rentenversicherung, Kapitallebensversicherung
2	**Zusatzversorgung = staatlich geförderte Altersvorsorge**	• betriebliche Altersversorgung • „Riester-Rente“
1	**Basisversorgung**	• gesetzliche Rente • private Basisrente („Rürup“)

14. Bei Unfällen während der Berufsausübung sowie Unfälle auf dem direkten Weg zwischen Wohnung und Arbeitsstätte; Berufskrankheiten

15. **Sozialversicherungsbeiträge:** Pflichtversicherungen (gesetzl. vorgeschrieben); Arbeitgeber behält für den versicherungspflichtigen Arbeitnehmer den Beitrag ein und führt ihn ab.

    Individualversicherungen: Meist freiwillig durch Versicherungsvertrag

16. Auf Antrag bei monatlichem Lohn bis 450,00 EUR (nicht sozialversicherungspflichtige Beschäftigungsverhältnisse). Sonst zahlt der AN ca. 3,7 % Rentenversicherungsbeitrag.

17. **Selbstverwaltung:** Verwaltung der gesetzlichen Sozialversicherung durch Arbeitnehmer- und Arbeitgebervertreter

18.

Versicherungsträger	Leistungen
a) Krankenkasse Arbeitgeber	Krankenhilfe (ärztl. Beratung) Lohnfortzahlung
b) Krankenkasse Deutsche Rentenversicherung	Sterbegeld Witwenrente
c) Berufsgenossenschaft (Unfall auf dir. Heimweg)	Krankenhilfe (ärztliche Beratung)
d) Deutsche Rentenversicherung	Berufsunfähigkeitsrente
e) Deutsche Rentenversicherung	Berufsunfähigkeitsrente
f) Deutsche Rentenversicherung	Altersruhegeld
g) Bundesagentur für Arbeit	Arbeitslosengeld (nach Sperrfrist)
h) Deutsche Rentenversicherung	Erwerbsunfähigkeitsrente

19. **Rentenversicherung:**
- steigender Altersquotient (Gesellschaft altert)
- auf die Beitragszahler kommen immer mehr Rentenbezieher durch:
  - längere Ausbildung
  - späteren Eintritt ins Erwerbsleben
  - Zunahme von Teilzeitarbeit
  - höhere Lebenserwartung → Rentenbezugsdauer steigt
  - sinkende Beitragseinnahmen in Wirtschaftsflauten
  - Verkürzung der Lebensarbeitszeit ...
- Immer weniger Beschäftigte finanzieren immer mehr Rentner/-innen.

...

→ Folgen: – Leistungseinschränkungen
– Beitragserhöhungen
– Private Altersvorsorge gewinnt an Bedeutung.

Krankenversicherung:
- hohe Ausgabensteigerungen im Gesundheitswesen
- sinkende Beitragseinnahmen in Wirtschaftsflauten

Arbeitslosenversicherung:
bei steigender Arbeitslosigkeit → Arbeitslosengeldzahlungen steigen.

Pflegeversicherung:
- höhere Lebenserwartung → steigende Zahl der Pflegebedürftigen
- zunehmend Ein-Personen-Haushalte → weniger Pflege durch Familienangehörige

Unfallversicherung: momentan kein „Problemfall“

Test → **Sozialversicherung – Lösungen**

1., 2., 3. Versuch	Erzielte Punkte

1

Zweige: (0,5) (0,5) (0,5) (0,5) (0,5)
Gesetzl. **Kranken-, Pflege-, Renten-, Arbeitslosen-, Unfallversicherung**
Träger: Allgemeine Ortskrankenkasse, Innungs-, Betriebs- und Ersatzkassen (0,5) (**KV**); Pflegekassen (0,5) (**PV**); Deutsche Rentenversicherung (**RV**) (0,5); Bundesanstalt für Arbeit (0,5) (**AV**); Berufsgenossenschaften(**UV**) (0,5)

Versuch	Punkte	Erzielte Punkte
1.	5	
2.	5	
3.	5	

2

Beiträge: 50 % AG + 50 % AN (**RV, AV, KV + Zusatzbeitrag, PV evtl. + Kinderlosenzuschlag (ab 23)**) → (0,5)
AG allein (gesetzliche **UV**) → (0,5)

Versuch	Punkte	Erzielte Punkte
1.	1	
2.	1	
3.	1	

3

Leistungen: **Vorsorgeuntersuchungen** (0,5), **Krankenhilfe** (0,5) z. B.: ärztliche Behandlung, Arzneimittel usw. (ges. **KV**);
ambulante Pflege, (0,5) **stationäre** Pflege (0,5) (ges. **PV**);
Regelaltersrente (0,5) ab Vollendung des 65. Lebensjahres, **Berufsunfähigkeitsrente** (0,5) (ges. **RV**);
Arbeitslosengeld (0,5); **Berufsberatung** (0,5) (ges. **AV**);
Verletztenrente, (0,5) **Unfallverhütung** (0,5) (ges. **UV**)

Versuch	Punkte	Erzielte Punkte
1.	5	
2.	5	
3.	5	

4

- Gesetzliche **KV/PV/AV/RV: Bis** zur **Beitragsbemessungsgrenze steigende** (1), **darüber konstante** (1) Beiträge; Beitragsbemessungsgrenze ist **Höchstbetragsgrenze.** (1)
- Gesetzliche **UV**: **Beitragsbemessungsgrenze** hat **keine Bedeutung.** (1)

Versuch	Punkte	Erzielte Punkte
1.	4	
2.	4	
3.	4	

5

Die **beitragszahlende Generation sichert** mit den Beiträgen die **Renten** der **Renten empfangenden Generation.** → (1)

Versuch	Punkte	Erzielte Punkte
1.	1	
2.	1	
3.	1	

6

Arbeitslosengeld I erhalten **Arbeitslose,** (0,5) die sich **arbeitslos gemeldet** (0,5) haben und der **Arbeitsvermittlung** zur Verfügung stehen (0,5) Einen Rechtsanspruch hat jeder, der die erforderliche **Anwartschaftszeit** (0,5) erfüllt hat. Die **Bezahlung** von Arbeitslosengeld I erfolgt aus den **Beitragszahlungen.** (0,5)
Arbeitslosengeld II wird bewilligt, wenn **kein Anspruch auf Arbeitslosengeld I** mehr besteht (0,5) Antragsteller muss seine **Bedürftigkeit** (0,5) nachweisen.
Die **Bezahlung** von Arbeitslosengeld II erfolgt **aus Steuermitteln.** (0,5)

Versuch	Punkte	Erzielte Punkte
1.	4	
2.	4	
3.	4	

Tragen Sie Ihre Punktesumme ein und ermitteln Sie auf dem Aufgabenblatt Ihre Note.

Punktesumme		
1.	20	
2.	20	
3.	20	

6 Prüfungsaufgaben Kompetenzbereich I

Prüfungsaufgaben Winter 2014/2015 (Aufgabe 1, verändert)

1.1 Siehe **Anlage**.

1.2 **Rechte:** Ausbildung gemäß Ausbildungsordnung, Fürsorge, Vergütung, Urlaub, Zeugnisausstellung, Freistellung zum Berufsschulunterricht und Prüfungen, u. Ä.

Pflichten: Lernpflicht, Berufsschulpflicht, Weisungsbefolgung, Verschwiegenheit u. Ä.

1.2.2 Da Frau Fleißig zum Zeitpunkt der Vertragsunterschrift noch nicht 18 Jahre alt ist, ist die Unterschrift ihrer gesetzlichen Vertreter notwendig. Der Vertrag ist somit noch nicht rechtswirksam.

1.3 **Zu Frage 1:**
Die gesetzliche Unfallversicherung kommt für die Kosten auf. Die Beiträge für diese Versicherung zahlt nicht der Arbeitnehmer sondern allein der Arbeitgeber.

Zu Frage 2:

- Krankenversicherung: z. B. Leistungen zur Verhütung von Krankheiten, zur Früherkennung von Krankheiten, zur Behandlung einer Krankheit, ...
- Arbeitslosenversicherung: z. B. Arbeitsvermittlung, Arbeitslosengeld, Kurzarbeitergeld, ...
- Rentenversicherung: z. B. Altersrente, Hinterbliebenenrente, Rente wegen verminderter Erwerbsfähigkeit, ...
- Pflegeversicherung: z. B. Pflegegeld, ambulante Pflegedienste, Übernahme pflegebedingter Aufwendungen

Anlage

Berufsausbildungsvertrag
(§§ 10, 11 Berufsbildungsgesetz – BBiG)

Zwischen dem/der Ausbildenden (Ausbildungsbetrieb)
Öffentlicher Dienst ☐

KNR	IHK-Firmenident-Nr.	Tel.-Nr.
	47110815	07261/555

Ausbildungsbetrieb und Anschrift des/der Ausbildenden: Steigmüller GmbH
Straße, Haus-Nr.: Holzstraße 1
PLZ: 74889 Ort: Sinsheim
E-Mail-Adresse des/der Ausbildenden (Angabe freiwillig): ausbildung@steigmueller-gmbh.de
Verantwortliche/r Ausbilder/in:

und dem/der Auszubildenden
männlich ☐ weiblich ☒ unbestimmt ☐
Berufsausbildung im Rahmen eines dualen Studiums ☐

Name: Fleißig Vorname: Felicitas
Straße, Haus-Nr.: Geraniengasse 23
PLZ: 74889 Ort: Sinsheim
Geburtsdatum: 15.03.1998 Staatsangehörigkeit: deutsch
E-Mail-Adresse (Angabe freiwillig): Mobil-/Tel.-Nr. (Angabe freiwillig):
Gesetzlicher Vertreter[1]: Eltern
Namen, Vornamen der gesetzlichen Vertreter: Fleißig, Christiane und Bernd
Straße, Haus-Nr.: dto.
PLZ: Ort: dto.

wird nachstehender Vertrag zur Ausbildung im Ausbildungsberuf Kauffrau im Einzelhandel
mit der Fachrichtung / dem Schwerpunkt / der/den Wahlqualifikation/en / dem/den Wahlbaustein/en etc. **nach Maßgabe der Ausbildungsordnung**[2] **geschlossen.**

Änderungen des wesentlichen Vertragsinhaltes sind vom/von der Ausbildenden unverzüglich zur Eintragung in das Verzeichnis der Berufsausbildungsverhältnisse bei der Industrie- und Handelskammer anzuzeigen.

Die beigefügten Angaben zur sachlichen und zeitlichen Gliederung des Ausbildungsablaufs (Ausbildungsplan) sowie die umseitigen Regelungen sind Bestandteil dieses Vertrages.

A Die Ausbildungszeit beträgt nach der Ausbildungsordnung 36 Monate.
☐ Es wird eine Verkürzung der Ausbildungszeit um ___ Monate beantragt
Verkürzungsgrund:
Das Berufsausbildungsverhältnis beginnt am 01.09.2015 und endet am 31.08.2018.

B Die Probezeit (Nr. 1.2) beträgt 4 Monate.[3]

C Die Ausbildung findet in [Name/ Anschrift der Ausbildungsstätte(n)]
Holzstraße 1
74889 Sinsheim
und den mit dem Betriebssitz für die Ausbildung üblicherweise zusammenhängenden Bau-, Montage- und sonstigen Arbeitsstellen statt.

D Ausbildungsmaßnahmen außerhalb der Ausbildungsstätte(n) sind für den folgenden Zeitraum in der/den folgenden Ausbildungsstätte(n) vorgesehen (hierzu zählen auch Auslandsaufenthalte) (Nr. 3.12):
Keine Angaben

E Der/Die Ausbildende zahlt dem/der Auszubildenden eine angemessene Vergütung (Nr. 5); diese beträgt zurzeit monatlich brutto

€	€ 650,00	€ 780,00	€ 936,00	
im	ersten	zweiten	dritten	vierten

Ausbildungsjahr.

F Die regelmäßige Ausbildungszeit in Stunden beträgt
täglich[4] 8,00 und wöchentlich 40,00.
Teilzeitausbildung wird beantragt (Nr. 6.2): ja ☐ nein ☐

1) Vertretungsberechtigt sind beide Eltern gemeinsam, soweit nicht die Vertretungsberechtigung nur einem Elternteil zusteht. Ist ein Vormund bestellt, so bedarf dieser zum Abschluss des Ausbildungsvertrages der Genehmigung des Vormundschaftsgerichtes.
2) Solange die Ausbildungsordnung nicht erlassen ist, sind gem. § 104 Abs. 1 BBiG die bisherigen Ordnungsmittel anzuwenden.
3) Die Probezeit muss mindestens einen Monat und darf höchstens vier Monate betragen.
4) Das Jugendarbeitsschutzgesetz sowie für das Ausbildungsverhältnis geltende tarifvertragliche Regelungen und Betriebsvereinbarungen sind zu beachten.

G Es besteht ein Urlaubsanspruch

im Kalenderjahr	2016	2016	2017	2018	
Werktage	9,0	25,0	24,0	24,0	
Arbeitstage					

H Der Ausbildungsnachweis wird wie folgt geführt:
schriftlich ☒ elektronisch ☐

I Hinweise auf anzuwendende Tarifverträge und Betriebsvereinbarungen; sonstige Vereinbarungen (Nr. 11):
Keine Angaben

J Die umseitigen Bestimmungen sind Gegenstand dieses Vertrages und werden anerkannt.

Ort, Datum: Sinsheim, 01.06.2015

Der/Die Ausbildende:
Stempel und Unterschrift

Der/Die Auszubildende:
Vor- und Familienname

Der/Die gesetzlichen Vertreter/in des/der Auszubildenden:
Vater und Mutter/Vormund

Quelle: Abdruck mit freundlicher Genehmigung des Deutschen Industrie- und Handelskammertages e. V.

Anmerkungen:

Punkt B: Die maximal zulässige Dauer der Probezeit beträgt vier Monate (§ 20 BBiG).

Punkt G: 2015: neun Werktage Urlaubsanspruch → 4/12 von 27 Tagen (§ 19 Abs. 2 Nr. 2 JArbSchG)
2018: Da die Ausbildung laut Vertrag erst in der zweiten Jahreshälfte endet, wird in den Ausbildungsvertrag der volle Jahresurlaub eingetragen, alternativ ist für das Jahr 2018 auch der anteilige Urlaubsanspruch von 16 Tagen richtig.

Prüfungsaufgaben Winter 2014/2015 (Aufgabe 1)

1.1 Z. B.

- **Zusätzliche Entgeltsteigerung:**
  - Sicherung des aktuellen und zukünftigen Lebensstandards durch Ausgleich der Inflation der letzten Jahre
  - Ausgleich für den Verzicht der letzten Jahre
  - gewisser Anspruch auf Beteiligung am Unternehmenserfolg, den sie mit erwirtschaftet haben
- **Für die Einführung einer Betriebsrente:**
  - Rentenniveau sinkt, damit vergrößert sich die Versorgungslücke im Alter.
  - zu wenige Einzahler für viele Rentner (demografischer Wandel)
  - Staat fordert von den Arbeitnehmern, zusätzlich vorzusorgen.

1.2 Während der Laufzeit eines Tarifvertrages darf nicht gestreikt werden (Vertrag läuft noch bis 31.12.2014); es herrscht Friedenspflicht.
Außerdem kann ein Streik nur durch die Gewerkschaft und nicht durch den Betriebsrat organisiert werden.

1.3.1 Siehe **Anlage**.

1.3.2
- Mitarbeiter, die nicht gewerkschaftlich organisiert sind, haben keinen Anspruch auf das vereinbarte Tarifentgelt.
- Außertariflich Beschäftigte: Sie haben einen individuellen Arbeitsvertrag mit einer Bezahlung, die i. d. R. über der des Tarifvertrages liegt.

1.3.3
- Die Zahlung des gleichen Entgeltes dient der Wahrung des Betriebsfriedens.
- Man wird dem Grundsatz der Gleichbehandlung gerecht.
- Mitarbeiter haben keinen zusätzlichen Anreiz in die Gewerkschaft einzutreten.
- Motivation der jetzigen Mitarbeiter
- leichtere Anwerbung von Fachkräften durch Zahlung eines angemessenen Entgelts

1.4
- Grundsätzlich muss sich der Arbeitgeber als Mitglied des Arbeitgeberverbandes an die geschlossenen Tarifverträge halten. Wenn er aus dem Arbeitgeberverband austritt, muss er den neuen Tarifvertrag nicht anwenden, d. h. Bezahlung unter aktuellem Tarif möglich.
- Wenn ein Arbeitgeber nicht an den Tarifvertrag gebunden ist, kann er flexibler auf Konjunkturveränderungen (z. B. Nachfragerückgang wg. Wirtschaftskrise oder vorübergehend schlechter Auftragslage) reagieren.
- Mitarbeiter könnten das Unternehmen verlassen und sich ein tarifgebundenes Unternehmen suchen, um mehr Planungssicherheit zu haben.
- Das Anwerben neuer Mitarbeiter könnte erschwert werden.
- Gewerkschaft könnte das Unternehmen bestreiken, um einen Haustarifvertrag auszuhandeln/abzuschließen.

Anlage

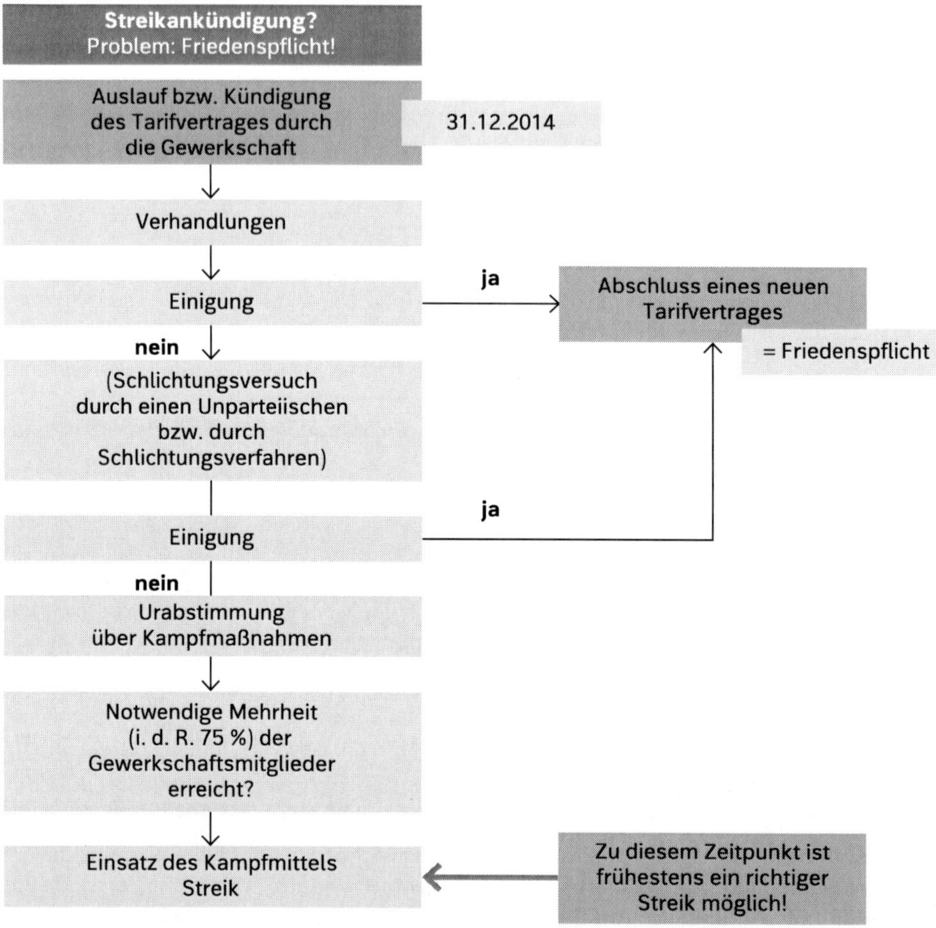

Hinweis: Die Schlichtung ist für die Beantwortung der Frage nicht zwingend erforderlich.

Prüfungsaufgaben Sommer 2015 (Aufgabe 1)

1.1

Von: personal@barca-bau.de

Betreff: AW: Beschwerde Gehaltsabrechnung

Hallo Herr Kraft,

Herr Hummel bat mich, Ihre E-Mail zu beantworten.
Ihre Abrechnung ist korrekt. Wir sind gesetzlich verpflichtet, Ihre Beiträge zur Sozialversicherung direkt von Ihrem Gehalt abzuführen.

Die gesetzliche Sozialversicherung finanziert sich durch die Beiträge der Arbeitnehmer und Arbeitgeber. Abhängig vom Bruttoeinkommen werden die Beiträge zur Rentenversicherung, Arbeitslosenversicherung, Krankenversicherung und Pflegeversicherung direkt vom Lohn abgezogen. Der Arbeitgeber zahlt zusätzlich Beiträge in etwa gleicher Höhe in diese Versicherungen ein.

Zudem profitieren auch Sie von den Leistungen der jeweiligen Versicherungen. Nachfolgend finden Sie einige Beispiele.

Sozialversicherung	Rentenversicherung	Arbeitslosenversicherung	Krankenversicherung	Pflegeversicherung
Leistungen (Beispiele)	Altersrente: Wenn Sie in hohem Alter nicht mehr arbeiten können, erhalten Sie Geld.	Arbeitslosengeld: Bei Arbeitslosigkeit erhalten Sie finanzielle Unterstützung.	Arztkosten: Im Krankheitsfall müssen Sie den Arzt nicht selbst zahlen.	Pflegeleistungen: Wenn Sie sich nicht mehr selbst versorgen können, werden Pflegemaßnahmen bezahlt.
	Erwerbsminderungsrente: Wenn Sie aufgrund von Krankheit nicht mehr voll erwerbstätig sein können, erhalten Sie Geldleistungen.	Berufsberatung: Sie erhalten Informationen zu anderen Berufsmöglichkeiten.	Medikamente: Notwendige Medikamente werden bezahlt (evtl. kleine Selbstbeteiligung).	Pflegegeld: Betreuen Sie selbst pflegebedürftige Angehörige, wird auch für diese Leistung gezahlt.

Ich hoffe, dass Sie den Nutzen der Sozialversicherung nachvollziehen können, auch wenn die Abzüge sicherlich schmerzhaft sind.

Mit freundlichen Grüßen

Name Prüfling

Personalabteilung

1.2

Die Notwendigkeit der zusätzlichen Altersvorsorge

Probleme der gesetzlichen Rentenversicherung

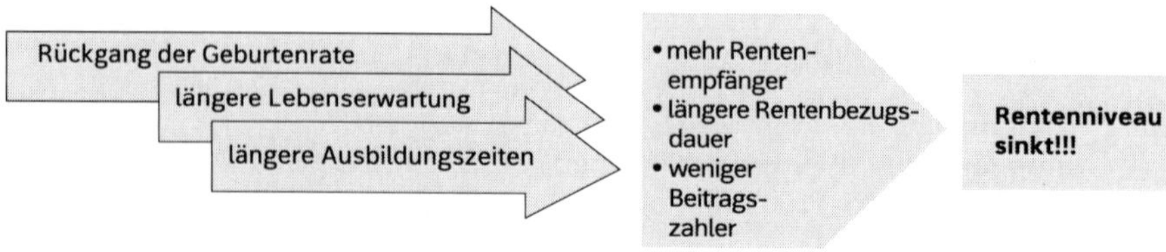

Die Notwendigkeit der zusätzlichen Altersvorsorge

Versorgungslücke

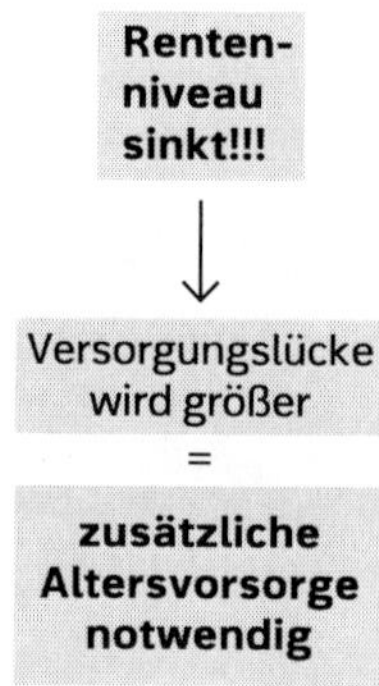

Alternative Darstellungsformen sind zulässig, entscheidend ist die fachliche Richtigkeit und die Anschaulichkeit der Darstellung.

1.3 Schülerabhängig:
Inflation ist prinzipiell eine Gefahr für das Vermögen. Jedoch hängt es davon ab, welche Erträge das Vermögen abwirft bzw. welche Wertsteigerungen zu erwarten sind. In der jetzigen Zeit dürfte die Aussage für festverzinsliche Geldvermögen richtig sein. Für Aktien- und Immobilienbesitz jedoch nicht. Mittel- und langfristig kann jedoch keine genaue Prognose gegeben werden.

Prüfungsaufgaben Sommer 2015 (Aufgabe 1)

1.1
- Er muss kündigen. Die Kündigung erfolgt nach der Probezeit und muss daher schriftlich und unter Angabe der Kündigungsgründe erfolgen.
- Da er sich für eine andere Berufstätigkeit ausbilden lassen will, muss eine Kündigungsfrist von vier Wochen eingehalten werden (§ 22 BBiG).

1.2 27 Tage sind richtig, da Axel zu Beginn des Kalenderjahres noch nicht 17 Jahre alt ist (§ 19 JArbSchG).
Hinweis: Tariflich gebundene Unternehmen gewähren altersunabhängig 36 Werktage (= 30 Arbeitstage).

1.3
- Martina ist noch keine 18 Jahre alt. Laut JArbSchG darf sie maximal acht Stunden bzw. 8,5 Stunden (maximal 40 Stunden in der Woche) beschäftigt werden.
- Bei einer Arbeitszeit von mehr als sechs Stunden muss eine Ruhepause von mindestens 60 Minuten gewährt werden.
- Der Jugendliche darf an Tagen, an denen der Unterricht vor 09:00 Uhr beginnt, nicht beschäftigt werden (§§ 8, 9, 11 JArbSchG).

1.4
- Die Dauer der Beschäftigung fehlt.
- Das Zeugnis enthält keine Angaben über erworbene Fertigkeiten, Kenntnisse und Fähigkeiten.
- Angaben über Verhalten und Leistung fehlen (falls vom Auszubildenden verlangt) (§ 16 BBiG).

1.5 Eine fristlose Kündigung aus wichtigem Grund ist jederzeit möglich, auch nach der Probezeit (§ 22 BBiG).

1.6 Der Ausbildende hat den Auszubildenden zum Führen eines Ausbildungsnachweises anzuhalten und diesen durchzusehen (§ 14 BBiG).

Prüfungsaufgaben Sommer 2015 (Aufgabe 2, verändert)

2.1

Säule der Sozialversicherung	Träger	Leistungen z. B.
Krankenversicherung	Krankenkassen	teilweise Kostenübernahme für • Arztbesuche • Arzneimittel • Therapiemaßnahmen
Rentenversicherung	Deutsche Rentenversicherung	Rentenzahlung
Arbeitslosenversicherung	Bundesagentur für Arbeit	• Zahlung von Arbeitslosengeld • Beratung und Stellenvermittlung
Pflegeversicherung	Pflegekasse bei den Krankenkassen	Grundsicherung im Pflegefall
Unfallversicherung	Berufsgenossenschaft	Übernahme der Kosten für die medizinische Behandlung und die Wiedereingliederung ins Arbeitsleben nach einem Arbeitsunfall oder bei Berufskrankheiten

2.2 **Krankenversicherung:** 7,3 % von 2.600,00 = 189,80 EUR

Rentenversicherung: 9,35 % von 2.600,00 = 243,10 EUR

Arbeitslosenversicherung: 1,5 % von 2.600,00 = 39,00 EUR

Pflegeversicherung: 1,175 % von 2.600,00 = 30,55 EUR

2.3 Die Anzahl der zu finanzierenden Rentner nimmt stetig zu – mehr als die der Beitragszahler. Die Finanzierung des Generationenvertrages gerät dadurch in Gefahr.

Prüfungsaufgaben Winter 2015/2016 (Aufgabe 1)

1.1 Duale Berufsausbildung – Gemeinsam sind wir stark!
- Berufsausbildung durch zwei Partner – Schule und Betrieb → gemeinsamer Bildungsauftrag von Berufsschule und Betrieb
- Die Kombination von Lernen und Arbeiten ist Grundlage für die Vermittlung beruflicher Kompetenzen im dualen System. Theorie und Praxis, strukturiertes Wissen und Handlungskompetenz sollen im Zusammenhang vermittelt werden.

BETRIEB	BERUFSSCHULE
• drei bis vier Tage pro Woche im Betrieb	• zwei Tage in der Woche Berufsschule • (Alternative: Blockunterricht)
• praktische Ausbildung im Betrieb	• Vermittlung fachtheoretischer und allgemeinbildender Inhalte
• Durch den Wechsel der Lernorte wird die Ausbildung abwechslungsreicher und umfassender.	

Vorteile:
- Verzahnung von Theorie und Praxis; praktische Anwendung der Kenntnisse, die man in der Schule erworben hat
- Man ist bereits im Unternehmen bekannt (Übernahmechance).
- verbesserte Chancen auf dem Arbeitsmarkt im Vergleich zur Vollzeitausbildung
- Man hat bereits praktische Erfahrungen gesammelt (Berufserfahrung).
- Die Allgemeinbildung wird in der Schule vertieft.

Aus folgenden Gründen bildet die Larcher Baustoffe GmbH weiterhin aus:
- Wir können unsere eigenen Nachwuchskräfte ausbilden.
- Wir übernehmen soziale Verantwortung in der Gesellschaft.
- In Deutschland herrscht mittlerweile in einigen Branchen Fachkräftemangel und somit sind Mitarbeiter teilweise schwer rekrutierbar.
- Spezialwissen kann nur im Unternehmen vermittelt und erworben werden.
- Wir suchen uns nach der Ausbildung die geeignetsten Azubis aus.
- Wir sparen Kosten sowohl bei der Personalrekrutierung als auch bei der Einarbeitung.
- Wir kennen den Mitarbeiter bereits bei der Übernahme.

1.2 Benni ist 16 J. alt, für ihn gilt das JArbSchG und er ist Mitglied in der Gewerkschaft.

Arbeitszeit	Montag	Dienstag	Mittwoch	Donnerstag	Freitag
Arbeitsbeginn	08:00	10:00	Berufsschule von 07:30 bis 15:30 Uhr	10:00	kurzer Schultag, Schulbeginn um 07:30 Uhr
Frühstückspause	10:30–10:45	keine		keine	
Mittagspause	12:45–13:30	13:30–14:30		13:30–14:30	
Arbeitsende	17:30	18:30		20:30	
tägliche Arbeitszeit	*8,5 Stunden in Ordnung, kein Verstoß, da die Mehrarbeit am nächsten Tag ausgeglichen wird (§ 8 Abs. 2a)*	*7,5 Stunden*	*mit 8 Stunden anzurechnen statt mit 7 Stunden (§ 9 Abs. 2)*	*9,5 Stunden nicht erlaubt (§ 8 Abs. 1),* *12 Stunden Freizeit bis zum nächsten Arbeitsbeginn wurden nicht eingehalten (§ 13),* *keine Ruhepause mehr ab 14:30, 6 Stunden ohne Pause (§ 11 Abs. 2),* *keine Beschäftigung nach 20:00 Uhr (§ 14)*	*6 Stunden Anrechnung in Ordnung*
Wochenarbeitszeit	*39,5 Stunden (wenn die Berufsschule mit 8 Stunden berechnet wird), kein Verstoß gegen das JArbSchG, aber gegen die vereinbarte tarifliche Arbeitszeit von 37,5 Stunden. Die tariflich vereinbarte Arbeitszeit ist einzuhalten.*				

Hinweis: Die Angabe von Paragrafen wird nicht erwartet.

Prüfungsaufgaben Sommer 2016 (Aufgabe 1)

1.1 a) Nach § 3 Abs. 3 TVG müssten wir den Kollegen mitteilen, dass die Tarifpartner an den Manteltarifvertrag gebunden sind, bis der Tarifvertrag endet. Eine mögliche Lösung wäre, dass wir als Betriebsrat mit der Geschäftsleitung eine interne Neuregelung finden, die die Arbeitnehmer besser stellt (§ 4 Abs. 3 TVG).

b) Laut Art. 9 Abs. 3 GG dürfen sich die Kolleginnen in Gewerkschaften im Rahmen der Koalitionsfreiheit organisieren. Eine Vorgesetzte hat kein Recht, dies zu untersagen.

c) Nach § 4 Abs. 3 TVG legt der Tarifvertrag Mindestentgelte fest. Daher würde das im Arbeitsvertrag vereinbarte Bruttoentgelt in Höhe von 2.150,00 EUR für die kaufmännischen Auszubildenden gelten.

d)
- Der Unternehmensgewinn sinkt durch steigende Personalaufwendungen, da die gestiegenen Kosten aufgrund der Konkurrenzsituation nicht auf die Preise aufgeschlagen werden können.
- Kosteneinsparungen, z. B. durch Personalabbau, Verringerung der Einkaufspreise
- sinkende Umsatzrentabilität, evtl. wird die Geschäftsleitung andere Anlageformen bevorzugen als Investitionen in das Unternehmen zu tätigen

e) Vor dem Auslaufen des Tarifvertrags: Die Arbeitnehmer könnten ihre Forderungen mit einem Warnstreik untermauern. Der Warnstreik ist eine kurzzeitige Arbeitsniederlegung mit dem Ziel, die Einigkeit der Arbeitnehmer aufzuzeigen und den Arbeitgeber vor den Folgen eines tatsächlichen Streiks zu warnen.

Nach dem Auslaufen des Tarifvertrags: Möglichkeit eines gewerkschaftlich organisierten Streiks, der durch die Urabstimmung legitimiert werden muss.

1.2.1 Tarifautonomie bedeutet, dass die Tarifpartner ihre Verträge ohne Einmischung des Staates aushandeln können. Ein Mindestlohn per Gesetz ist somit ein Eingriff in die Tarifautonomie. Er setzt den Tarifpartnern eine verbindliche Untergrenze. Herr Steinhaus vertritt die Meinung, dass wenn der Staat die Grenzen setzt, brauchen sich die Arbeitnehmer nicht mehr zu engagieren und für ihre Position zu streiten.

Herr Steinhaus hat mit seiner Aussage bedingt recht. Es ist richtig, dass der Staat durch den Mindestlohn in die Tarifautonomie eingreift, aber er setzt lediglich verbindliche Untergrenzen. Darüber hinaus können die Tarifpartner aber weiterhin frei verhandeln. Das heißt, die Gewerkschaften könnten versuchen noch höhere Löhne auszuhandeln oder z. B. bessere Arbeitsbedingungen.

Es ist weiterhin notwendig, den Arbeitgebern einen starken Verhandlungspartner (Gewerkschaft) gegenüberzustellen, um die Arbeitnehmer angemessen zu vertreten. Dafür ist es weiterhin notwendig, dass sich Arbeitnehmer in Gewerkschaften organisieren.

Gehälter sind nur ein Aspekt in Tarifverhandlungen. Gewerkschaften verhandeln z. B. auch über Arbeitszeiten, Urlaub, ...

1.2.2
- Bekämpfung von Niedriglohn sowie Lohndumping und somit auch Stabilisierung der Nachfrage am unteren Einkommensende
- Verringerung der staatlichen Ausgaben für soziale Unterstützung (z. B. aufstockendes ALG II). Dies führt zu einer Entlastung des Staatshaushalts.
- Entwicklung in Richtung gleichmäßigere Einkommensverteilung
- Erhöhung der Steuereinnahmen aufgrund steigender Lohnsteuern

Prüfungsaufgaben Winter 2016/2017 (Aufgabe 1)

1.1.1 Sandra ist mit 18 Jahren volljährig. Somit müssen nur sie und der Ausbildende den Vertrag unterschreiben. Eine Unterschrift der Eltern ist nicht erforderlich.

1.1.2
- „Durch die Tätigkeit im Betrieb wird dir (Sandra) eine praxisorientierte Ausbildung ermöglicht." „Dadurch bekommst du gleich einen guten Einblick in die Arbeitswelt und hast, wenn du dir Mühe gibst, gute Chancen auf einen späteren Arbeitsplatz in deinem Ausbildungsunternehmen."
- „Zudem werden dir in der Berufsschule theoretische Kenntnisse vermittelt und deine Allgemeinbildung wird gefördert."
- „Auch erhältst du während der dualen Ausbildung bereits Geld und bist damit unabhängiger von deinen Eltern."

Weitere schülerindividuelle Antworten möglich.

1.1.3 Peter ist erst 17 Jahre alt. Für ihn gelten die Regeln des Jugendarbeitsschutzgesetzes. Laut § 9 Abs. 1 Nr. 2 JArbSchG darf der Betrieb Jugendliche nicht beschäftigen, wenn sie länger als 5 Stunden Berufsschulunterricht haben. Für Sandra gilt diese Regel nicht, da sie volljährig ist.

1.1.4 Sandra wurde im Rahmen der Probezeit gekündigt. Diese dauert laut § 20 BBiG 1–4 Monate. Während der Probezeit kann das Ausbildungsverhältnis laut § 22 BBiG jederzeit gekündigt werden ohne Einhalten einer Kündigungsfrist und ohne Angabe von Gründen. Die Kündigung ist damit wirksam.

1.2.1 **Arbeitgeberverbände:** Durch Aussperrungen hindern die Arbeitgeber die Arbeitnehmer daran zu arbeiten.
Gewerkschaften: Arbeitnehmer stellen ihre Arbeit in Form von Streiks ein.

1.2.2 Der Staat darf nicht in Tarifverhandlungen eingreifen. Es gilt Tarifautonomie zwischen den Sozialpartnern.

1.2.3 Zunächst haben nur die gewerkschaftlich organisierten Arbeitnehmer Anspruch auf vereinbarte Lohnerhöhungen. Wird der Tarifvertrag für allgemein verbindlich erklärt, gelten die Bestimmungen aber für alle. Gegebenenfalls passen Unternehmen die Verträge für alle Mitarbeiter an, da sie sie nicht in die Gewerkschaft treiben wollen.

1.2.4 Nein, ein Tarifvertrag muss nicht für ganz Deutschland gelten. Flächentarifverträge können z. B. nur für einzelne Regionen oder Bundesländer abgeschlossen werden.
Außerdem besteht die Möglichkeit für übertarifliche Vergütungen.

1.3.
- Vertretung der Interessen von Jugendlichen und Auszubildenden
- Weitergabe von Anregungen und Beschwerden an den Betriebsrat
- Teilnahme an Betriebsratssitzungen

Weitere Antworten möglich.

Prüfungsaufgaben Winter 2016/2017 (Aufgabe 2)

2.1.1 „Es fehlt die gesetzliche Unfallversicherung."

2.1.2 „Der Arbeitgeber zahlt die Unfallversicherung alleine. Aus diesem Grund erscheint sie nicht als Abzug in deiner Abrechnung der Ausbildungsvergütung."

2.2. „Die Krankenhauskosten nach einem Arbeitsunfall zahlt die Unfallversicherung, nicht die Krankenversicherung. Aus diesem Grund verlangt die Krankenkasse einen Unfallbericht, um zu wissen, wo der Unfall passiert ist."

2.3. „Der Beitragssatz der Krankenkasse beträgt 14,6 %, davon zahlst du die Hälfte. Den Zusatzbeitrag von 0,9 % musst du alleine zahlen. Grundlage ist deine Ausbildungsvergütung."

680,00 EUR · 7,3 % = 49,64 EUR
680,00 EUR · 0,9 % = 6,12 EUR
gesamt 55,76 EUR

2.4.1 „Die Jüngeren zahlen ihre Beiträge in die Rentenversicherung ein, wovon die Renten der heute Älteren ausbezahlt werden. Du bekommst später deine Rente von den Beiträgen der jüngeren Generation."

2.4.2 „Problematik: Immer mehr Rentner müssen von immer weniger Beitragszahlern finanziert werden.“

2.5. Z. B.

- betriebliche Altersversorgung
- private Zusatzvorsorge (Riesterrente)
- private Rentenversicherung
- Kapitallebensversicherung

2.6.1 „Du musst den Zusatzbeitrag nicht bezahlen, da du noch unter 23 Jahre alt bist.”

2.6.2 „Familien müssen den Zusatzbeitrag nicht bezahlen, um sie finanziell zu entlasten.“

Prüfungsaufgaben Winter 2016/2017 (Aufgabe 1)

1.1 Einladung zum Workshop „Unfall- und Jugendarbeitsschutz“

Schülerabhängig, z. B.:

> Liebe Auszubildende,
> hiermit laden wir euch herzlich zu unserem Workshop „Unfall- und Jugendarbeitsschutz” für Auszubildende ein. Der Workshop findet am 21.11.2016 um 09:30 Uhr in Raum 007 statt.
>
> Warum bieten wir euch diese Schulung an? Uns ist es wichtig, Unfällen vorzubeugen und euch über Sicherheitsmaßnahmen zu informieren, damit ihr euch im Unternehmen sicher fühlt und Unfälle und Verletzungen vermieden werden. Einige von euch werden in der Fertigung und im Lager ausgebildet, wo es besonders wichtig ist, über Unfallverhütung informiert zu sein, da die Unfallgefahr dort höher ist als in der Verwaltung, z. B. könntet ihr im Lager von einem Stapler angefahren werden. Unfälle führen dazu, dass ihr eure Ausbildung eventuell unterbrechen müsst, und dies möchten wir vermeiden. Aber nicht nur wir als JAV, sondern auch unsere Geschäftsleitung hat ein starkes Interesse daran, Unfälle zu vermeiden, denn diese führen zu Personalausfällen, zu erhöhten Kosten und eventuell zu einem geringeren Absatz.
>
> Wichtig ist uns auch der Jugendarbeitsschutz. Wir als Jugendliche sind besonders zu schützen, d. h., wir erhalten längere Pausen, dürfen zu bestimmten Zeiten nicht arbeiten und haben i. d. R. kürzere Arbeitszeiten. Ziel ist es dabei, uns nicht zu überfordern und unsere Gesundheit zu erhalten.
>
> Es wird für euch sicher ein interessanter Workshop.
>
> Wir freuen uns auf eure Teilnahme.
>
> Mit freundlichen Grüßen
>
> Euer JAV-Team

1.2.1 Schülerabhängige Lösung, z. B.
Unfall auf dem Arbeitsweg/Schulweg oder während der Arbeit/Schule jeweils mit Beispielen belegt.

1.2.2
- Behandlungskosten
- Arzneimittel
- Reha-Kosten
- ggf. Rente aus der Unfallversicherung
- ...

1.3.1 Befindet sich Frank noch in der Probezeit (1–4 Monate; heute 09.11.2016), kann er fristlos ohne Angabe von Gründen gekündigt werden (§ 22 Abs. 1 BBiG).
Ist Frank nicht mehr in der Probezeit, ist eine Kündigung aus diesem Grund nicht möglich, da hier kein wichtiger Grund nach § 22 Abs. 2 BBiG vorliegt.
(Der Arbeitgeber kann ihn allerdings abmahnen, indem er auf das Fehlverhalten hinweist und arbeitsrechtliche Konsequenzen für die Zukunft androht.)

1.3.2 Anastasia kann die Ausbildung beenden, da sie die Berufsausbildung aufgeben möchte (§ 22 Abs. 2 Satz 2 BBiG). Allerdings kann sie nicht am 01.12.2016 in Lyon anfangen, denn sie hat eine Kündigungsfrist von vier Wochen (§ 22 Abs. 2 BBiG). Sie muss zudem den Grund ihrer Kündigung angeben (§ 22 Abs. 3 BBiG).
Alternativ könnte sie den Arbeitgeber um einen Aufhebungsvertrag bitten.

Prüfungsaufgaben Sommer 2017 (Aufgabe 1, verändert)

1.1 Schülerabhängig, z. B.:
Gewerkschaft: Lebenshaltungskosten (z. B. Mieten) sind gestiegen (Inflationsausgleich), Unternehmen haben Gewinne erwirtschaftet, ein Teil steht den Arbeitnehmern zu, die Belastungen am Arbeitsplatz nehmen zu, ...

1.2 Dies ist rechtlich nicht möglich, da die Urabstimmung der Gewerkschaftsmitglieder über den Streik Voraussetzung für eine rechtmäßige Arbeitsniederlegung ist.

Beispiel:

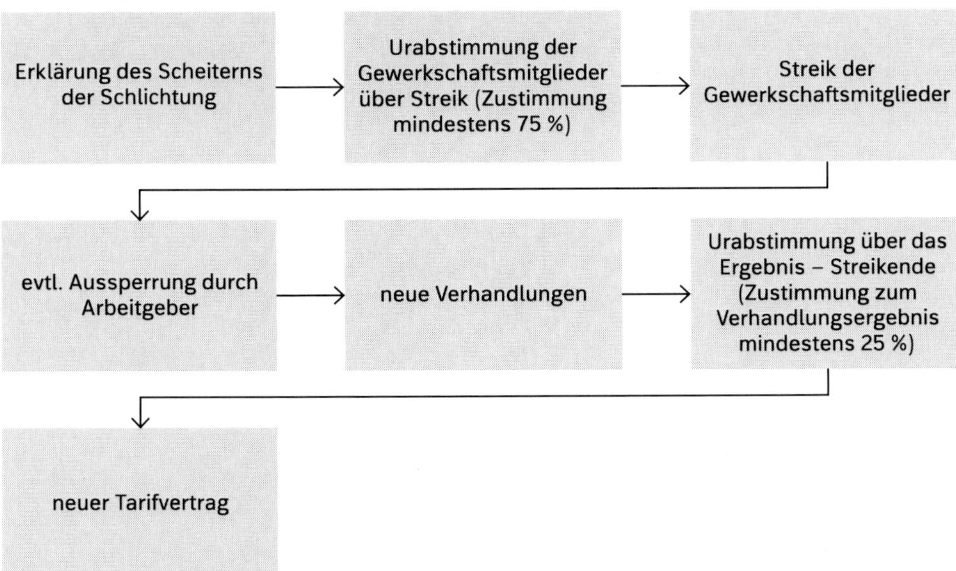

1.3.1 Sabrina ist nicht Mitglied in der Gewerkschaft, somit würde die Erhöhung der Ausbildungsvergütung sie nicht betreffen. Allerdings steht in ihrem Ausbildungsvertrag, dass der Tarifvertrag und die Betriebsvereinbarung gelten, somit profitiert sie von der Entgelterhöhung.

1.3.2 Zu Beginn des Jahres 2016 war Sabrina 17 Jahre alt. Daher stehen ihr laut § 19 JArbSchG 25 Tage Urlaub zu. Zu Beginn des Jahres 2017 ist Sabrina 18 Jahre alt, daher gilt die gesetzliche Regelung des Bundesurlaubsgesetzes. Ihr stehen 24 Tage Urlaub zu.

Prüfungsaufgaben Winter 2017/2018 (Aufgabe 1)

1.1 Vorschlag, z. B. Flyer:

Innenteil links	Mitte	rechts
Wofür? Wahl eines neuen Betriebsrats für die Corbus GmbH 71 Mitarbeiter/-innen (MA) – 10 unter 18 Jahren = 61 wahlberechtigte MA – 12 weniger 6 Mon. im Betrieb = 49 wählbare MA → 5 BR-Mitglieder wählen **Wann?** Während der Arbeitszeit am Donnerstag, 30. November 2017 zwischen 8 und 15 Uhr **Wo?** in Seminarraum 101	**Wer?** • Wenn du 18 Jahre oder älter bist, nutze dein Wahlrecht und gib deine Stimme ab! • Bist du außerdem schon länger als 6 Monate im Betrieb, dann lass dich als Kandidat/-in aufstellen! **Voraussetzungen:** • Du möchtest dich gern für die Kollegen und Kolleginnen einsetzen. • Du möchtest die Arbeitsbedingungen mitgestalten. • Du möchtest fair und vertrauensvoll zum Wohle der Arbeitnehmer/-innen mit der Geschäftsleitung zusammenarbeiten.	**Wie?** Möchtest du bei der Wahl mithelfen, dann melde dich bitte bis spätestens Freitag, 17. November beim Wahlvorstand. Eine Helferliste mit der Zeiteinteilung erhalten alle Helfer/-innen am Mittwoch, 22. November. Wir freuen uns auf zahlreiche Meldungen und eine rege Teilnahme an der Wahl! Nur gemeinsam sind wir stark!

Faltteil links	Rückseite	Außenteil „Titel“
Warum ist ein Betriebsrat wichtig? • Er setzt sich gegenüber der Geschäftsleitung für die Interessen von uns Mitarbeitern und Mitarbeiterinnen ein. • Er berät und unterstützt dich bei Problemen, z. B. bei der Genehmigung eines Homeoffice-Arbeitsplatzes. • Er überwacht die Einhaltung von Gesetzen, wie z. B. das Arbeitszeitgesetz.	Impressum: der Wahlvorstand wahlvorstand@corbus.de Tel.: 07031 123456	**BE MIT STIMMEN** – **Engagiere Dich** **und mach mit!**

1.2 Schülerabhängige Antwort in Form einer E-Mail:

> Die Probezeit von drei Monaten ist in Ordnung, da der Arbeitgeber laut § 20 BBiG eine Wahlmöglichkeit zwischen ein bis vier Monaten hat.
>
> Beim Gehalt liegen im zweiten und dritten Ausbildungsjahr Fehler vor. Die Corbus GmbH darf das tariflich festgelegte Ausbildungsgehalt nicht unterschreiten, da sie über die Mitgliedschaft im Arbeitgeberverband tariflich gebunden ist.
>
> Die Urlaubstage im 1. Jahr stimmen nicht, hier hat sich der Arbeitgeber am Tarifvertrag zu orientieren, der den Auszubildenden besser stellt als die gesetzliche Regelung (laut Gesetz 27 Werktage = 22,5 Arbeitstage → anteilig für 4 Monate: 7,5 AT = 8 AT).
>
> Michael Schlotter stehen zwei Arbeitstage mehr Urlaub, also zehn Arbeitstage in 2017 zu.
>
> Formale Inhalte: Betreff, Anrede, Grußformel

Prüfungsaufgaben Sommer 2018 (Aufgabe 1, verändert)

1.1 **B Probezeit:** Die Probezeit fehlt komplett, sie beträgt bei Auszubildenden mindestens einen Monat und darf höchstens vier Monate betragen (§ 20 BBiG). Wir sollten uns für vier Monate entscheiden, beide Parteien (Unternehmen und Auszubildender) haben so ausreichend die Möglichkeit sich kennenzulernen und festzustellen, ob der Auszubildende in das Unternehmen passt und geeignet ist. (Alternativ: Entscheidung für einmonatige Probezeit. So kann man sicherstellen, dass gute Auszubildende schnell ans Unternehmen gebunden sind.)

E Ausbildungsvergütung: Die Ausbildungsvergütung muss jährlich ansteigen (§ 17 Abs. 1 BBiG). Darüber hinaus ist die Ausbildungsvergütung nach der Entscheidung des Bundesarbeitsgerichts dann gerade noch angemessen, wenn sie nicht mehr als 20 %

von der üblichen tariflichen Ausbildungsvergütung in der jeweiligen Branche abweicht, d. h. im ersten Lehrjahr mindestens 757,60 EUR, im zweiten Lehrjahr mindestens 810,40 EUR und im dritten Lehrjahr mindestens 857,60 EUR → Damit liegt das Unternehmen genau beim Minimum, Kostenvorteil.
Aber auch alternative Begründung möglich, z. B. das Unternehmen zahlt den Tariflohn, um gute Auszubildende gewinnen zu können (Wettbewerbsfähigkeit) oder zahlt den Tariflohn aus Imagegründen.

F Ausbildungszeit: Muss korrigiert werden, da laut § 8 JArbSchG Jugendliche nicht mehr als acht Stunden täglich bzw. 40 Stunden wöchentlich beschäftigt werden dürfen.

G Urlaub: Der Urlaub im Jahr 2018 beträgt neun Werktage/acht Arbeitstage; der Urlaub im Jahr 2019 beträgt 25 Werktage/21 Arbeitstage (§ 19 Abs. 2 JArbSchG). Im letzten Jahr ist der Urlaub richtig angegeben. Die gesetzliche Urlaubsregelung stellt das Minimum dar (das Unternehmen ist nicht tarifgebunden) → Kostenvorteil, der Auszubildende steht dem Betrieb für mehr Arbeitstage zur Verfügung.
Aber auch alternative Begründung möglich, z. B. gewährt mehr Urlaub als das Gesetz vorschreibt → Mitarbeitergewinnung/Motivation.

1.2

Von: Name des Schülers@papierwerke_haeperle.com

An: johanna.frank@papierwerke_haeperle.com

Betreff: Antwort auf deine Anfrage – Konsequenz bei Nichtbestehen der Abschlussprüfung

Hallo Johanna,

falls du die Berufsschulabschlussprüfung wirklich nicht bestehen solltest, kannst du beantragen, dass sich dein Ausbildungsverhältnis bis zur nächsten Wiederholungsprüfung bzw. maximal um ein Jahr verlängert (§ 21 Abs. 3 BBiG).

Du wirst also auf deinen Antrag hin weiterbeschäftigt und bist nicht arbeitslos. Ich wünsche dir viel Erfolg für deine Prüfung und hoffe, dass du die Prüfung gut bestehen wirst!

Viele Grüße

Name des Schülers
Papierwerke Häperle GmbH
Tel.: 07131 5561-125
Fax: 07131 55611-126
E-Mail: Name des Schülers@papierwerke_haeperle.com

1.3 Da der Auszubildende nicht auf dem direkten Weg von der Arbeitsstätte nach Hause verunglückt ist, ist in diesem Fall nicht die gesetzliche Unfallversicherung zuständig, sondern die gesetzliche Krankenversicherung.
Mögliche Leistungen: ärztliche Behandlung/Krankenhausbehandlung, Versorgung mit Arznei- und Verbandsmitteln, Maßnahmen zur Rehabilitation o. Ä.

1.4 Für die Aussage spricht, dass in Deutschland die Sozialversicherungsbeiträge im Vergleich zu anderen Ländern, in denen die Sozialversicherungsbeiträge nicht so hoch sind, einen Standortnachteil bedeuten können, da sich diese Kosten auch auf die Preise niederschlagen können und demnach die Konkurrenzfähigkeit gegenüber ausländischen Unternehmen sinken kann. Dies kann auch dazu führen, dass Unternehmen aus Kostengründen aus Deutschland abwandern. Als Folge davon erhöht sich die Zahl der Arbeitslosen, was wiederum einen Konjunkturrückgang bedeuten könnte. Aus Unternehmenssicht hat der Chef recht.

Auf der anderen Seite sind die Wirtschaft und jedes Unternehmen auf Nachfrage angewiesen. Der Sozialstaat bietet einerseits eine soziale Absicherung, er sichert aber auch die Nachfrage (z. B. durch Arbeitslosengeld, Krankengeld, Rente etc.). Genau das ist auch für unser Unternehmen sehr wichtig. Zudem erhalten Arbeitnehmer Leistungen aus der gesetzlichen Sozialversicherung (v. a. Kranken- und Rentenversicherung), die ihnen bei Krankheit zur Heilung und damit auch wieder zu einer schnelleren Rückkehr ins Arbeitsleben verhelfen (z. B. Kuren).

Kompetenzbereich II: Wirtschaftliches Handeln in der Sozialen Marktwirtschaft analysieren

1 Wechselseitige Beziehungen der Wirtschaftssubjekte

1.3 Aufgaben zu den Kapiteln 1.1 und 1.2

1. **Bruttoinvestition:** = Nettoinvestition + Reinvestition
   = Summe aller Investitionen

   Nettoinvestition: führt zur Vergrößerung bzw. Verbesserung der volkswirtschaftlichen Kapazität (Wachstum)

   Reinvestition: = Ersatzinvestition; führt zur Erhaltung der volkswirtschaftlichen Kapazität (Ersatz von ausscheidenden Maschinen)

2. Nettoinvestition

3. **Anlageinvestition:** Anschaffung von Anlagegütern

   Vorratsinvestition: Anschaffung von Gütern des Umlaufvermögens (Vorräte)

4. stationäre Wirtschaft (Sektoren: priv. Haushalte und Unternehmen); keine Ersparnis der priv. Haushalte, keine Nettoinvestit., kein Wachstum (nur Reinvestition)

5. a) **Volkseinkommen:** Summe aller in einer Volkswirtschaft in einem Jahr geschaffenen Einkommen
   b) **Inlandsprodukt:** Wert aller in einem Jahr produzierten entgeltlichen Güter und Dienstleistungen einer Volkswirtschaft bzw. erzielte Einkommen der In- und Ausländer in Deutschland
   c) **Nationaleinkommen:** Wert aller in einem Jahr produzierten entgeltlichen Güter/Dienstleistungen einer Volkswirtschaft bzw. erzielte Einkommen der Inländer weltweit

6. Summe aller Gewinn-und-Verlust-Konten aller Unternehmen einer Volkswirtschaft

7. Haushalte, Unternehmen, Staat, Ausland, Vermögensänderung (Banken)

8. Banken sammeln die Ersparnisse der Haushalte und leiten sie als Kredite an die Unternehmen für Investitionszwecke weiter.

9. **Stationäre Wirtschaft:** Wirtschaft ohne Wachstum

   Evolutorische Wirtschaft: wachsende Wirtschaft (Nettoinvestitionen!)

10. **Offene Wirtschaft:** Wirtschaft unter Einbeziehung des Auslands

    Geschlossene Wirtschaft: Wirtschaft ohne Einbeziehung des Auslands

11. a) Einkommen
    b) Konsumausgaben oder private Ersparnis
    c) Konsumausgaben (= Umsatzerlöse der Konsumgüterindustrie), Bruttoinvestitionen (= Umsatzerlöse der Investitionsgüterindustrie), Exporterlöse, Subventionen, Staatskonsum

d) indirekte Steuern
e) Ersparnis, Konsum oder Subventionen

12. Vgl. Stofftelegramm.

13. a) **Nominales Inlandsprodukt:** Inlandsprodukt – zu tatsächlichen Preisen bewertet
Reales Inlandsprodukt: Inlandsprodukt – nach Herausrechnung der Preissteigerungen
b) Eine rein nominale Erhöhung des Inlandsprodukts ist nicht unbedingt mit einer Mehrleistung (Mehrproduktion) der Volkswirtschaft verbunden, sondern mehr oder weniger inflationsbedingt. Preissteigerungen sind daher bei der realen Betrachtung herauszurechnen.

14. Fragestellungen bei der

Entstehung des Inlandsprodukts: Wo ist das Inlandsprodukt entstanden?

Antwort: in den einzelnen Wirtschaftsbereichen (Investitions-, Konsumgüterindustrie, Landwirtschaft, Dienstleistungsbereich ...)

Verteilung des Inlandsprodukts: An wen wird das Inlandsprodukt verteilt?

Antwort: an Nichtunternehmer (E_{nu}) und Unternehmer (E_u)

Verwendung des Inlandsprodukts: Wie wird das Inlandsprodukt verwendet?

Antwort: u. a. für Investitionszwecke (I) und Konsumzwecke (C)

15. a)

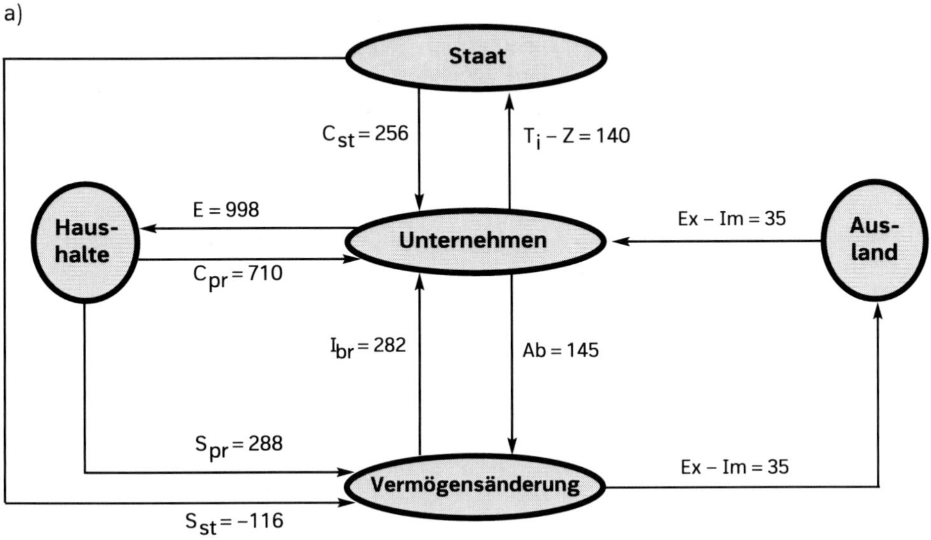

b) Die Staatsausgaben übersteigen die Staatseinnahmen. Der Saldo stellt negatives Sparen (= Kreditaufnahme) dar.

c) **Verteilungsrechnung:**

$NIP_h = E_u + E_{nu} = 500 + 498 \quad = 998$ Mio. GE

$NIP_m = E_u + E_{nu} + (T_i - Z) = 500 + 498 + 140 \quad = 1.138$ Mio. GE

$BIP_m = NIP_m + Ab = 1.138 + 145 \quad = 1.283$ Mio. GE

Verwendungsrechnung:

$NIP_h = I_n + C + (Ex - Im) - (T_i - Z)$

$= 137 + 966 + 35 - 140 \quad = 998$ Mio. GE

$NIP_m = I_n + C + (Ex - Im) \quad = 1.138$ Mio. GE

$BIP_m = NIP_m + Ab \quad = 1.283$ Mio. GE

16. Vgl. Stofftelegramm.

17. A meint die nominelle, B die reale Entwicklung des Volkseinkommens (vgl. 13.).

18. a) rückschreitende Wirtschaft, da negative Nettoinvestition (–5 GE)
    b) evolutorische Wirtschaft, da Nettoinvestitionen (60 GE)
    c) Stationäre Wirtschaft: kein Wachstum, da keine Nettoinvestitionen; die volkswirtschaftliche Kapazität bleibt erhalten.

19. Die Aussage ist im Wesentlichen richtig: Der materielle Lebensstandard steigt mit steigendem Volkseinkommen. Allerdings schmälern folgende Aspekte den Aussagewert:
    - Es ist fraglich, ob Lebensqualität in Zahlen messbar ist.
    - Steigendes Volkseinkommen bedeutet evtl. steigende Umweltbelastung (soziale Kosten).
    - Verschiedene Kosten erhöhen das Bruttoinlandsprodukt, die eigentlich wieder abgezogen werden müssten: Behandlungskosten von Unfallopfern, Reparaturen an Unfallautos ...
    - Bestimmte Leistungen werden nicht erfasst, z. B. Ausbildungsleistungen von Unternehmen, Nutzung der Infrastruktur (= soziale Leistungen) sowie Hausfrauentätigkeiten, private Kleingärtnerarbeiten ...

Korrektur des BIP: **Bruttoinlandsprodukt**
– soziale Kosten
+ soziale Leistungen
+ Hausfrauentätigkeiten (bewertet)
+ private Kleingärtnerleistungen

- alternative Wohlstandsindikatoren verwenden, wie z. B. HDI oder ISEW (vgl. Stofftelegramm)

Test → Volkswirtschaftliche Gesamtrechnung – Lösungen

1., 2., 3. Versuch	Erzielte Punkte

1

Volkseinkommen: Summe aller in einer Volkswirtschaft in einem Jahr geschaffenen Einkommen ---> **1**

Inlandsprodukt: Wert aller in einem Jahr produzierten entgeltlichen Güter und Dienstleistungen in einer Volkswirtschaft ---> **1**

Versuch	Punkte	Erzielte Punkte
1.	2	
2.	2	
3.	2	

2

Stationäre Wirtschaft: Wirtschaft ohne Wachstum ---> **0,5**

Evolutorische Wirtschaft: wachsende Wirtschaft ---> **0,5**

Versuch	Punkte	Erzielte Punkte
1.	1	
2.	1	
3.	1	

3

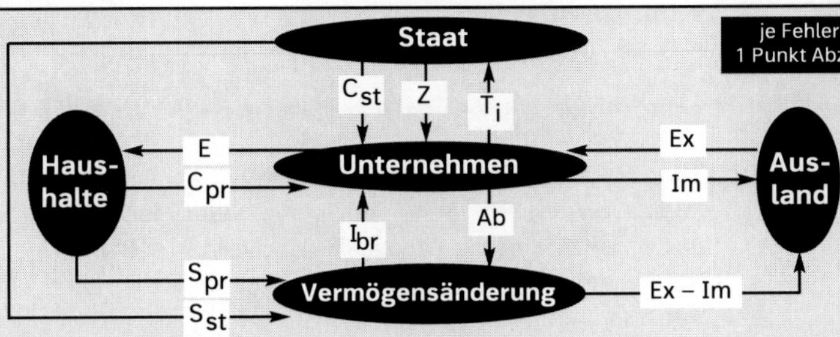

je Fehler 1 Punkt Abzug

Versuch	Punkte	Erzielte Punkte
1.	5	
2.	5	
3.	5	

4

Nominales Inlandsprodukt: Inlandsprod., zu tatsächlichen Preisen bewertet ---> **1**

Reales Inlandsprodukt: Inlandsprod., nach Herausrechnung der Preissteigerungen ---> **1**

Versuch	Punkte	Erzielte Punkte
1.	2	
2.	2	
3.	2	

5

<u>Verteilungsrechnung:</u>

Volkseinkommen $= NIP_h = E_u + E_{nu}$ = 500 + 498 = 998 Mio. GE ---> **1**

NSP_m $= E_u + E_{nu} + (T_i - Z)$ = 500 + 498 + 140 = 1.138 Mio. GE ---> **1**

BIP_m $= NIP_m + Ab$ = 1.138 + 145 = 1.283 Mio. GE ---> **1**

<u>Verwendungsrechnung:</u>

Volkseinkommen $= I_n + C + (Ex - Im) - (T_i - Z)$
= 137 + 966 + 35 − 140 = 998 Mio. GE ---> **1**

NIP_m $= I_n + C + (Ex - Im)$ = 1.138 Mio. GE ---> **1**

BIP_m $= NIP_m + Ab$ = 1.283 Mio. GE ---> **1**

Versuch	Punkte	Erzielte Punkte
1.	6	
2.	6	
3.	6	

6

Die Aussage ist im Wesentlichen richtig: Der materielle Lebensstandard steigt mit steigendem Volkseinkommen. ---> **1**

Allerdings schmälern folgende Aspekte den Aussagewert:

- Es ist fraglich, ob Lebensqualität in Zahlen messbar ist. ---> **0,5**
- Steigendes Volkseinkommen bedeutet steigende Umweltbelastung (soziale Kosten). ---> **0,5**
- Verschiedene Kosten erhöhen das Bruttoinlandsprodukt, die eigentlich wieder abgezogen werden müssten: Behandlungskosten von Unfallopfern, Reparatur Unfallautos ... ---> **0,5**
- Bestimmte Leistungen werden nicht erfasst, z. B. Ausbildungsleistungen von Unternehmen, Nutzung der Infrastruktur (= soziale Leistungen), Hausfrauentätigkeit ... ---> **0,5**

Korrektur des BIP: **Bruttoinlandsprodukt – soziale Kosten + soziale Leistungen** + u. a. Hausfrauentätigkeiten (bewertet) ---> **1**

Versuch	Punkte	Erzielte Punkte
1.	4	
2.	4	
3.	4	

Tragen Sie Ihre Punktesumme ein und ermitteln Sie auf dem Aufgabenblatt Ihre Note.

	Versuch	Punktesumme	Erzielt
Punktesumme	1.	20	
Punktesumme	2.	20	
Punktesumme	3.	20	

2 Ordnungsmerkmale der Sozialen Marktwirtschaft

1. Alle Ordnungsmerkmale der freien Marktwirtschaft werden bei der Sozialen Marktwirtschaft mehr oder weniger eingeschränkt, um soziale Härten oder Benachteiligungen zu vermeiden.

2. a) **Privateigentum:**
   - Mitbestimmungsregelungen in Gesetzen
   - teilweise öffentliches Eigentum
   - Art. 14 Grundgesetz: Eigentum verpflichtet.

   b) **Vertragsfreiheit:**
   - Gesetzesregelungen über nichtige und anfechtbare Rechtsgeschäfte
   - Verbraucherschutzregelungen
   - Gesetz gegen den unlauteren Wettbewerb

   c) **Gewerbefreiheit:**
   - Umwelt- und Verbraucherschutz
   - Zulassungsvorschriften

3. **Freie Marktwirtschaft:** keine Eingriffe des Staates in die Wirtschaft

   Soziale Marktwirtschaft: Eingriffsmöglichkeiten des Staates in die Wirtschaft, wenn soziale Härten oder Benachteiligungen verhindert oder wirtschaftspolitische Ziele gefördert werden sollen. Die staatlichen Eingriffsmöglichkeiten sind gesetzlich geregelt. Vgl. auch Aufgabe 2.

4. a) Privateigentum, Vertragsfreiheit, Gewerbefreiheit, Konsumfreiheit, freie Berufs- und Arbeitsplatzwahl ... (drei Merkmale genügen)
   b) keine Eingriffe in die Wirtschaft, nur Schutz- und Ordnungsmaßnahmen (Nachtwächterstaat)

5. Freie Marktwirtschaft kann unsoziale Auswirkungen haben – deshalb Schutz des sozial Schwächeren notwendig.

6.
   - Ja, weil dem sozial Schwächeren das Grundbedürfnis „Wohnen" dadurch ermöglicht wird.
   - Ja, weil dadurch Arbeitslosigkeit vermieden oder verringert wird.

7. Z. B.:
   - sozial, da Sicherung der Arbeitsplätze
   - Unsozial, da Arbeitnehmern ihr einziges Instrument zur Durchsetzung ihrer Interessen entzogen wird.

8. a)
   - Gesetzliche Sozialversicherung
   - gerechtere Einkommens- und Vermögensverteilung
   - marktkonträre Maßnahmen des Staates
   - UWG
   - Verbraucherschutzgesetze

   b) **Arbeitnehmer:**
   - Gewährleistung von Mindestbedingungen
   - Gleichstellung gleich qualifizierter Arbeitnehmer

   Gesamtwirtschaft:
   - Hohe Lohnabschlüsse verstärken die Inflation.
   - Zu hohe Lohnabschlüsse bewirken Rationalisierung.

   ca) Gemeinwohl überwiegt, jedoch Entschädigungspflicht
   cb) Marktmechanismen ausgeschaltet (Schutz des Produzenten)
   cc) Zweck: gerechtere Einkommensverteilung
   cd) Schutz des Verbrauchers vor Übervorteilung

3 Kooperation und Konzentration

3.4 Aufgaben zu den Kapiteln 3.1–3.3

1. **Kooperation:** Vertragliche Verpflichtung zur Zusammenarbeit zwischen Unternehmen; die wirtschaftliche Selbstständigkeit der einzelnen Unternehmen bleibt weitgehend erhalten.

   Beispiel: Kartelle oder sonstige Zusammenarbeit

   Konzentration: Vertragliche Zusammenarbeit von Unternehmen, die unter einheitlicher Leitung stehen, wobei die wirtschaftliche Selbstständigkeit der einzelnen Unternehmen aufgegeben wird.

   Beispiel: Konzern

2. • Wettbewerbsausschaltung
   • Sicherung von Beschaffung und Absatz
   • gemeinsame Werbung
   • Verbesserung der Konkurrenzfähigkeit gegenüber ausländischen Großunternehmen
   • Finanzierungserleichterung für Großprojekte, Forschungs- und Entwicklungsarbeiten
   • Kostensenkung (Massenproduktion, Rationalisierung)

3. • Wettbewerbsbeschränkung bzw. Wettbewerbsausschaltung
   • überhöhte Preise (Ausschaltung der Preisfunktionen)
   • evtl. Angebotsverknappung (verschlechterte Marktversorgung)
   • Gefahr des Missbrauchs wirtschaftlicher Macht

4. **Horizontaler Zusammenschluss:** Zusammenschluss von Unternehmen der gleichen Produktionsstufe

   Beispiele: Kaufhaus/Kaufhaus; Möbelfabrik/Möbelfabrik

   Vertikaler Zusammenschluss: Zusammenschluss von Unternehmen verschiedener Produktionsstufen derselben Branche

   Beispiele: Möbelfabrik/Möbelhandel; Textilfabrik/Kaufhaus

   Anorganischer Zusammenschluss: Zusammenschluss von Unternehmen verschiedener Branchen

   Beispiele: Sägewerk/Kaufhaus; Autofabrik/Möbelfabrik

5. Vertraglicher Zusammenschluss von Unternehmen, die rechtlich selbstständig bleiben, wirtschaftlich teilweise unselbstständig werden; bzw.: Ein Kartell liegt vor, wenn die Zusammenarbeit rechtlich selbstständig bleibender Unternehmen zur Einschränkung des Wettbewerbs führt.

6. **Preiskartell:** Festsetzung einheitlicher Preise

   Submissionskartell: Sonderform des Preiskartells; die Kartellmitglieder vereinbaren bei öffentlichen Ausschreibungen Preisuntergrenzen oder Festlegung des zum Zuge kommenden Kartellmitglieds.

7. a) Kartelle sind grundsätzlich verboten.
   b) Legalausnahme: Gemäß § 2 GWB können Kartelle unter bestimmten Voraussetzungen freigestellt werden:
      - Verbraucherbeteiligung am Gewinn
      - wirtschaftlicher Nutzen (Effizienzgewinn)
      - keine Wettbewerbsausschaltung
      - nur kartellbezogene Auflagen (Unerlässlichkeit)

8. **Aufgaben des Bundeskartellamtes:**
   - Marktbeobachtung hinsichtlich Wettbewerbsbeschränkungen
   - Anträge auf Negativtest entgegennehmen und prüfen
   - Missbrauchsaufsicht: Verhinderung des Missbrauchs einer marktbeherrschenden Stellung
   - Fusionskontrolle: Zusammenschlusskontrolle gemäß § 35 ff. GWB

9. a) **Konzern:** Zusammenschluss von Unternehmen, die rechtlich selbstständig bleiben, wirtschaftlich jedoch unselbstständig sind durch **einheitliche Leitung**.
   b) einheitliche Leitung

10. **Trust** = Verschmelzung = Fusion = Zusammenschluss von Unternehmen, die rechtlich und wirtschaftlich unselbstständig werden; es entsteht ein einziges Unternehmen.

11. Möglichkeiten des Kartellamts:

    Fusionskontrolle: Anzeigepflicht von Unternehmenszusammenschlüssen;
    Das Kartellamt untersagt die Fusion, wenn eine marktbeherrschende Stellung entsteht oder verstärkt wird.

    Missbrauchsaufsicht: Verhinderung des Missbrauchs einer marktbeherrschenden Stellung. Geldbußen bei Missbrauch

12. Z. B. Sicherung der internationalen Wettbewerbsfähigkeit; gemeinsame Erschließung neuer Märkte (auch für kleinere Unternehmen); gemeinsame Investitionen in Forschung und Entwicklung; langfristige Sicherung der Arbeitsplätze

4 Markt und Preis

4.1 Markt und Marktformen

1. Markt = jedes Zusammentreffen von Angebot und Nachfrage

2. Durch das Zusammentreffen von Angebot und Nachfrage wird ein Güteraustausch möglich.

3. a) **Polypol:** viele Anbieter – viele Nachfrager
   b) (Angebots-)**Oligopol:** wenige Anbieter – viele Nachfrager
   c) (Angebots-)**Monopol:** ein Anbieter – viele Nachfrager

4. a) Polypol
   b) Angebotsmonopol
   c) Angebotsoligopol
   d) Polypol
   e) Angebotsoligopol

5. Je weniger Marktteilnehmer auf einer Seite, umso marktstärker ist der einzelne Marktteilnehmer dieser Seite.

   Angebotsseite: weniger Anbieter → weniger Konkurrenz

   Folge: Die Marktstärke des einzelnen Anbieters steigt.

   Nachfrageseite: weniger Nachfrager, weniger „Mitkäufer“

   Folge: Die Marktstärke des einzelnen Nachfragers steigt.

6. Angebotsmonopol – Angebotsoligopol – Polypol

7. Zunahme von Großunternehmen bei gleichzeitigem Rückgang der kleineren Unternehmen. Anbieterzahl sinkt, ihre Marktmacht steigt.

8. a) patentiertes Haushaltsgerät – einzigartiges Spezialmedikament
   b) Autoindustrie – Mineralölindustrie – Zigarettenindustrie
   c) Lebensmittelindustrie – Textilindustrie – Bauindustrie – Möbelmärkte

Test → **Preisbildung: Marktformen – Lösungen**

1., 2., 3. Versuch | Erzielte Punkte

1

a) **Polypol**: viele Anbieter, viele Nachfrager → 1

b) **Oligopol**: wenige Anbieter bzw. wenige Nachfrager → 1

c) **Monopol**: ein Anbieter bzw. ein Nachfrager → 1

1.	3	
2.	3	
3.	3	

2

a) Angebotsmonopol:
- Patent
- z. T. Briefbeförderung
- einzigartiges Medikament

2 • → 1

b) Angebotsoligopol:
- Autoindustrie
- Mineralölindustrie
- Reiseindustrie

2 • → 1

c) Polypol:
- Lebensmittelindustrie
- Bauindustrie
- Textilindustrie

2 • → 1

1.	6	
2.	6	
3.	6	

3

Je weniger Marktteilnehmer auf einer Seite, umso marktstärker ist der einzelne Marktteilnehmer auf dieser Seite. → 1

Angebotsseite: weniger Anbieter – weniger Konkurrenz

Folge: Die Marktstärke des einzelnen Anbieters steigt. → 1

Nachfrageseite: weniger Nachfrager – weniger „Mitkäufer“

Folge: Die Marktstärke des einzelnen Nachfragers steigt. → 1

1.	3	
2.	3	
3.	3	

Tragen Sie Ihre Punktesumme ein und ermitteln Sie auf dem Aufgabenblatt Ihre Note.

Punktesumme → 1. 12 | Punktesumme → 2. 12 | Punktesumme → 3. 12

4.2 Bestimmungsgründe: Nachfrage und Angebot

1. **Individuelle Nachfrage:** Nachfrage eines einzelnen Haushaltes nach einem bestimmten Gut bei verschiedenen Preisen

   Marktnachfrage: Summe aller individuellen Nachfragen nach einem Gut

   (Addition = Aggregation aller individuellen Nachfragekurven zur Gesamtnachfragekurve = Marktnachfragekurve)

2. • Preis
   • Bedürfnisstruktur
   • Einkommen
   • Vermögen
   • Preise anderer Güter (Substitutions-, Komplementärgüter)
   • Zukunftserwartungen
   • Nachfragerzahl

3. Die Nachfragemenge ist lediglich vom Preis abhängig. Die anderen Bestimmungsfaktoren (Einkommen usw.) werden konstant gesetzt, verändern sich also nicht.

4. Wie ändert sich die Nachfragemenge, wenn sich der Preis ändert?

   Ursache also: Preisänderung; Wirkung: Nachfragemengenänderung

5. a) **Gesetz der Nachfrage:** Steigender Preis bewirkt sinkende Nachfrage und umgekehrt. Es handelt sich um Bewegungen auf der Kurve.
   b) 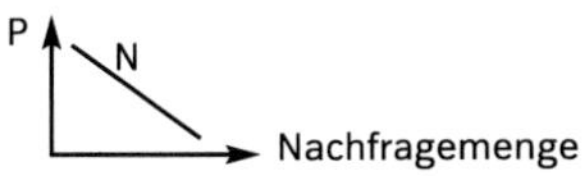

6. a) durch Marktforschung
   b) Nein; es sind Schätzungen, die auf mehr oder weniger exakten Marktanalysen bzw. Marktbeobachtungen basieren.

7. Wenn sich mindestens einer der konstant gesetzten Bestimmungsfaktoren der Nachfrage ändert (z. B. Einkommen).

8. • Nachfragerzahl steigt.
   • steigende Einkommen
   • steigende Bedürfnisse
   • Nachfrager erwarten Preissteigerungen.
   • sinkende Preise bei Komplementärgütern
   • steigende Preise bei Substitutionsgütern

9. • Nachfragerzahl sinkt.
   • sinkende Einkommen
   • sinkende Bedürfnisse
   • Nachfrager erwarten Preissenkungen.
   • steigende Preise bei Komplementärgütern
   • sinkende Preise bei Substitutionsgütern

10. a) **Komplementärgüter:** sich ergänzende Güter; Güter, die nur gemeinsam genutzt werden können.

    Beispiele:
    - Lampe/Birne
    - Auto/Reifen

    b) **Substitutionsgüter:** austauschbare Güter

    Beispiel:
    - Holz/Kunststoff
    - Margarine/Butter

11. a) Nachfrage steigt.
    b) Nachfrage steigt.

12. Die Nachfrage nach Autos wird sinken, somit sinkt auch die Nachfrage nach dem Komplementärgut Autoreifen.

13. Die Nachfrage nach Gut A a) sinkt, b) steigt.

14. Die Nachfrage nach Gut A a) steigt, b) sinkt.

15. a) Die Nachfrage sinkt, weil Haushalte aus Risikovorsorge größere Teile ihres Einkommens sparen.

    b)

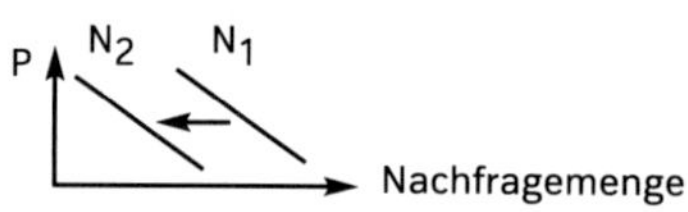

16. a) steigende Nachfrage, um den Preissteigerungen zuvorzukommen

    b)

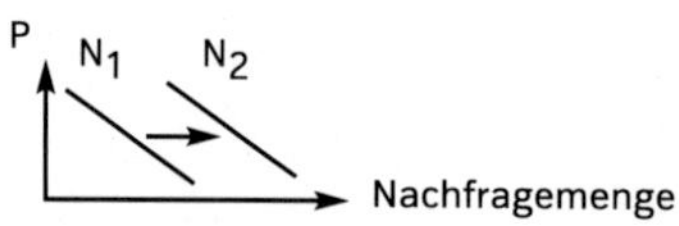

17. Keine Nachfrageänderung, da Insulin für den Käufer lebensnotwendig ist. Vollkommen unelastische Nachfrage.

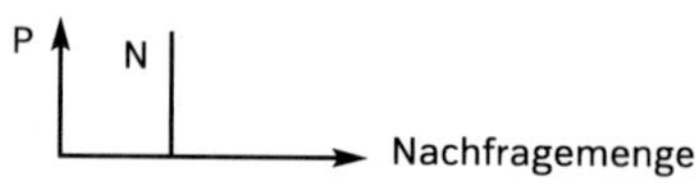

18. Es handelt sich um die sog. **anomale Nachfrage.** Ein hoher Preis erweckt beim Nachfrager den Eindruck hoher Qualität. Das Produkt wird also bevorzugt gekauft, weil es teurer ist **(Preis als Qualitätsmaßstab).**

    Alternativerklärung: Man kauft bevorzugt teurere Güter, um sich aus der Gemeinschaft herauszuheben und Güter zu besitzen, die sich andere nicht leisten können **(Snob-Effekt).**

19. • **Private Haushalte:** privater Konsum (Verbrauch)
    • **Ausland:** Export
    • **Unternehmen:** Investitionsgüternachfrage
    • **Staat:** Staatskonsum

20. Die Höhe der Gesamtnachfrage bestimmt den Konjunkturverlauf. Steigende Nachfrage nach Konsumgütern bzw. steigende Auslandsnachfrage (Exporte) bewirken steigende Beschäftigung, steigende Investitionen und somit steigendes Inlandsprodukt (Konjunkturaufschwung, Wachstum).

21. Aufgrund der zusätzlichen Nachfrage aus den neuen EU-Staaten wurde mit einem weiteren Konjunkturaufschwung sowie steigendem Wirtschaftswachstum bei entsprechender Investitionsbereitschaft der Unternehmen gerechnet.

22. **Individuelles Angebot:** Angebot eines bestimmten Gutes durch einen einzelnen Anbieter bei verschiedenen Preisen

    Marktangebot: Summe aller individuellen Angebote eines bestimmten Gutes

    (Addition = Aggregation aller individuellen Angebotskurven zur Gesamtangebotskurve = Marktangebotskurve)

23. • Preis
    • Kosten
    • Kapazitäten
    • Zukunftserwartungen
    • Konjunkturlage
    • Konkurrenzlage (Marktstellung des Anbieters, Zahl der Anbieter)

24. Die Angebotsmenge ist lediglich vom Preis abhängig. Die anderen Bestimmungsfaktoren (Kosten, Konjunktur ...) werden konstant gesetzt, verändern sich also nicht.

25. Wie ändert sich die Angebotsmenge, wenn sich der Preis ändert?

    Ursache also: Preisänderung. Wirkung: Angebotsmengenänderung.

26. a) **Gesetz des Angebots:** Steigender Preis bewirkt steigendes Angebot und umgekehrt. Es handelt sich um Bewegungen auf der Kurve.

    b) 

27. Wenn sich mindestens einer der konstant gesetzten Bestimmungsfaktoren des Angebots ändert (z. B. Kostensituation, Konjunkturlage).

28. • Anbieterzahl steigt.
    • steigende Kapazitäten
    • Kosten der Anbieter sinken.
    • optimistische Zukunftserwartungen

29. • Anbieterzahl sinkt.
    • sinkende Kapazitäten
    • Kosten der Anbieter steigen.
    • pessimistische Zukunftserwartungen

30. a) Verschiebung der Angebotskurve nach links, weil jede Menge zu einem höheren Preis angeboten werden muss.

    b) 

31. Rationalisierung bedeutet Kapazitätsausweitung und Kostensenkung. Somit steigt das Angebot. Verschiebung der Angebotsfunktion nach rechts.

32. Güter, die einen hohen Preis erzielen und relativ geringe Kosten verursachen, die also hohe Gewinnchancen versprechen.

33. In marktwirtschaftlich orientierten Wirtschaftssystemen entscheidet letztlich der Konsument (Nachfrager) darüber, welche Güter produziert werden. Wenn Bedarf nach einem Gut vorhanden ist, wird es Unternehmer geben, die diese Marktlücke schließen wollen, da sich entsprechende neue Verdienstquellen öffnen. Das Angebot richtet sich also letztlich nach der Nachfrage – der Konsument (Nachfrager) ist „souverän“.

34. a) 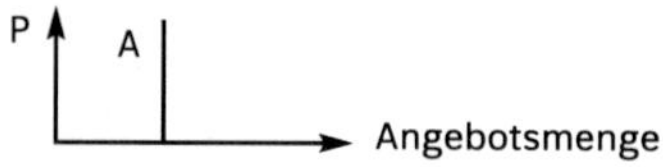

    b) • Ein Anbieter muss innerhalb kürzester Zeit sein Lager mit verderblichen Waren räumen.
       • Ein Wertpapierinhaber befürchtet einen starken Kursverfall. Er bietet daher seine Wertpapiere unlimitiert (egal zu welchem Kurs = Preis) an.

Test → Preisbildung: Nachfrage – Lösungen

1., 2., 3. Versuch	Erzielte Punkte

1
- Preis
- Bedürfnisstruktur
- Preise anderer Güter
- Zukunftserwartungen
- Einkommen
- Vermögen
- Zahl der Nachfrager

4 • --→ 0,5

1. 2	
2. 2	
3. 2	

2 Es wird unterstellt, dass die Nachfragemenge lediglich vom Preis abhängig ist. ------→ 1
Die anderen Bestimmungsfaktoren (Einkommen ...) werden konstant gesetzt, verändern sich also nicht. ------→ 1

1. 2	
2. 2	
3. 2	

3 a)
- Steigender Preis bewirkt sinkende Nachfrage.
- Sinkender Preis bewirkt steigende Nachfrage. ------→ 1

b) 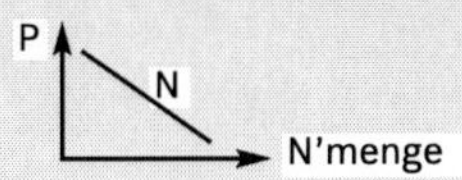

------→ 1

1. 2	
2. 2	
3. 2	

4 Wenn sich mindestens einer der konstant gesetzten Bestimmungsfaktoren der Nachfrage (z. B. Einkommen) ändert. ------→ 2

1. 2	
2. 2	
3. 2	

5
- Nachfragerzahl steigt.
- steigende Einkommen
- steigende Bedürfnisse
- Nachfrager erwarten Preissteigerungen.
- sinkende Preise bei Komplementärgütern
- steigende Preise bei Substitutionsgütern

3 • --→ 1

1. 3	
2. 3	
3. 3	

6 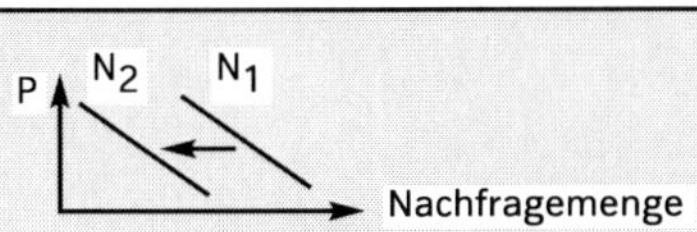

------→ 1

1. 1	
2. 1	
3. 1	

Tragen Sie Ihre Punktesumme ein und ermitteln Sie auf dem Aufgabenblatt Ihre Note.

Punktesumme	1. 12		Punktesumme	2. 12		Punktesumme	3. 12	

Test → Preisbildung: Angebot – Lösungen

	1., 2., 3. Versuch	Erzielte Punkte

1
- Preis
- Kostensituation
- Kapazitäten der Anbieter
- Zukunftserwartungen
- Konkurrenzlage
- Konjunkturlage

4 • → 0,5

1.	2	
2.	2	
3.	2	

2 Es wird unterstellt, dass die Angebotsmenge lediglich vom Preis abhängig ist. → 1
Die anderen Bestimmungsfaktoren (Kosten ...) werden konstant gesetzt, verändern sich also nicht. → 1

1.	2	
2.	2	
3.	2	

3 a)
- Steigender Preis bewirkt steigendes Angebot.
- Sinkender Preis bewirkt sinkendes Angebot. → 1

b) 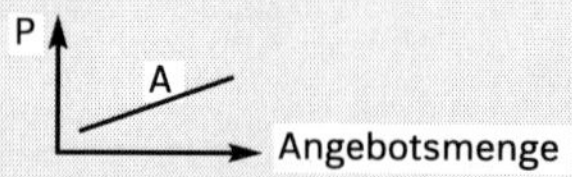

→ 1

1.	2	
2.	2	
3.	2	

4 Wenn sich mindestens einer der konstant gesetzten Bestimmungsfaktoren des Angebots (z. B. Kosten) ändert. → 2

1.	2	
2.	2	
3.	2	

5
- Anbieterzahl steigt.
- sinkende Kosten
- steigende Kapazitäten
- optimistische Zukunftserwartungen

2 • → 1

1.	2	
2.	2	
3.	2	

6 a) Verschiebung der Angebotskurve nach links, weil jede Menge zu einem höheren Preis angeboten werden muss. → 1

b) 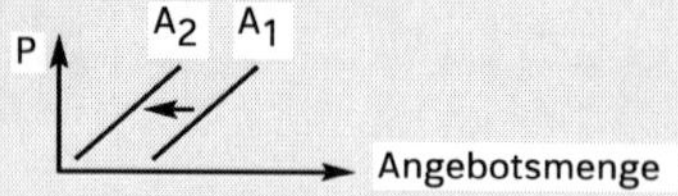

→ 1

1.	2	
2.	2	
3.	2	

Tragen Sie Ihre Punktesumme ein und ermitteln Sie auf dem Aufgabenblatt Ihre Note.

Punktesumme → 1. 12 | Punktesumme → 2. 12 | Punktesumme → 3. 12

4.3 Die Marktpreisbildung

4.3.1 Vollkommener und unvollkommener Markt

1.
   - keine räumlichen Unterschiede (Punktmarkt)
   - keine sachlichen Unterschiede (homogene = gleichartige Güter)
   - keine persönlichen Präferenzen
   - keine zeitlichen Unterschiede (gleiche Lieferfristen)
   - vollkommene Marktübersicht (= vollkommene Markttransparenz)

2.
   - Wenn mindestens eine der Bedingungen des vollkommenen Marktes nicht erfüllt ist.
   - verschiedene Preise für ein Gut

3. Ein bestimmtes Gut wird zu einem einheitlichen Preis angeboten.

   Begründung:
   - Verlangt ein Anbieter einen höheren Preis als die anderen, wird keiner mehr bei ihm kaufen.
   - Bei einer Preissenkung unter den Preis der anderen könnte er die auf ihn sich konzentrierende Gesamtnachfrage aufgrund seiner zu geringen Kapazität nicht befriedigen.

4. a) **Homogenität:** Gleichartigkeit der Güter
   b) **Transparenter Markt:**
   - übersichtlicher Markt
   - Jeder Marktteilnehmer kennt Preise, Konditionen, Lieferfristen usw. aller Beteiligten.

   c) **Punktmarkt:** Theoretischer Grenzfall:
   - keine räumlichen Unterschiede
   - Alle Marktteilnehmer treffen sich an einem bestimmten Ort zu einer bestimmten Zeit und haben somit den gesamten Überblick über das Marktgeschehen.

   d) **Präferenzen:** Vorliebe, Bevorzugung

5.
   - Der Markt ist lediglich zeitweise (temporär) unvollkommen.
   - Durch allmähliche „Entschleierung“ (allmählich eintretende vollkommene Information durch „Herumsprechen“) wird der Markt überschaubar (transparent) und somit vollkommen.

6. Der unvollkommene Markt ist zu vielschichtig, sodass man hier nur schwer zu eindeutigen Aussagen über Marktvorgänge kommen kann. Somit wird als Modell (= vereinfachtes Abbild der Realität) der vollkommene Markt untersucht, wobei man versucht, die gewonnenen Erkenntnisse auf komplexere Sachverhalte anzuwenden bzw. auszudehnen.

7. Börse

8. a) Vollkommener Markt, da alle Bedingungen erfüllt sind (vgl. 1.).
   b) unvollk. Markt, da insbesondere räumliche Unterschiede, fehlende Markttransparenz ...
   c) Unvollkommener Markt, da keine Bedingung des vollkommenen Marktes erfüllt ist.
   d) unvollkommener Markt, da insbesondere fehlende Homogenität bei Äpfeln
   e) Vollkommener Markt, da alle Bedingungen annähernd erfüllt sind.

9. Nicht erfüllte Bedingung:
   a) „keine sachlichen Unterschiede“
   b) „keine zeitlichen Unterschiede“
   c) „keine räumlichen Unterschiede“
   d) „keine persönlichen Präferenzen“

10.
   - Es liegt ein Punktmarkt vor (keine räumlichen und zeitlichen Unterschiede).
   - Wertpapiere (z. B. Aktien von BMW) sind homogen (keine sachlichen Unterschiede).
   - keine persönlichen Präferenzen
   - Es herrscht (fast) vollkommene Marktübersicht (Markttransparenz).

11. Richtig sind: b, c, f, g

Test → **Preisbildung: Vollkommener und unvollkommener Markt – Lösungen**

1., 2., 3. Versuch | Erzielte Punkte

1

- keine räumlichen Unterschiede (Punktmarkt) → 0,5
- keine sachlichen Unterschiede (homogene Güter) → 0,5
- keine persönlichen Präferenzen → 0,5
- keine zeitlichen Unterschiede (gleiche Lieferfristen) → 0,5
- vollkommene Marktübersicht (Markttransparenz) → 0,5

Versuch	Punkte	Erzielte Punkte
1.	2,5	
2.	2,5	
3.	2,5	

2

Wenn mindestens eine der Bedingungen des vollkommenen Marktes nicht erfüllt ist. → 1

Versuch	Punkte	Erzielte Punkte
1.	1	
2.	1	
3.	1	

3

Ein bestimmtes Gut wird zu einem einheitlichen Preis angeboten. Begründung: → 1

- Verlangt ein Anbieter einen höheren Preis als die anderen, wird keiner mehr bei ihm kaufen. → 1
- Bei einer Preissenkung unter den Preis der anderen könnte er die auf ihn sich konzentrierende Gesamtnachfrage aufgrund seiner zu geringen Kapazität nicht befriedigen. → 1

Versuch	Punkte	Erzielte Punkte
1.	3	
2.	3	
3.	3	

4

Der unvollkommene Markt ist zu **vielschichtig**, man kann hier nur schwer zu eindeutigen Aussagen über Marktvorgänge kommen. → 1 Somit wird als **Modell** (= vereinfachtes Abbild der Realität) der vollkommene Markt untersucht, → 0,5 wobei man versucht, die gewonnenen Erkenntnisse auf **komplexere** Sachverhalte anzuwenden bzw. auszudehnen. → 0,5

Versuch	Punkte	Erzielte Punkte
1.	2	
2.	2	
3.	2	

5

Börse → 1

Versuch	Punkte	Erzielte Punkte
1.	1	
2.	1	
3.	1	

6

a) vollkommener Markt (alle Bedingungen erfüllt) 5 • → 0,5
b) unvollk. Markt (räumliche Unterschiede, fehlende Markttransparenz ...)
c) unvollk. Markt (keine Bedingung des vollkommenen Marktes erfüllt)
d) unvollkommener Markt (fehlende Homogenität bei Äpfeln)
e) vollkommener Markt (alle Bedingungen annähernd erfüllt)

Versuch	Punkte	Erzielte Punkte
1.	2,5	
2.	2,5	
3.	2,5	

Tragen Sie Ihre Punktesumme ein und ermitteln Sie auf dem Aufgabenblatt Ihre Note.

	Versuch	Punkte	Erzielte Punkte
Punktesumme	1.	12	
Punktesumme	2.	12	
Punktesumme	3.	12	

4.3.2 Polypol – vollkommener Markt

1. Vgl. Stofftelegramm.

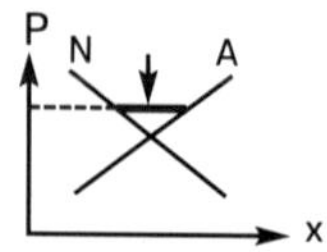

2. a) **Angebotsüberhang:** Angebot übersteigt Nachfrage. Lagerbildungen. Starker Wettbewerb unter Anbietern. Tendenz zur Preissenkung, weil die Anbieter ihre Waren loswerden wollen.

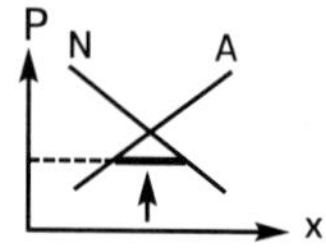

   b) **Nachfrageüberhang:** Nachfrage übersteigt Angebot. Starker Wettbewerb unter den Nachfragern. Tendenz zur Preiserhöhung.

3. a) **Käufermarkt:** Angebotsüberhang. Die Käufer (Nachfrager) sind preisverhandlungsmäßig im Vorteil. Tendenz: Preissenkung
   b) **Verkäufermarkt:** Nachfrageüberhang. Die Verkäufer (Anbieter) sind preisverhandlungsmäßig im Vorteil. Tendenz: Preiserhöhung

4.

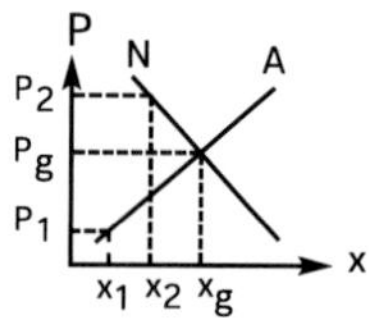

Absatz bei $P_1 : x_1$

Absatz bei $P_2 : x_2$

Absatz bei $P_g : x_g$ (= Absatzmaximum)

5. a) 16,00 EUR – Begründung: Angebot = Nachfrage

   b) P = 10,00 EUR: Nachfrageüberhang, Nachfrageüberschuss, Angebotslücke, Verkäufermarkt, Anbietermarkt, Ungleichgewicht

   P = 16,00 EUR: Gleichgewichtspreis, Marktgleichgewicht, Absatzmaximum

   P = 20,00 EUR: Angebotsüberhang, Angebotsüberschuss, Nachfragelücke, Käufermarkt, Nachfragermarkt, Ungleichgewicht

   c)

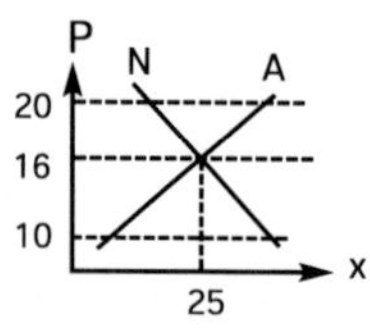

   d) U = p · x = 16,00 · 25 = **400,00 EUR**

   e)

P = 10,00 EUR:	U =	10,00 · 16	=	**160,00 EUR**
P = 12,00 EUR:	U =	12,00 · 19	=	**228,00 EUR**
P = 20,00 EUR:	U =	20,00 · 15	=	**300,00 EUR**
P = 22,00 EUR:	U =	22,00 · 10	=	**220,00 EUR**

6. a) Bei Preis 19,00 EUR: 0 St.
   Bei Preis 18,00 EUR: 10 St. (H.)
   Bei Preis 17,00 EUR: 18 St. (H., F.)
   Bei Preis 16,00 EUR: 27 St. (H., F., D.)

b)

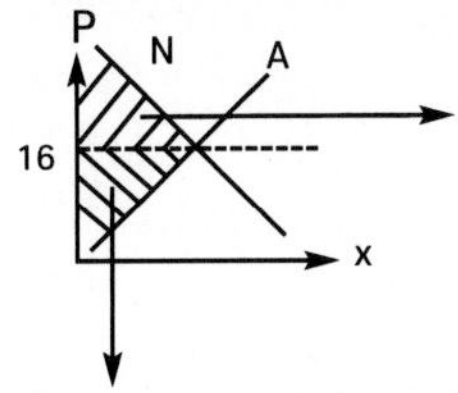

Konsumentenrente: Die Differenz zwischen dem Preis, den ein Käufer (Konsument) zu zahlen bereit ist, und dem tatsächlich gezahlten Marktpreis (Gleichgewichtspreis). Die Konsumentenrente ist also ein nicht ausgegebener Betrag bzw. eine Art (psychologischer) Gewinn für den Käufer.

Produzentenrente: Die Differenz zwischen dem vom Verkäufer (Produzenten) erzielten Gleichgewichtspreis und dem niedrigeren Preis, zu dem er gerade noch angeboten hätte. Die Produzentenrente ist also eine Art zusätzlicher Gewinn für den Anbieter.

7. Bei Preisen, die über bzw. unter dem Gleichgewichtspreis liegen, sind Ungleichgewichte zwischen Angebot und Nachfrage gegeben.

Preise über dem Gleichgew.preis:	Angebotsüberhang mit sinkender Preistendenz (s. o.)
Preise unter dem Gleichgew.preis:	Nachfrageüberhang mit steigender Preistendenz (s. o.)
Gleichgewichtssituation:	Angebot = Nachfrage; keine Preisänderungstendenzen sowie größtmöglicher Absatz

8. Nein; zum Zuge kommen:
   1. alle Anbieter, die maximal den Gleichgewichtspreis verlangen,
   2. alle Nachfrager, die mindestens den Gleichgewichtspreis zahlen wollen.

   Nicht zum Zuge kommen:
   1. alle Anbieter, die über dem Gleichgewichtspreis anbieten,
   2. alle Nachfrager, die weniger als den Gleichgewichtspreis zahlen wollen.

9. • Jeder Polypolist bietet zum Gleichgewichtspreis (Marktpreis) an („Preisnehmer“).
   • Der Marktpreis ist für ihn ein „Datum“ (vorgegeben).
   • Preispolitik ist nicht möglich.
   • Höhere Preise als den Gleichgewichtspreis kann er nicht durchsetzen, weil er aufgrund der Bedingungen des vollkommenen Marktes seinen gesamten Absatz verlieren würde.
   • Niedrigere Preise als den Gleichgewichtspreis würden ihn bezüglich seiner Kapazität überfordern.
   • Bei vorgegebenem Preis wird er die Menge anbieten, bei der er sein Gewinnmaximum erzielt (Mengenanpasser). Dies wird üblicherweise an seiner Kapazitätsgrenze der Fall sein.

10. • Der Gleichgewichtspreis garantiert den größtmöglichen Absatz.
    • Somit wird die größtmögliche Gütermenge (Angebotsmenge) umgesetzt.
    • Angebot und Nachfrage werden zum Ausgleich gebracht, es gibt keine Lagerbildung.
    • Der Bedarf ist optimal gedeckt.

11. a) Angebotsüberhang
    b) Nachfrageüberhang
    c) Gleichgewichtspreis

12. a) Preis steigt. b) Preis steigt. c) Preis sinkt. d) Preis sinkt.

13.

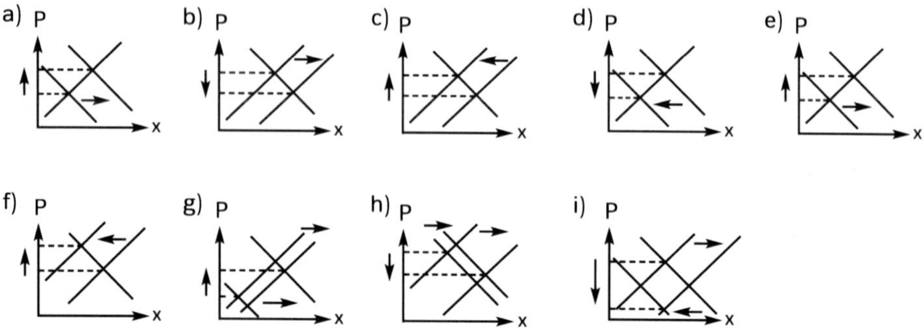

14. Nachfrage- und Angebotskurve verschieben sich nach rechts.

Alternative 1: Nachfrage- und Angebotsänderung in gleichem Umfang: keine Änderung des Gleichgewichtspreises

Alternative 2: Die Nachfrage steigt stärker als das Angebot: Der Gleichgewichtspreis steigt.

Alternative 3: Das Angebot steigt stärker als die Nachfrage: Der Gleichgewichtspreis sinkt.

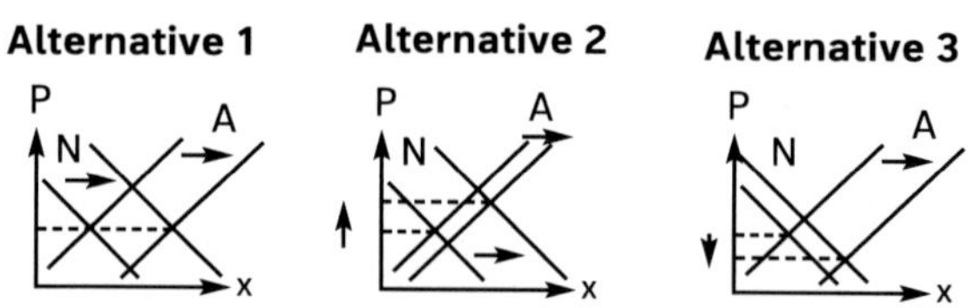

15. Steigendes Angebot allein bedeutet sinkenden Preis. Ist der Preis dennoch gestiegen, so ist dies auf relativ stark gestiegene Nachfrage zurückzuführen.

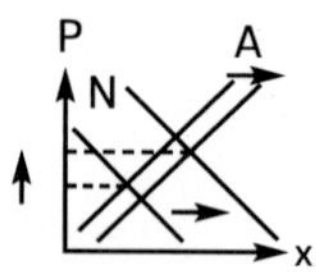

16. Nachfragekurve verschiebt sich nach links, da die verfügbaren Einkommen und damit die Nachfrage sinken. Der Gleichgewichtspreis und die Menge sinken.

17. **Ausgleichsfunktion:** Der Marktpreis bringt Nachfrage und Angebot zum **Ausgleich**. Er „räumt" den Markt. Größtmöglicher Absatz.

Signalfunktion: Der Marktpreis zeigt den Knappheitsgrad eines Gutes an. Preissteigerungen **signalisieren**, dass das Gut relativ knapper geworden ist: Entweder ist das Angebot bei gleichbleibender Nachfrage gesunken oder die Nachfrage bei gleichbleibendem Angebot gestiegen.
Preissenkungen: analog

Lenkungsfunktion: Der Marktpreis **lenkt** das Angebot auf diejenigen Märkte, auf denen eine große Nachfrage herrscht und somit hohe Marktpreise und Gewinne erzielbar sind. Einsatz der Produktionsfaktoren in den Bereichen mit hohen Gewinnchancen.

Vgl. „Konsumentensouveränität“.

Erziehungsfunktion: Der Preis auf dem vollk. polypolist. Markt ist bei allen **Anbietern** gleich. Der Preis zwingt (**erzieht**) die Anbieter zur Kostensenkung, wenn sie ihren Gewinn maximieren wollen.

Die **Nachfrager** werden dahingehend **erzogen**, preisgünstigste Einkaufsmöglichkeiten zu suchen, wenn sie ihren Nutzen maximieren wollen.

18. a) Substitutionsgüter
    b) Sinkende Nachfrage bei Holzfenstern bewirkt hier einen sinkenden Marktpreis. Steigende Nachfrage bei Kunststofffenstern bewirkt hier einen steigenden Marktpreis. Je mehr sich die Preise angleichen, umso weniger Nachfrager werden auf Kunststofffenster umsteigen. Möglicherweise wird die Preissteigerungstendenz bei Kunststofffenstern gebremst durch neue Anbieter, die aufgrund der hohen Preise angezogen werden.

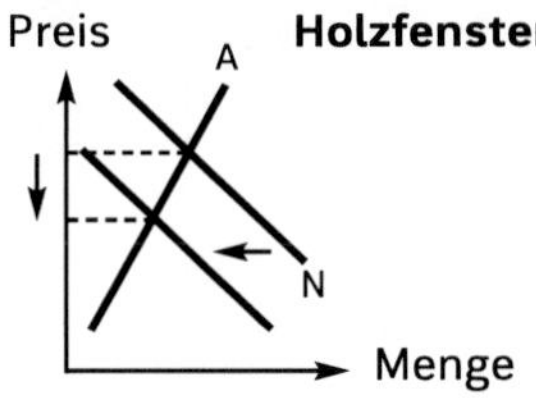

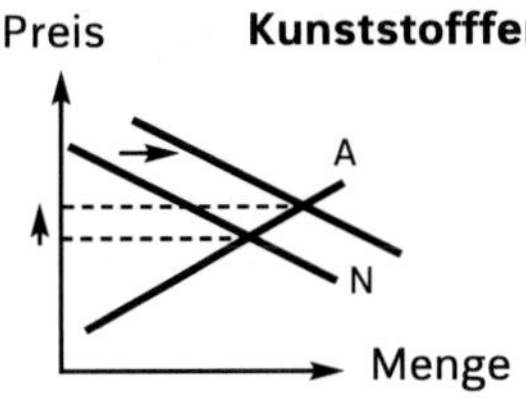

    c) **Ausgleichsfunktion:** Es spielt sich stets ein Marktpreis ein, der Angebot und Nachfrage zum Ausgleich bringt.

    Signalfunktion: Die Preissteigerung bei Kunststofffenstern signalisiert, dass sie relativ knapper geworden sind. Die Preissenkung bei Holzfenstern signalisiert, dass sie relativ weniger knapp geworden sind.

    Lenkungsfunktion: Aufgrund der Preissteigerungen bei Kunststofffenstern – ausgelöst durch vermehrte Nachfrage – sowie sinkender Preise bei Holzfenstern werden bisherige Anbieter von Holzfenstern vermehrt auf Kunststofffensterproduktion umsteigen. Der gestiegene Preis zieht also neue Anbieter an – die Produktion wird in den Bereich „gelenkt“, der nachfragemäßig begünstigt ist.
    Vgl. „Konsumentensouveränität“: Der Konsument bestimmt letztlich, was angeboten wird.

    Erziehungsfunktion: Die Nachfrager richten sich nach preisgünstigsten Einkaufsmöglichkeiten, steigen also bei entsprechendem Preisabstand auf Kunststofffenster um (Nutzenmaximierung). Anbieter handeln nach dem Gewinnmaximierungsprinzip und lassen sich durch steigende Nachfrage und Preise zur Kunststofffensterproduktion bewegen.

19. Der Polypolist auf dem vollkommenen Markt kann keine Preispolitik betreiben, weil der Marktpreis für alle Marktteilnehmer vorgegeben ist. Somit wird er bei gegebenen Preisen die Menge anbieten, bei der er sein Gewinnmaximum erzielt.

Test → Preisbildung: Polypol I – Lösungen

1., 2., 3. Versuch	Erzielte Punkte

1

a) **Angebotsüberhang:**

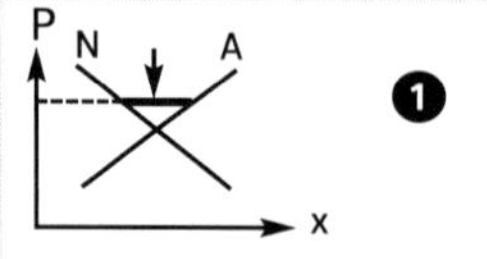

(1)

- Angebot übersteigt Nachfrage (Lagerbildungen). (0,5)
- starker Wettbewerb unter Anbietern (1)
- Tendenz zur Preissenkung (0,5)

b) **Nachfrageüberhang:**

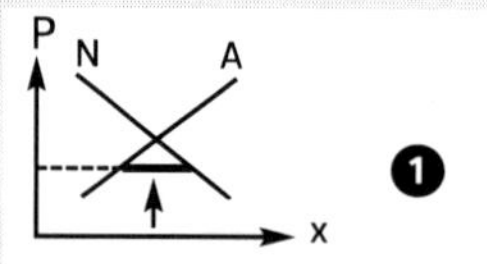

(1)

- Nachfrage übersteigt Angebot. (0,5)
- starker Wettbewerb unter Nachfragern (1)
- Tendenz zur Preiserhöhung (0,5)

Versuch	Punkte	Erzielte Punkte
1.	6	
2.	6	
3.	6	

2

Käufermarkt: Angebotsüberhang ----→ (0,5)
Verkäufermarkt: Nachfrageüberhang ----→ (0,5)

Versuch	Punkte	Erzielte Punkte
1.	1	
2.	1	
3.	1	

3

16,00 EUR ----→ (1)

Begründung: Angebot = Nachfrage ----→ (1)

Versuch	Punkte	Erzielte Punkte
1.	2	
2.	2	
3.	2	

4

Bei Preisen, die über bzw. unter dem Gleichgewichtspreis liegen, sind Ungleichgewichte zwischen Angebot und Nachfrage gegeben.

Preise über dem Gleichgewichtspreis: Angebotsüberhang mit sinkender Preistendenz --→ (1)

Preise unter dem Gleichgewichtspreis: Nachfrageüberhang mit steigender Preistendenz --→ (1)

Gleichgewichtssituation:
- Angebot = Nachfrage ----→ (0,5)
- keine Preisänderungstendenzen sowie größtmöglicher Absatz----→ (0,5)

Versuch	Punkte	Erzielte Punkte
1.	3	
2.	3	
3.	3	

Tragen Sie Ihre Punktesumme ein und ermitteln Sie auf dem Aufgabenblatt Ihre Note.

Punktesumme	
1.	12
2.	12
3.	12

Test → Preisbildung: Polypol II – Lösungen

1., 2., 3. Versuch		Erzielte Punkte
1.	5	
2.	5	
3.	5	

1

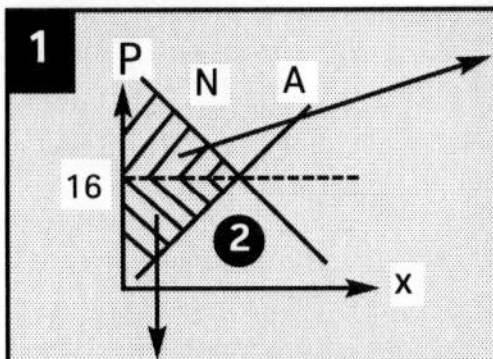

Konsumentenrente: Die Differenz zwischen dem Preis, den ein Käufer (Konsument) zu zahlen bereit ist, und dem tatsächlich gezahlten Marktpreis = Gleichgewichtspreis. (Die Konsumentenrente ist also ein nicht ausgegebener Betrag bzw. eine Art psychologischer Gewinn für den Käufer.) ----→ 1,5

Produzentenrente: Die Differenz zwischen dem vom Verkäufer (Produzenten) erzielten Gleichgewichtspreis und dem niedrigeren Preis, zu dem er gerade noch angeboten hätte. (Die Produzentenrente ist also eine Art zusätzlicher Gewinn für den Anbieter.) ----→ 1,5

1.	5	
2.	5	
3.	5	

2

- Jeder Polypolist bietet zum Gleichgewichtspreis (Marktpreis) an („Preisnehmer"). Der Marktpreis ist für ihn vorgegeben. Preispolitik ist nicht möglich. --→ 1
- Höhere Preise kann er nicht durchsetzen, weil er aufgrund der Bedingungen des vollkommenen Marktes seinen gesamten Absatz verlieren würde. --→ 1
- Niedrigere Preise als der Gleichgewichtspreis würden ihn bezüglich seiner Kapazität überfordern. --→ 1
- Bei vorgegebenem Preis wird er die Menge anbieten, bei der er sein Gewinnmaximum erzielt (Mengenanpasser). --→ 1
  Dies wird an seiner Kapazitätsgrenze der Fall sein. --→ 1

1.	4	
2.	4	
3.	4	

3

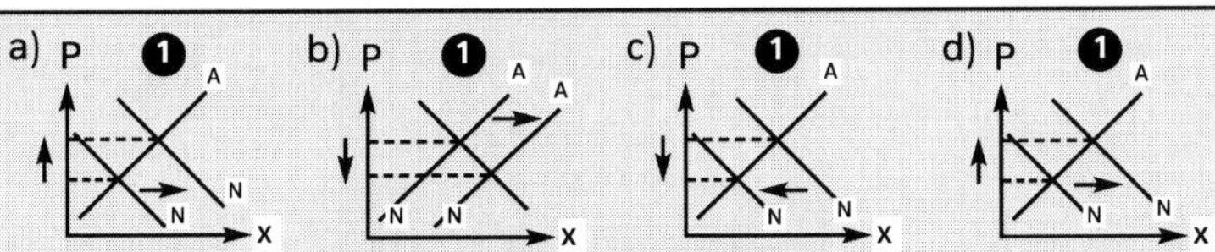

1.	6	
2.	6	
3.	6	

4

Ausgleichsfunktion: → 0,5
Der Marktpreis bringt Nachfrage und Angebot zum **Ausgleich**. Er „räumt" den Markt. Größtmöglicher Absatz. --→ 1

Signalfunktion: → 0,5
Der Marktpreis zeigt den Knappheitsgrad eines Gutes an. Preissteigerungen **signalisieren**, dass das Gut relativ knapper geworden ist (entweder ist das Angebot bei gleichbleibender Nachfrage gesunken oder die Nachfrage bei gleichbleibendem Angebot gestiegen). Preissenkungen: analog. --→ 1

Lenkungsfunktion: → 0,5
Der Marktpreis **lenkt** das Angebot auf diejenigen Märkte, auf denen eine große Nachfrage herrscht und somit hohe Marktpreise und Gewinne erzielbar sind. (Einsatz der Produktionsfaktoren in den Bereichen mit hohen Gewinnchancen.) --→ 1

Erziehungsfunktion: → 0,5
Der Preis beim vollkommenen Polypol ist bei allen **Anbietern** gleich. Er zwingt (**erzieht**) die Anbieter zur Kostensenkung, wenn sie ihren Gewinn maximieren wollen. Die **Nachfrager** werden **erzogen**, preisgünstigste Einkaufsmöglichkeiten zu suchen, wenn sie ihren Nutzen maximieren wollen. --→ 1

Tragen Sie Ihre Punktesumme ein und ermitteln Sie auf dem Aufgabenblatt Ihre Note.

Punktesumme	1.	20		Punktesumme	2.	20		Punktesumme	3.	20	

4.3.3 Markteingriffe des Staates

1. Vgl. Stofftelegramm.

2. a)

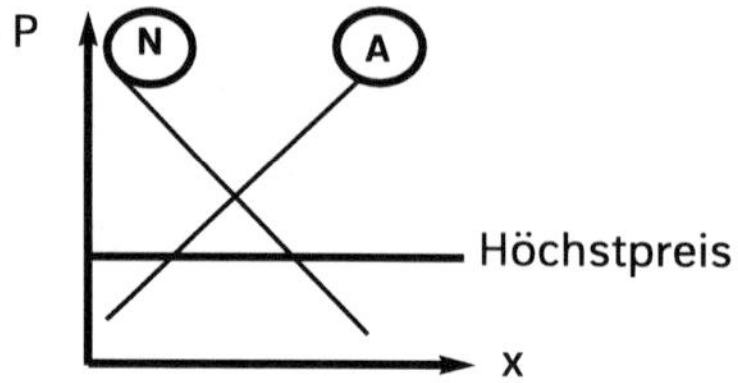

b) Schutz des Verbrauchers; der Gleichgewichtspreis, der sich ohne Höchstpreis bilden würde, wird als zu hoch betrachtet.

c) Es entsteht ein **Nachfrageüberhang:** Viele Nachfrager kommen nicht zum Zuge.

Eventuelle **Probleme:**
- Schwarzmarkt: Produkte werden „unter dem Tisch" über dem Höchstpreis angeboten.
- Rationierung: planmäßige Verteilung des zu geringen Angebots auf die Nachfrager
- Schließung der Angebotslücke möglich durch:
  - zwangsweise Vergrößerung des Angebots (Produktionsauflagen)
  - Staat tritt zusätzlich als Anbieter auf.
  - Zuschüsse an Anbieter, damit diese vermehrt produzieren.

3. a)

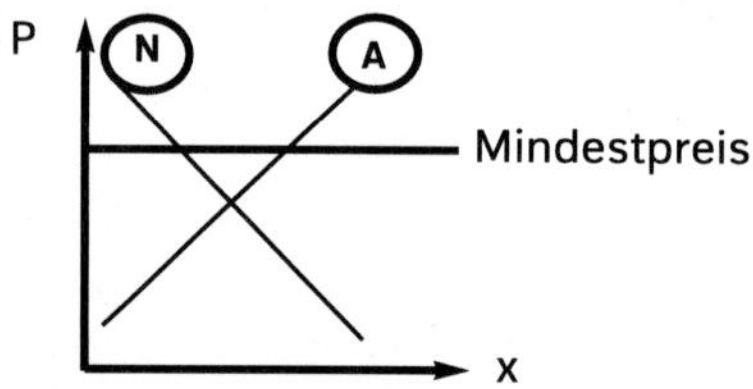

b) Schutz des Produzenten; der Gleichgewichtspreis, der sich ohne Mindestpreis bildet, wird als zu niedrig betrachtet, evtl. nicht einmal kostendeckend.

c) Es entsteht ein **Angebotsüberhang:** Die Anbieter bleiben z. T. „auf ihren Produkten sitzen".

Mögliche **Staatsmaßnahmen:**
- Produktionsbeschränkung erzwingen
- Aufkauf Überschüsse und lagern, vernichten, zweckentfremden oder Verkauf ins Ausland; eventuelle **Probleme:** Lager- bzw. Vernichtungskosten

4. a) Mindestpreis festlegen
   b) Höchstpreis festlegen

5. **Nachfrageverringerung:**
   - Staatsaufträge kürzen
   - Steuererhöhungen für Nachfrager
   - Streichung von Subventionen für Nachfrager

   Angebotserhöhung:
   - Zollsenkungen (Importe steigen)
   - Investitionszulagen
   - Abschreibungsvergünstigungen
   - Steuererleichterungen für Anbieter

6. a) m'konform b) m'konform c) m'konträr d) m'konform e) m'konträr
   f) m'konform g) m'konform h) m'konträr i) m'konträr

7. **Marktkonforme Maßnahmen:** Wohngeldgewährung

   Marktkonträre Maßnahmen: Höchstmiete, die unter der Marktmiete liegt

Test →

Marktkonforme und marktkonträre Eingriffe des Staates – Lösungen

1., 2., 3. Versuch	Erzielte Punkte

1

Marktkonforme Eingriffe:
- Staat beeinflusst Nachfrage oder Angebot = indirekte (mittelbare) Preisbeeinflussung. → 1 → 1
- Marktmechanismen (Preisfunktionen) gelten → 1

Marktkonträre Eingriffe:
- Preisfixierung durch Staat (Höchst-, Mindestpreise) → 1 = direkte (unmittelbare) Preisbeeinflussung → 1
- Marktmechanismen (Preisfunktionen) ausgeschaltet → 1

Versuch	Punkte	Erzielte Punkte
1.	6	
2.	6	
3.	6	

2

a)

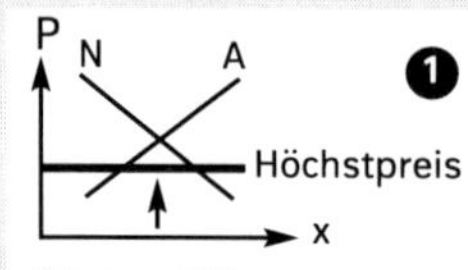

b)
- Schutz des Verbrauchers ---→ 0,5
- Der Gleichgewichtspreis wird als zu hoch betrachtet. ---→ 0,5

c) Es entsteht ein **Nachfrageüberhang**; eventuelle Probleme: ---→ 0,5
- Schwarzmarkt: Produkte werden schwarz (über Höchstpreis) angeboten. -→ 0,5
- Rationierung: planmäßige Verteilung des zu geringen Angebots auf die Nachfrager ---→ 0,5
- Schließung der Angebotslücke möglich durch:
  - zwangsweise Vergrößerung des Angebots (Produktionsauflagen) ---→ 0,5
  - Staat tritt zusätzlich als Anbieter auf. ---→ 0,5
  - Zuschüsse an Anbieter, damit diese vermehrt produzieren. ---→ 0,5

Versuch	Punkte	Erzielte Punkte
1.	5	
2.	5	
3.	5	

3

a)

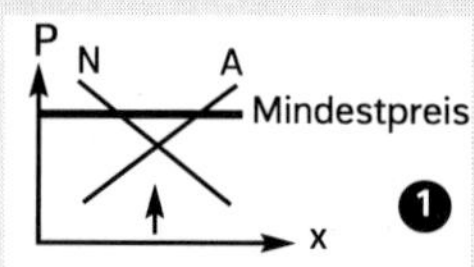

b)
- Schutz des Produzenten ---→ 0,5
- Der Gleichgewichtspreis wird als zu niedrig betrachtet. ---→ 0,5

c) Es entsteht ein **Angebotsüberhang**. Die Anbieter bleiben z. T. auf ihren Produkten sitzen. ---→ 0,5

Mögliche Staatsmaßnahmen:
- Produktionsbeschränkung erzwingen ---→ 0,5
- Aufkauf der Überschüsse und ---→ 0,5

lagern, vernichten, zweckentfremden oder Verkauf ins Ausland ---→ 1

Problem evtl.: Lager- bzw. Vernichtungskosten ---→ 0,5

Versuch	Punkte	Erzielte Punkte
1.	5	
2.	5	
3.	5	

4

a) Mindestpreis festlegen ----→ 1 b) Höchstpreis festlegen ----→ 1

Versuch	Punkte	Erzielte Punkte
1.	2	
2.	2	
3.	2	

5

Marktkonforme Maßnahme: Wohngeldgewährung ----→ 1

Marktkonträre Maßnahme: Höchstmiete festlegen ----→ 1

Versuch	Punkte	Erzielte Punkte
1.	2	
2.	2	
3.	2	

Tragen Sie Ihre Punktesumme ein und ermitteln Sie auf dem Aufgabenblatt Ihre Note.

Punktesumme			Punktesumme			Punktesumme		
	1.	20		2.	20		3.	20

4.3.4 Angebotsmonopol

1. Angebotsmonopol: ein Anbieter, viele Nachfrager

2. • Erfindung (Patent)
   • Unternehmenszusammenschlüsse

3. **Individualmonopole:** Einzelne Unternehmen, die nicht durch Unternehmenszusammenschlüsse entstanden sind.

   Kollektivmonopole: Monopole, die durch Unternehmenszusammenschlüsse (Kartelle, Konzerne) entstanden sind.

4. • Wettbewerbsbeschränkung(-ausschaltung), Gewinnerhöhung
   • Sicherung von Beschaffung und Absatz
   • Verbesserung der Konkurrenzfähigkeit gegenüber Auslandskonzernen
   • leichtere Finanzierbarkeit von Großprojekten sowie Forschungs- und Entwicklungsarbeiten
   • Kostensenkung durch Massenproduktion

5. **Bedarfsdeckungsmonopole:**
   • Öffentliche Monopole, die nach dem gemeinwirtschaftlichen Prinzip arbeiten.
   • Ziel: optimale Versorgung der Bevölkerung mit Gütern, möglichst kostendeckend

   Gewinnmaximierungsmonopole:
   • Monopole, die nach dem erwerbswirtschaftlichen Prinzip arbeiten.
   • Ziel: Gewinnmaximierung

6. Nachfrage und Kosten

7. • Der Monopolist kann Preis- und Mengenpolitik betreiben.
   • Er verwirklicht die Preis-Mengen-Kombination, bei der er sein Gewinnmaximum erzielt (größte Differenz zwischen Umsatz und Kosten).

8.

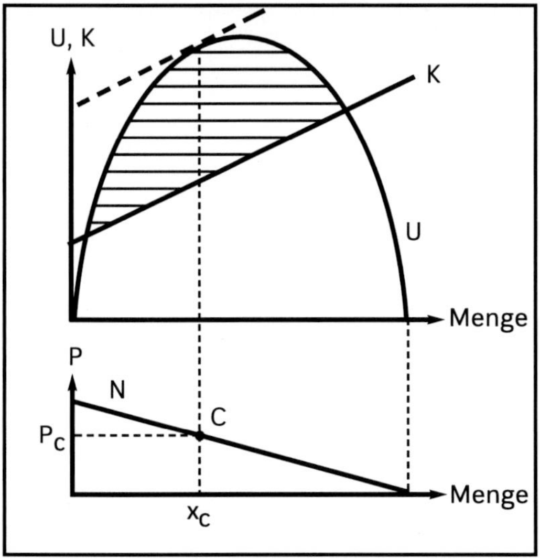

9. • Verringerung seiner Kosten (z. B. durch Rationalisierung) und/oder
   • Nachfragebeeinflussung durch Marketingmaßnahmen (Werbung); Nachfragekurve verschiebt sich nach rechts, Preis und Umsatz steigen bei konstanten Kosten, Gewinn steigt
   • Unvollkommenes Monopol: Preisdifferenzierung

10. a)

Preis (in Euro)	Nachfr. (Stück)	Umsatz (Erlöse)	Fix-kosten	Variable Kosten	Gesamt-kosten	Gewinn/ Verlust	
3.500,00	0	0,00	20.000,00	0,00	20.000,00	-20.000,00	
3.250,00	5	16.250,00	20.000,00	5.000,00	25.000,00	-8.750,00	
3.000,00	10	30.000,00	20.000,00	10.000,00	30.000,00	0,00	
2.750,00	15	41.250,00	20.000,00	15.000,00	35.000,00	6.250,00	
2.500,00	20	50.000,00	20.000,00	20.000,00	40.000,00	10.000,00	
2.250,00	**25**	**56.250,00**	**20.000,00**	**25.000,00**	**45.000,00**	**11.250,00**	→ **Gewinnmaximum**
2.000,00	30	60.000,00	20.000,00	30.000,00	50.000,00	10.000,00	
1.750,00	35	61.250,00	20.000,00	35.000,00	55.000,00	6.250,00	
1.500,00	40	60.000,00	20.000,00	40.000,00	60.000,00	0,00	
1.250,00	45	56.250,00	20.000,00	45.000,00	65.000,00	-8.750,00	
1.000,00	50	50.000,00	20.000,00	50.000,00	70.000,00	-20.000,00	

b) Preis: 1.750,00 EUR/Menge: 35 Stück
c), d) Skizzen vgl. Stofftelegramm.
Vergleichen und kontrollieren Sie Ihre Grafik mit Ihren ermittelten Tabellenwerten.

11. • öffentliche Monopole, die nach dem gemeinwirtschaftlichen Prinzip handeln (Ziel: optimale Bedarfsdeckung bei Kostendeckung)
   • öffentliche Kritik an überhöhten Monopolpreisen
   • evtl. „Angst“ vor dem Einschreiten des Kartellamts mit rufschädigender Wirkung
   • Verhinderung des Auftretens neuer Konkurrenz, die von den hohen Preisen und damit hohen Gewinnen angezogen werden könnten
   • Verhinderung neuer Konkurrenz, die Substitutionsgüter anbietet

12. Vgl. 11.! • öffentliche Kritik, Verärgerung der Nachfrager
   • Risiko des Auftretens neuer Konkurrenz
   • evtl. „Angst“ vor dem Einschreiten des Kartellamts (Angst vor Rufschädigung)

13. **Argumente gegen Monopole:**
   1. Ausschaltung des Wettbewerbs
   2. Angebotsverknappung
   3. überhöhte Preise
   4. evtl. Machtmissbrauch (Beeinflussung von Politikern ...)

Argumente für Monopole:

1. Größere Fertigungsanlagen in Verbindung mit der Massenproduktion bedeuten Kostenvorteile (sinkende Stückkosten), die über die Preise weitergegeben werden.
2. leichtere Finanzierung von Forschungs- und Entwicklungsarbeiten, somit Förderung des technischen Fortschritts
3. Verbesserung der Konkurrenzsituation gegenüber ausländischen Großunternehmen
4. Öffentliche Monopole gewährleisten auch in Verlustbereichen eine Marktversorgung zu angemessenen Preisen.

14. **Ausgleichsfunktion:** Die Funktion kommt nicht zum Tragen, weil der durch den Monopolisten fixierte Preis kein Gleichgewichtspreis ist. (Angebots- und Nachfragelücken bleiben bestehen.)

Signalfunktion: Aufgrund der autonomen Preisfixierung durch den Monopolisten signalisiert eine Preisänderung nicht unbedingt eine Änderung der Güterknappheit. Die Funktion gilt daher nur eingeschränkt.

Lenkungsfunktion: Gilt nur eingeschränkt; sehr hohe Monopolpreise locken jedoch evtl. neue Konkurrenz an.

Erziehungsfunktion: Gilt nur eingeschränkt; der Monopolist ist – mangels Konkurrenz – nicht gezwungen, möglichst kostengünstig zu produzieren. Dennoch wird er – nicht zuletzt aufgrund des Risikos neu auftretender Konkurrenz – bestimmte Preise nicht überschreiten, sodass eine optimale Kostensituation auch für ihn wichtig ist.

15. a) Wenn eine oder mehrere Bedingungen des vollkommenen Marktes nicht erfüllt sind.
    b) Der Monopolist kann für sein Produkt verschiedene Preise (z. B. in verschiedenen Regionen) verlangen (= sog. **Preisdifferenzierung**), um sein absolutes Gewinnmaximum zu erreichen. Er wird daher die Konsumentenrente möglichst weitgehend ausschöpfen, um sein absolutes Gewinnmaximum zu erreichen.

Test → **Preisbildung: Monopol I – Lösungen**

1., 2., 3. Versuch	Erzielte Punkte

1

ein Anbieter –viele Nachfrager ----> ❶

1.	1	
2.	1	
3.	1	

2

- Erfindung (Patent) ----> ❶
- Unternehmenszusammenschlüsse ----> ❶

1.	2	
2.	2	
3.	2	

3

- Wettbewerbsbeschränkung(-ausschaltung), Gewinnerhöhung
- Sicherung von Beschaffung und Absatz
- Verbesserung der Konkurrenzfähigkeit gegenüber Auslandskonzernen
- leichtere Finanzierbarkeit von Großprojekten bzw. Forschungs- und Entwicklungsarbeiten
- Kostensenkung durch Massenproduktion 4 • --> ❶

1.	4	
2.	4	
3.	4	

4

- Nachfrage ----> ❶ • Kosten ----> ❶

1.	2	
2.	2	
3.	2	

5

- Der Monopolist kann Preis- und Mengenpolitik betreiben. ----> ❶
- Er verwirklicht die Preis-Mengen-Kombination, bei der er sein Gewinnmaximum erzielt. ----> ❶
  Dies ist der Fall bei der größten positiven Differenz zwischen Umsatz und Kosten. ----> ❶

1.	3	
2.	3	
3.	3	

Tragen Sie Ihre Punktesumme ein und ermitteln Sie auf dem Aufgabenblatt Ihre Note.

Punktesumme 1. 12 | **Punktesumme** 2. 12 | **Punktesumme** 3. 12

Test → **Preisbildung: Monopol II – Lösungen**

1., 2., 3. Versuch | Erzielte Punkte

1

Preis (in Euro)	Nachfr. (Stück)	Umsatz (Erlöse)	Fix-kosten	Variable Kosten	Gesamt-kosten	Gewinn/ Verlust
3.500	0	0	20.000	0	20.000	–20.000
3.250	5	16.250	20.000	5.000	25.000	–8.750
3.000	10	30.000	20.000	10.000	30.000	0
2.750	15	41.250	20.000	15.000	35.000	6.250
2.500	20	50.000	20.000	20.000	40.000	10.000
2.250	**25**	**56.250**	**20.000**	**25.000**	45.000	**11.250**
2.000	30	60.000	20.000	30.000	50.000	10.000
1.750	35	61.250	20.000	35.000	55.000	6.250
1.500	40	60.000	20.000	40.000	60.000	0
1.250	45	56.250	20.000	45.000	65.000	–8.750
1.000	50	50.000	20.000	50.000	70.000	–20.000

in Tsd.

Gewinnmaximum → Preis = 2.250 EUR; Menge = 25 St.

Punkte: 2 (Umsatz), 2 (Variable Kosten), 2 (Gesamtkosten), 2 (Gewinn/Verlust), 2 (Preis/Menge)

1. 10
2. 10
3. 10

2

- Öffentliche Monopole, die nach dem gemeinwirtschaftlichen Prinzip handeln (Ziel: optimale Bedarfsdeckung bei Kostendeckung).
- öffentliche Kritik an überhöhten Monopolpreisen
- Verhinderung des Auftretens neuer Konkurrenz, die von den hohen Preisen und damit hohen Gewinnen angezogen werden könnten
- „Angst" vor Einschreiten des Kartellamts

2 • → 1

1. 2
2. 2
3. 2

3

Argumente gegen Monopole:

1. Ausschaltung des Wettbewerbs
2. Angebotsverknappung
3. überhöhte Preise
4. evtl. Machtmissbrauch

2 • → 1

Argumente für Monopole:

1. Größere Fertigungsanlagen und Massenproduktion bedeuten Kostenvorteile (sinkende Stückkosten), die über die Preise weitergegeben werden.
2. leichtere Finanzierung von Forschungs- und Entwicklungsarbeiten, somit Förderung des technischen Fortschritts
3. Verbesserung der Konkurrenzsituation gegenüber ausländ. Großunternehmen

2 • → 1

1. 4
2. 4
3. 4

4

Ausgleichsfunktion: Funktion kommt nicht zum Tragen, weil der durch den Monopolisten fixierte Preis kein Gleichgewichtspreis ist. → 1

Signalfunktion: Aufgrund der autonomen Preisfixierung durch den Monopolisten signalisiert eine Preisänderung nicht unbedingt eine Änderung der Güterknappheit. Die Funktion gilt nur eingeschränkt. → 1

Lenkungsfunktion: Gilt nur eingeschränkt. Sehr hohe Monopolpreise locken jedoch evtl. neue Konkurrenz an. → 1

Erziehungsfunktion: Gilt nur eingeschränkt. Der Monopolist ist – mangels Konkurrenz – nicht gezwungen, möglichst kostengünstig zu produzieren. → 1

1. 4
2. 4
3. 4

Tragen Sie Ihre Punktesumme ein und ermitteln Sie auf dem Aufgabenblatt Ihre Note.

Punktesumme → 1. 20 | Punktesumme → 2. 20 | Punktesumme → 3. 20

4.3.5 Angebotsoligopol

1. wenige Anbieter – viele Nachfrager

2. • Autoindustrie
   • Mineralölindustrie
   • Zigarettenindustrie

3. • Nachfrage
   • Kosten
   • Verhalten der Konkurrenz

4. **Preiskampf (= ruinöse Konkurrenz = Oligopolkrieg):**

   Durch evtl. radikale Preissenkungen versucht ein Oligopolist, die Nachfrage auf sich zu vereinigen. Die anderen Anbieter senken entweder ebenfalls ihre Preise oder verlieren Marktanteile.

Ziel der Maßnahme:	Die anderen Anbieter sollen vom Markt verdrängt werden.
Probleme:	erhebliche Gewinneinbußen; Sieger ungewiss (hohes Risiko!)

   Abgestimmtes Verhalten (Gleichschrittverhalten):

   Gemeinsame Preisänderungen. Dies wird erreicht durch
   • stillschweigende Vereinbarung (Quasikartell),
   • Preisführerschaft eines Anbieters, dessen Preisänderungen die anderen übernehmen,
   • Kartellbildung (Preisabsprachen).

5. abgestimmtes Verhalten (Preisführerschaft oder stillschweigende Vereinbarung)

6. Führt ein Oligopolist eine „störende“ Marktmaßnahme (z. B. Preissenkung) durch, muss er damit rechnen, dass seine Konkurrenten scharf reagieren. Der Bumerang kommt zurück.

7. Ein oligopolistischer Preiskrieg birgt hohe Risiken:
   evtl. hohe Gewinneinbußen, Ungewissheit über „Sieg“ oder „Niederlage“

8. vom Durchhaltevermögen (Finanzstärke) der einzelnen Oligopolisten

9. Um keine Marktanteile zu verlieren, müssen sie reagieren mit
   • Preissenkungen,
   • absatzpolitischen Maßnahmen (Werbung, Qualitätsverbesserung, verbesserte Zahlungsbedingungen usw.) oder
   • Androhung eines Preiskrieges.

10. Wenn sie Marktneulinge verdrängen wollen.

11. • Aufgrund
    - räumlicher,
    - zeitlicher,
    - sachlicher,
    - persönlicher Unterschiede oder
    - fehlender Markttransparenz

    kann der einzelne Anbieter innerhalb kleiner Grenzen Preispolitik betreiben, ohne dass die (wenigen) Konkurrenten reagieren.
    • Durch absatzpolitische Maßnahmen wie
    - Werbung,
    - Qualitätsverbesserungen,
    - Verpackungsverbesserungen

    versucht er, den Wettbewerb auf „Nicht-Preis-Wettbewerbsformen" zu verlagern.
    • Je vollkommener der Markt, umso eher muss er allerdings mit Konkurrenzreaktionen rechnen.

12. **Ausgleichsfunktion:** Die Funktion kommt nicht zum Tragen, weil der durch die Oligopolisten fixierte Preis kein Gleichgewichtspreis ist (Angebots- und Nachfragelücken bleiben bestehen).

    Signalfunktion: Aufgrund der Preisfixierung durch die Oligopolisten signalisiert eine Preisänderung nicht unbedingt eine Änderung der Güterknappheit. Die Funktion gilt daher nur eingeschränkt.

    Lenkungsfunktion: Gilt nur eingeschränkt; sehr hohe Oligopolpreise locken jedoch evtl. neue Konkurrenz an.

    Erziehungsfunktion: Gilt nur eingeschränkt; der Oligopolist ist – je nach Situation – nicht gezwungen, möglichst kostengünstig zu produzieren. Dennoch wird er – nicht zuletzt aufgrund des Risikos neu auftretender Konkurrenz – bestimmte Preise nicht überschreiten, sodass eine optimale Kostensituation auch für ihn wichtig ist.

Test → **Preisbildung: Oligopol – Lösungen**

1., 2., 3. Versuch | Erzielte Punkte

1

wenige Anbieter – viele Nachfrager → 1

Versuch	Punkte	Erzielte Punkte
1.	1	
2.	1	
3.	1	

2

- Autoindustrie
- Zigarettenindustrie
- Mineralölindustrie
- Reiseindustrie

3 • → 1

Versuch	Punkte	Erzielte Punkte
1.	3	
2.	3	
3.	3	

3

- Nachfrage → 1
- Kosten → 1
- Verhalten der Konkurrenz → 1

Versuch	Punkte	Erzielte Punkte
1.	3	
2.	3	
3.	3	

4

Preiskampf (= ruinöse Konkurrenz = Oligopolkrieg): → 0,5

Durch evtl. radikale Preissenkungen versucht ein Oligopolist, die Nachfrage auf sich zu vereinigen. → 0,5

Die anderen Anbieter senken entweder ebenfalls ihre Preise oder verlieren Marktanteile. → 0,5

Probleme: hohe Gewinneinbußen; Sieger ungewiss (Risiko!) → 0,5

Abgestimmtes Verhalten (Gleichschrittverhalten): → 0,5

Gemeinsame Preisänderungen. Dies wird erreicht durch

- stillschweigende Vereinbarung (Quasikartell), → 0,5
- Preisführerschaft eines Anbieters, dessen Preisänderungen die anderen übernehmen, → 0,5
- Kartellbildung (Preisabsprachen). → 0,5

Versuch	Punkte	Erzielte Punkte
1.	4	
2.	4	
3.	4	

5

abgestimmtes Verhalten → 1

Versuch	Punkte	Erzielte Punkte
1.	1	
2.	1	
3.	1	

Tragen Sie Ihre Punktesumme ein und ermitteln Sie auf dem Aufgabenblatt Ihre Note.

Punktesumme		
1.	12	
2.	12	
3.	12	

5 Prüfungsaufgaben Kompetenzbereich II

Prüfungsaufgabe A

1. Angebotsmonopol, da ein Anbieter und viele Nachfrager

Vorteile z. B.	Nachteile z. B.
• Förderung des technischen Fortschritts • kostspielige Investitionen finanzierbar • Hoher Preis lockt Konkurrenz an.	• überhöhte Preise • Angebotsverknappung • Einfluss auf politische Entscheidungen

2.1 Preis: 5.000,00 EUR (siehe Tabelle **Anlage 1**)

2.2 Preis: 6.000,00 EUR (siehe Tabelle **Anlage 1**)

3. Vgl. Schaubild (**Anlage 2**).

4.
- Verlustzone bis Absatzmenge von ca. 11 Automaten, da Gesamtkosten > Umsatz
- Kostendeckung, d. h. Erfolg = 0 beim 1. Schnittpunkt von Umsatz- und Gesamtkostenkurve
- Gewinnzone ab ca. 11 Automaten bis ca. 67 Automaten, da Umsatz > Gesamtkosten
- Kostendeckung, d. h. Erfolg = 0 beim 2. Schnittpunkt von Umsatz- und Gesamtkostenkurve
- Verlustzone bei Absatzmengen von über ca. 67 Automaten, da Gesamtkosten > Umsatz
(Hinweis: wenn Aufgabe 3 nicht gelöst, auch allgemeine Lösung möglich)

5. Angebotsoligopol, da wenige Anbieter und viele Nachfrager
- Preiskrieg mit dem Ziel, Konkurrenten vom Markt zu verdrängen bzw.
- abgestimmtes Verhalten (Schlafmützenkonkurrenz)

Anlage 1

Auswertungstabelle						
Preis	**Menge**	**Umsatz**	**Fixkosten**	**Variable Kosten**	**Gesamtkosten**	**Gewinn bzw. Verlust**
10.000,00	**0**	0,00	90.000,00	0,00	90.000,00	–90.000,00
9.000,00	**10**	90.000,00	90.000,00	20.000,00	110.000,00	–20.000,00
8.000,00	**20**	160.000,00	90.000,00	40.000,00	130.000,00	+30.000,00
7.000,00	**30**	210.000,00	90.000,00	60.000,00	150.000,00	+60.000,00
6.000,00	**40**	240.000,00	90.000,00	80.000,00	170.000,00	+70.000,00
5.000,00	**50**	250.000,00	90.000,00	100.000,00	190.000,00	+60.000,00
4.000,00	**60**	240.000,00	90.000,00	120.000,00	210.000,00	+30.000,00
3.000,00	**70**	210.000,00	90.000,00	140.000,00	230.000,00	–20.000,00
2.000,00	**80**	160.000,00	90.000,00	160.000,00	250.000,00	–90.000,00
1.000,00	**90**	90.000,00	90.000,00	180.000,00	270.000,00	–180.000,00

Anlage 2

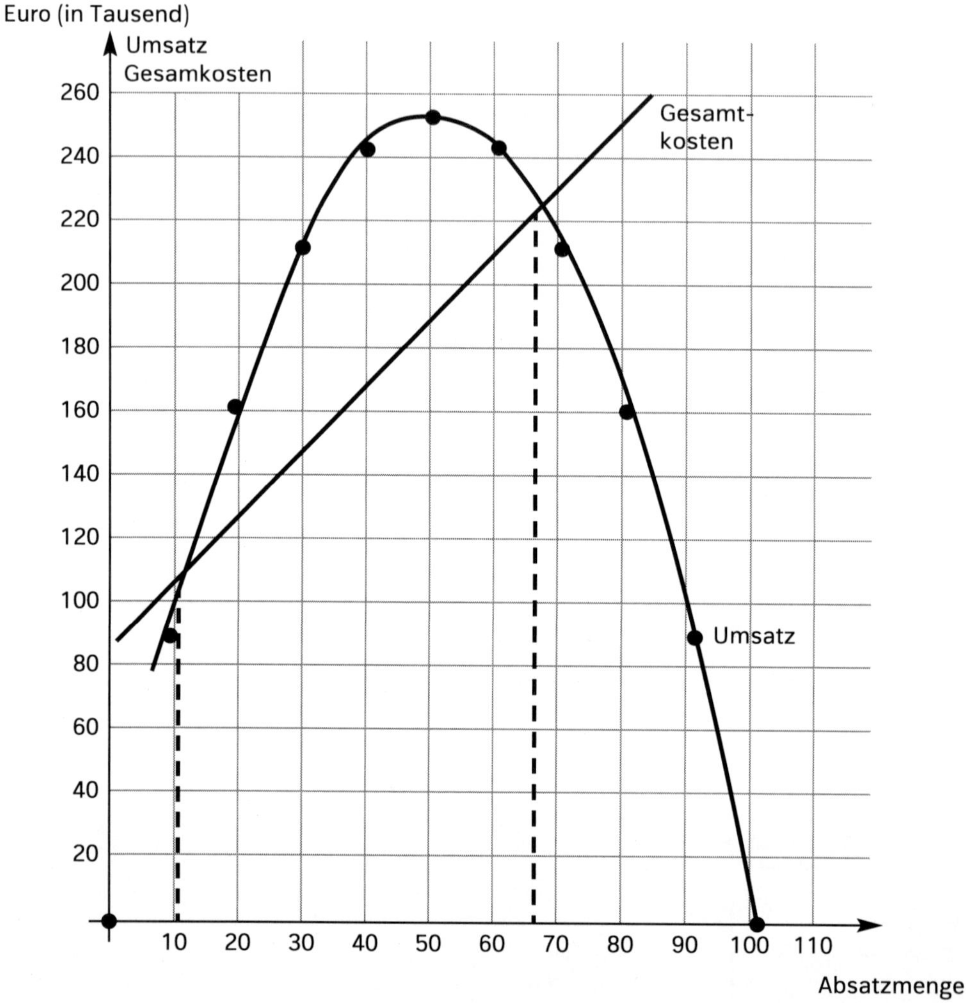
Euro (in Tausend)
Umsatz
Gesamkosten
260
240
220
200
180
160
140
120
100
80
60
40
20
Gesamt-
kosten
Umsatz
10
20
30
40
50
60
70
80
90
100
110
Absatzmenge

Prüfungsaufgabe B

1.1 gewinnmaximierender Preis 4,50 EUR

Preis je 100 g (in Euro)	Menge je 100 g	Erlös (in Euro)	Fixe Kosten (in Euro)	Variable Kosten (in Euro)	Gesamtkosten (in Euro)	Ergebnis (in Euro)
6,00	0	**0,00**	1.000,00	0,00	**1.000,00**	**–1.000,00**
5,50	1.000	**5.500,00**	1.000,00	3.000,00	**4.000,00**	**1.500,00**
5,00	2.000	**10.000,00**	1.000,00	6.000,00	**7.000,00**	**3.000,00**
4,50	3.000	**13.500,00**	1.000,00	9.000,00	**10.000,00**	**3.500,00**
4,40	4.000	**16.000,00**	**1.000,00**	12.000,00	**13.000,00**	**3.000,00**
3,50	5.000	17.500,00	**1.000,00**	15.000,00	16.000,00	**1.500,00**
3,00	6.000	18.000,00	**1.000,00**	18.000,00	19.000,00	**–1.000,00**

1.2 **Vorteil:** Monopolist hat innovative Süßigkeiten auf den Markt gebracht.

Nachteil: Hoher Preis, schlechte Versorgung, da Menge künstlich knapp gehalten werden kann.

2. Da an Konsumenten verkauft wird, wird mit jedem Verkauf das Bruttoinlandsprodukt erhöht.

3.1 Oligopol, da wenige Anbieter und viele Nachfrager

3.2 Schülerabhängige Antwort, z. B.

Einschätzung könnte richtig sein, da ein Preiskrieg allen Anbietern erheblich schaden würde; relative Preisstarrheit hätte zur Folge, dass der Preis nicht Aktionsparameter wird, sondern die Anbieter versuchen würden, mit Werbung, Verpackung und anderen Instrumenten Kundenpräferenzen zu schaffen.

4. (1) Maßnahme ist zulässig, da der Wettbewerb nicht ausgeschaltet wird. Es handelt sich um eine Interessengemeinschaft.
   (2) Maßnahme ist nicht zulässig, da Preisabsprachen auch auf kleineren Märkten nicht erlaubt sind. Es handelt sich um ein Preiskartell.

Prüfungsaufgabe C

1.1.1 + 1.1.2

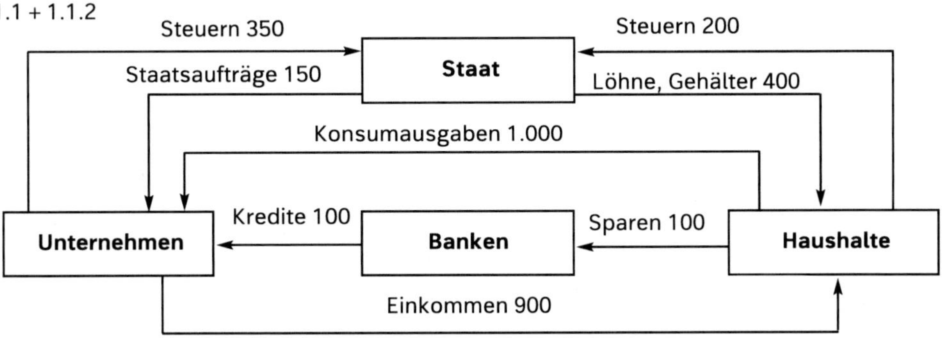

Prüfungsaufgaben Sommer 2014 (Aufgabe 2, verändert)

2.1 Die Mieter treten als Nachfrager auf; ihr Ziel ist es, einen möglichst geringen Mietpreis zu bezahlen. Je niedriger der Preis, desto mehr Nachfrager sind bereit bzw. in der Lage, zu diesem Preis eine 3-Zimmer-Wohnung nachzufragen.

Die Vermieter treten als Anbieter auf; ihr Ziel ist es, einen möglichst hohen Mietpreis zu erhalten. Je höher der Preis, desto mehr Anbieter sind bereit, zu diesem Preis eine 3-Zimmer-Wohnung anzubieten.

2.2

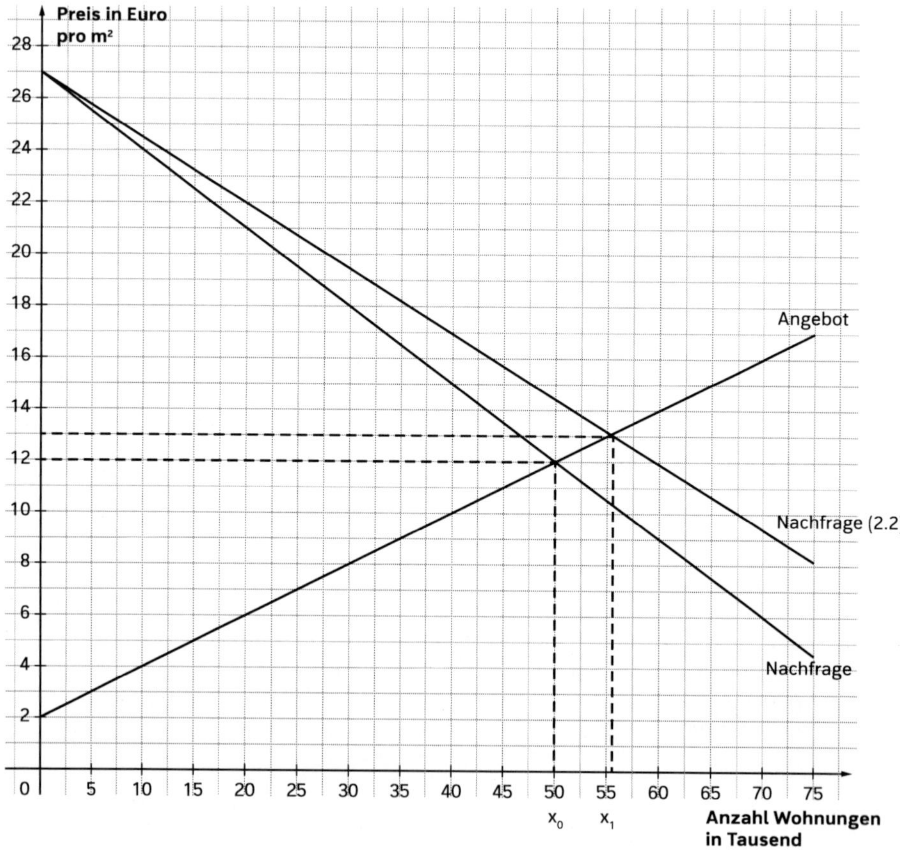

Die Zunahme der Wohnungsnachfrage führt zu einem Nachfrageüberschuss auf dem Markt für 3-Zimmer-Wohnungen → Nachfrageüberschuss zum Preis von 12,00 EUR pro m² = 10.000 Wohnungen. Die Anbieter nutzen den daraus resultierenden Preiserhöhungsspielraum. Höhere Preise bewirken auch ein steigendes Angebot an Mietwohnungen, sodass der Gleichgewichtspreis und die Gleichgewichtsmenge im Vergleich zur Ausgangssituation steigen → neuer Gleichgewichtspreis p_1: ca. 13,00 EUR pro m², die neue Gleichgewichtsmenge: x_1: knapp 56.000 Wohnungen.

2.3 Z. B.

- **Homogene Güter:** 3-Zimmmer-Wohnungen sind keine homogenen Güter, sie unterscheiden sich z. B. im Hinblick auf Lage, Ausstattung, Wohnfläche etc.
- **Keine Präferenzen bei Anbietern und Nachfragern:** Auf dem Wohnungsmarkt bestehen durchaus Präferenzen, wie etwa eine örtliche Präferenz bei den Mietern (z. B. Nähe zur Arbeitsstätte) oder eine persönliche Präferenz bei den Vermietern (z. B. Nichtraucher).
- **Vollständige Markttransparenz:** Diese ist hier nicht gegeben, weil die Marktteilnehmer nicht über alle entscheidungsrelevanten Informationen verfügen, wie zum Beispiel die Zahlungsbereitschaft der Nachfrager, die Mindestpreisvorstellungen der Anbieter, gesamtes zur Verfügung stehendes Wohnungsangebot u. Ä.

Prüfungsaufgaben Sommer 2015 (Aufgabe 2, verändert)

2.1 Z. B.

Die mehrstufige Lohnerhöhung führt zu einer spürbaren Erhöhung der Lohnkosten für die M.E.A.T. GmbH.

Die stärkere Kostenbelastung kann sich negativ auf die Gewinnsituation des Unternehmens auswirken, sofern die Preise und/oder die Absatzmenge nicht entsprechend erhöht werden können. Die Mitarbeiterzufriedenheit kann aufgrund der Lohnerhöhung steigen.

2.2 Z. B.

Ordnungsmerkmal	Einschränkung der Freiheiten	Rechtfertigung
Verträge	Eine Allgemeinverbindlichkeitserklärung schränkt die Vertragsfreiheit (Arbeitsverträge) der ursprünglich nicht tarifgebundenen Unternehmen ein.	Eine solche Regelung vermeidet Lohndumping und hilft, die wirtschaftliche Existenz der Arbeitnehmer zu sichern. Sie trägt zur sozialen Gerechtigkeit bzw. Lohngerechtigkeit bei.
Produktion/Handel	Unternehmen müssen bei der Produktion bzw. beim Verkauf Hygienevorschriften, Deklarierungsvorschriften u. Ä. einhalten.	Hierdurch soll der Gesundheitsschutz für die Verbraucher gewährleistet werden. Anderenfalls droht eine Gefährdung der Konsumenten, die beim Kauf den Zustand der Ware nicht bzw. nur begrenzt kontrollieren können.

2.3 **Markt für Rindfleisch aus Massentierhaltung**

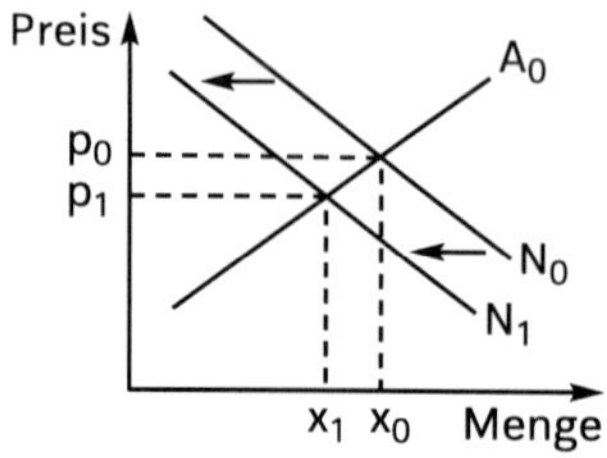

Begründung:
Sowohl die Gammelfleisch-Skandale als auch die veränderten Konsumgewohnheiten führen zu einer Abnahme der Nachfrage nach Rindfleisch aus Massentierhaltung. Die Nachfragekurve verschiebt sich nach links. Der Gleichgewichtspreis und die Gleichgewichtsmenge sind geringer.

Markt für Bio-Rindfleisch

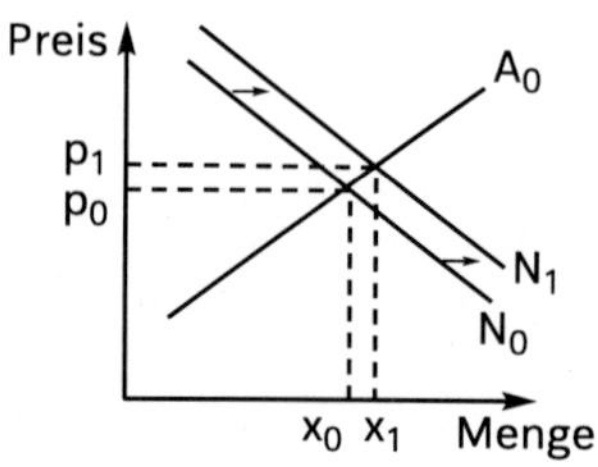

Begründung:
Z. B.
Der Gammelfleisch-Skandal führt für sich genommen zu einer Zunahme der Nachfrage nach Bio-Rindfleisch. Die veränderten Konsumgewohnheiten dagegen zu einer Abnahme. Ist der erste Effekt stärker, so ergibt sich eine Rechtsverschiebung der Nachfragekurve. Der Gleichgewichtspreis und die Gleichgewichtsmenge steigen.

Hinweis: Je nach Begründung wäre auch eine Verschiebung der Angebotskurven denkbar. Z. B. Umstellung der Produktion von konventionell hergestelltem Rindfleisch auf Bio-Rindfleisch als Reaktion auf das langfristig veränderte Verbraucherverhalten.

2.4 Stellungnahme:
Z. B.

Sehr geehrte Damen und Herren der Geschäftsleitung,

wir, die Belegschaft der M.E.A.T. GmbH, sprechen uns gegen eine Standortverlagerung ins osteuropäische Ausland aus.

Sicherlich könnten dadurch Lohnkosten eingespart werden. Dafür sind aber höhere Transportkosten bzw. ein steigendes Transportrisiko zu berücksichtigen, z. B. wegen Fehlern in der Kühlkette.

Ferner droht eine Abwanderung von Kunden, weil sie Qualitätseinbußen vermuten, wenn unsere Produkte nicht mehr in Deutschland produziert werden.

Sie sollten auch berücksichtigen, dass Sie am derzeitigen Standort auf motivierte und qualifizierte Mitarbeiter zählen können. Das ist woanders nicht garantiert.

Eine Standortverlagerung kann daher nicht im Sinne der M.E.A.T. GmbH und damit auch nicht in Ihrem Sinne sein.

Mit freundlichen Grüßen

Die Belegschaft der M.E.A.T. GmbH

Prüfungsaufgaben Sommer 2016 (Aufgabe 2, verändert)

2.1.1

Preis (in Euro je Tonne)	Gesamtangebot (in Tonnen)	Gesamtnachfrage (in Tonnen)	Handelbare Menge (in Tonnen)
50,00	20.000	95.000	20.000
100,00	35.000	70.000	35.000
150,00	**55.000**	**55.000**	**55.000**
200,00	65.000	35.000	35.000
250,00	80.000	10.000	10.000

Begründung:
Es wird sich ein Marktpreis von 150,00 EUR einstellen, weil hier die höchstmögliche Menge gehandelt werden kann (55.000 Tonnen). Die angebotene Menge entspricht in diesem Fall der nachgefragten Menge, der Markt ist geräumt.

2.1.2

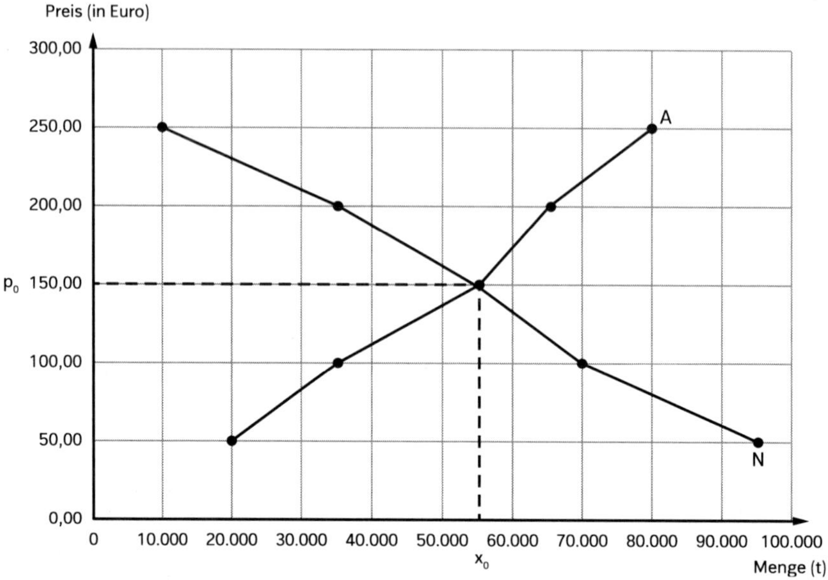

2.1.3 Die Ausdehnung der Anbaufläche führt zu einem zunehmenden Angebot. Die Angebotskurve verschiebt sich nach rechts. Die teilweise Substitution von Futtermais durch Weizen führt zu einer abnehmenden Nachfrage. Die Nachfragekurve verschiebt sich nach links. Beide Entwicklungen führen tendenziell zu Preissenkungen, um einen Angebotsüberhang abzubauen. Die Veränderung der gehandelten Menge hängt vom Ausmaß der jeweiligen Kurvenverschiebung ab.

2.2.1 Z. B.

Preissenkungen sind beispielsweise nur dann sinnvoll, wenn damit ein entsprechender Kunden- bzw. Nachfragezuwachs erzielt wird. Wird aber ein Preiswettbewerb ausgelöst, könnte sich die wirtschaftliche Situation sogar verschlechtern.

Bei Preiserhöhungen besteht die Gefahr, Kunden zu verlieren, sofern die Konkurrenten ihre Preise nicht oder nicht im selben Ausmaß erhöhen, was den wirtschaftlichen Erfolg ebenfalls beeinträchtigt.

Kommt es jedoch zu einer Form der Preisführerschaft, bei der sich die drei Unternehmen gleichgerichtet verhalten, könnte die Weitergabe gelingen. Beispielsweise kann bei steigenden Einkaufspreisen die Kostenerhöhung ganz oder teilweise weitergegeben werden.

2.2.2 Z. B.

- Die Kraftfutterwerke Heilbronn GmbH verzichtet auf Fest- bzw. Mindestabnahmemengen.
- Sie garantiert kürzere/flexiblere Lieferzeiten als die Konkurrenten.
- Es werden zusätzliche Dienstleitungen angeboten, z. B. Beratung, Zwischenlagerung o. Ä.

Prüfungsaufgaben Sommer 2017 (Aufgabe 2)

2.1.1 Die XPed Sport GmbH hat eine (zeitweilige) Monopolstellung, sodass sie bei der Preisfestsetzung nur ihre Kostensituation sowie das Verhalten der Nachfrager berücksichtigen muss.

2.1.2

Preis (in Euro)	Absetzbare Menge (Stück)	Erlös (in Euro)	Kosten (in Euro)	Gewinn (in Euro)
400,00	0	0,00	50.000,00	–50.000,00
350,00	200	70.000,00	70.000,00	0,00
300,00	400	120.000,00	90.000,00	30.000,00
250,00	600	150.000,00	110.000,00	40.000,00
200,00	800	160.000,00	130.000,00	30.000,00
150,00	1.000	150.000,00	150.000,00	0,00
100,00	1.200	120.000,00	170.000,00	–50.000,00

Gewinnmaximaler Preis: 250,00 EUR

2.1.3 Z. B.

Mit einem Preis von 200,00 EUR (laut Tabelle der Preis, mit dem noch Gewinn zu erzielen wäre) könnte man mehr Kunden gewinnen und sich aufgrund eines guten Preis-Leistungs-Verhältnisses ein positives Image aufbauen.

Treten nach einiger Zeit andere Anbieter am Markt auf, ist die XPed Sport GmbH bereits etabliert und würde ggf. weniger Kunden an die Konkurrenten verlieren.

2.1.4

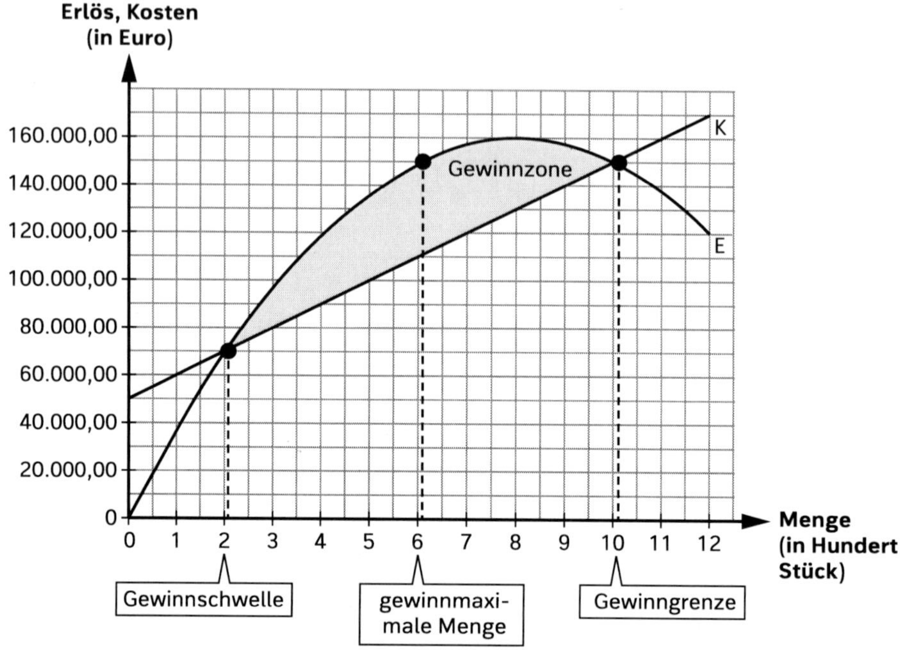

2.2.1 Z. B.
Die Strategie kann Erfolg versprechend sein, wenn die XPed Sport GmbH über eine günstigere Kostenstruktur verfügt. Dadurch können niedrigere Preise in Kauf genommen und Kunden vom Konkurrenten abgeworben werden.

2.2.2
- Ein andauerndes gegenseitiges Unterbieten kann dazu führen, dass die erzielbaren Gewinne dauerhaft zurückgehen („ruinöse Konkurrenz").
- Z. B.
Preisführerschaft: Hierbei übernimmt ein Unternehmen die Rolle des Preisführers, das andere Unternehmen passt sich mit seiner Preisfestsetzung an. Dabei kann die Preisführerschaft auch wechseln.

Prüfungsaufgaben Winter 2017/2018 (Aufgabe 2, verändert)

2.1.1 Schülerabhängig, z. B.
Zusammenschluss von mehreren selbstständigen Unternehmen auf vertraglicher Basis zur Beschränkung des Wettbewerbs

2.1.2 In der OPEC sind Länder organisiert, die im Bereich der Erdölförderung miteinander kooperieren, d. h. ihr unternehmerisches Verhalten absprechen und vertragliche Vereinbarungen treffen, um über die Absprache der Fördermengen den freien Wettbewerb zu beschränken, damit der Preisverfall beim Öl verhindert wird.

2.1.3 Bei der beschriebenen Drosselung/Begrenzung der Fördermenge verringert sich die Menge des weltweit angebotenen Öls. Da zunächst die Nachfragemenge gleich bleibt, entsteht ein Nachfrageüberhang. Aufgrund der Ölknappheit steigen die Preise. → Der Marktpreis steigt, die gehandelte Menge sinkt.

2.1.4 Sollte der Marktpreis für Öl steigen, wird sich dies auf die Benzinpreise auswirken. Diese werden auch steigen, da Öl die Grundlage für die Benzinproduktion ist. Damit werden sich die Betriebskosten für die Fahrschulautos erhöhen.

Wenn die DeinFlitzer GmbH keine Gewinneinbußen haben will, muss sie den Preis einer Fahrstunde erhöhen, um die erhöhten Kosten auszugleichen. (Alternativ z. B.: Da die Fahrschule in Konkurrenz zu den anderen Fahrschulen steht, kann sie möglicherweise ihre Fahrstundenpreise nicht erhöhen, um die höheren Benzinkosten auszugleichen.)

Da die Benzinpreiserhöhung alle anderen Fahrschulen genauso betrifft, kann man davon ausgehen, dass diese auch ihre Preise erhöhen werden, sodass die DeinFlitzer GmbH keine Kunden verlieren wird – die Wettbewerbsfähigkeit leidet also nicht unter der Preiserhöhung.

2.2 Die Europäische Zentralbank (EZB) hat die Leitzinsen in den letzten Jahren immer mehr gesenkt. Die EZB stellt den Kreditinstituten nun zinsfreie Kredite für deren Refinanzierung zur Verfügung. Durch diese kostengünstige Refinanzierungsmöglichkeit können die Kreditinstitute ihre Kreditangebote an ihre Kunden (Unternehmen, Haushalte, Staat) auch kostengünstiger gestalten, z. B. durch geringere Kreditzinsen. Unternehmen können so kostengünstiger Kredite aufnehmen.

2.3 **Marktkonform:** Der Staat beeinflusst indirekt den Marktmechanismus, indem er Angebot oder Nachfrage beeinflusst.
Beispielsweise erhöhen Steuererleichterungen, Prämien des Staates beim E-Autokauf oder eine verbesserte E-Mobilitätsinfrastruktur zwar die Nachfrage nach E-Autos, sie beeinflussen den Preis der Fahrzeuge aber nur indirekt. Es bleibt die freie Entscheidung der Marktteilnehmer, diese staatlichen Fördermaßnahmen in Anspruch zu nehmen.

Marktkonträr: Der Staat greift direkt in den Marktmechanismus ein, indem er Preise oder Mengen vorgibt oder die Vertragsfreiheit durch Gesetze beschränkt.
Beispielsweise können die Marktteilnehmer nicht mehr frei über ihr Handeln am Markt entscheiden, wenn der Staat die Zulassung von Benzinern und Dieselfahrzeugen verbietet.

Kompetenzbereich III: Wirtschaftspolitische Einflüsse auf den Ausbildungsbetrieb, das Lebensumfeld und die Volkswirtschaft einschätzen

1 Wirtschaftspolitische Ziele

1.4 Aufgaben

1. Gesetz zur Förderung der Stabilität und des Wachstums der Wirtschaft; kurz: Stabilitätsgesetz

2. Beachtung des gesamtwirtschaftlichen Gleichgewichts

3. Ziele des magischen Vierecks laut Stabilitätsgesetz:
   - **Preisniveaustabilität:** Die Preissteigerungsrate sollte 2 % nicht überschreiten.
   - **Hoher Beschäftigungsstand (Vollbeschäftigung):** Die Arbeitslosenquote sollte ca. 2 % bis 3 % nicht übersteigen. Diese sog. „Sockelarbeitslosigkeit" kann auch in Zeiten guter Konjunkturlage nicht unterschritten werden. Ursachen der „Sockelarbeitslosigkeit":
     - **Friktionelle Arbeitslosigkeit:** Sie tritt auf, wenn Arbeitskräfte kündigen bzw. entlassen werden und kurzfristig bis zum Antritt der neuen Stelle nicht beschäftigt sind („Sucharbeitslosigkeit" bzw. „Fluktuationsarbeitslosigkeit").
     - **Saisonale Arbeitslosigkeit:** Sie ist Folge jahreszeitlicher (saisonaler) Produktionsschwankungen (z. B. Landwirtschaft, Bauwirtschaft) und ist kaum bekämpfbar.
   - **Außenwirtschaftliches Gleichgewicht:** Die Leistungsbilanz soll langfristig ausgeglichen sein (Exporte = Importe).
   - **Stetiges und angemessenes Wirtschaftswachstum:** Stetiges Wirtschaftswachstum bedeutet kontinuierliches Steigen des realen Bruttosozialproduktes (Bruttoinlandproduktes) ohne größere Konjunkturausschläge nach oben oder unten. Ein Wirtschaftswachstum von ca. 3 % bis 4 % wird als angemessen bezeichnet.

4. Vgl. Aufgabe 3.

5. - gerechte Einkommens- und Vermögensverteilung
   - Erhaltung einer lebenswerten Umwelt

6. **Zielkonflikt 1: Vollbeschäftigung – Preisniveaustabilität:**

Ausgangsbasis:	Rezession (Unterbeschäftigung, Arbeitslosigkeit)
Ziel:	Vollbeschäftigung
Maßnahmen Staat:	Exportförderung, Erhöhung der Staatsnachfrage, Förderung der privaten Nachfrage
Folge evtl.:	Vollbeschäftigung, jedoch Preissteigerungen

Zielkonflikt 2: Vollbeschäftigung – Außenwirtschaftliches Gleichgewicht:

Ausgangsbasis:	Rezession
Ziel:	Vollbeschäftigung
Maßnahmen Staat:	u. a. Exportförderung
Folge evtl.:	Vollbeschäftigung, jedoch evtl. Exportüberschuss

Zielkonflikt 3: Preisniveaustabilität – Wirtschaftswachstum:

Zunehmendes Wirtschaftswachstum bei Überbeschäftigung kann zu erheblichen Preissteigerungsraten führen.

Zielkonflikt 4: Wirtschaftswachstum – Umweltschutz:

Rein quantitatives Wirtschaftswachstum bedeutet Umweltbelastung.

7. 1. Arbeitslosengeld relativ niedrig: Einkommensverluste führen zu sinkender Nachfrage und damit sinkendem Wirtschaftswachstum.
   2. sinkende Steuereinnahmen des Staates (Arbeitslose zahlen keine Lohn- bzw. Einkommensteuer, Gewinnverringerung bei Unternehmen.)
   3. keine Sozialversicherungsbeiträge der Arbeitslosen
   4. hohe Arbeitslosengeldzahlungen durch Arbeitslosenversicherung
   5. evtl. zunehmende Schwarzarbeit durch Arbeitslose

8. • Nachfrage steigt stärker als das Angebot = Nachfrageinflation.
   • Angebotsverknappung
   • Kostensteigerungen (z. B. Löhne, Steuern) = Kosteninflation
   • zunehmende Konzentration mit nachgeschalteten Preiserhöhungen
   • willkürliche Preiserhöhungen durch Monopole und Oligopole = Gewinninflation ...

9. • Inlandspreise niedriger als Auslandspreise
   • steigende Einkommen im Ausland, die eine steigende Nachfrage nach Inlandsgütern nach sich ziehen
   • Standortvorteile betr. Bodenschätze, Verkehrslage ...
   • Inlandsprodukte sind technisch den Auslandsprodukten überlegen ...

10. • Grenzen des quantitativen Wachstums
    • Umweltschutz
    • strukturelle Arbeitslosigkeit
    • gerechte Einkommens-/Vermögensverteilung

11. **Quantitatives Wachstum:** rein zahlenmäßiges Wachstum (zahlenmäßige Erhöhung des realen Bruttosozialprodukts/Bruttoinlandsprodukts)

    Qualitatives Wachstum: quantitatives Wachstum unter gleichzeitiger Förderung von Umweltschutzmaßnahmen

12. • Bevölkerungsentwicklung (Erwerbstätige)
    • Erschöpfung von Rohstoff- und Energiequellen

- begrenzte volkswirtschaftliche Kapazität
- Zerstörung der natürlichen Umwelt, Abfallprobleme

13. - umweltbedingte Erkrankungen
    - Erschöpfung von Rohstoff- und Energiequellen
    - Klimaveränderungen („Treibhauseffekt")
    - Zerstörung der natürlichen Umwelt, Abfallprobleme

14. Wirtschaftswachstum – Erhaltung einer lebenswerten Umwelt

15. Einsatz von alternativen Energien, Recycling, Senkung des Benzinverbrauchs, Katalysatoren, Verkehrsverlagerung (z. B. Pkw/Bahn), Gesetz gegen Umweltverschmutzung ...

16. Investitionen im Umweltschutzbereich (Produktion umweltfreundlicher Güter) erhöhen das Bruttoinlandsprodukt und fördern somit das quantitative Wachstum.

17. Stahlindustrie, Kohle, Werftindustrie, Landwirtschaft

18. - Unterschiedliche Leistungsfähigkeit bewirkt unterschiedliche Einkommen.
    - Bezieher hoher Einkommen können leichter Vermögen bilden.
    - Unterschiedliche Vermögensbasis durch Erbschaften bewirkt unterschiedliche Vermögenseinkommen (Zinsen, Mieten, Pachten).
    - Marktmachtunterschiede mit der Folge unterschiedlicher Gewinne ...

19. - Die Vermögenshöhe beeinflusst das Einkommen (Zins, Miete, Pacht).
    - Die Höhe des Einkommens beeinflusst das Vermögen (Sparen!).

20. Eine gleiche Einkommensverteilung wäre keine gerechte Einkommensverteilung, weil höhere Leistungen und Qualifikationen auch höher honoriert werden müssen.
    Die Frage der gerechten Einkommensverteilung ist nicht objektiv beantwortbar (unterschiedliche Meinungen bei Gewerkschaften, Parteien usw.). Zu beachtende Prinzipien:
    - Leistungsfähigkeit, Leistungsbereitschaft (= **Leistungsprinzip**): Gleicher Lohn bei gleicher Leistung unter Beachtung sozialer Nebenbedingungen (z. B. unverschuldete Minderleistung durch Krankheit, Alter ...)
    - **Risikoverzinsung:** Die Bereitschaft zur Übernahme des Unternehmerrisikos ist einkommensmäßig zu berücksichtigen.
    - **Tendenz zur gleichmäßigeren Einkommensverteilung:** Die auf unterschiedlicher Leistungsfähigkeit basierenden Einkommensunterschiede sollten nicht zu extrem sein.
    - Berücksichtigung von unterschiedlichem Familienstand, Zahl der Kinder, Arbeitsjahre, Alter usw. **(Bedarfsprinzip)**

21. a) Rezession ist ein Rückgang der wirtschaftlichen Gesamtaktivitäten bzw. eine konjunkturelle Phase, in der das reale Bruttoinlandsprodukt (BIP) zurückgeht.
    b) Zahl der registrierten Arbeitslosen · 100 : Zahl der zivilen Erwerbspersonen
    Hoher Beschäftigungsgrad: Arbeitslosenquote unter 4 %
    c) - konjunkturelle Impulse durch Steuersenkungen für private Haushalte und Unternehmen
       - Förderung von Bildung und beruflicher Qualifikation
    d) Weitere Unterziele:
       - außenwirtschaftliches Gleichgewicht
       - stetiges, angemessenes Wirtschaftswachstum

- Stabilität des Preisniveaus
- ggf. Umweltschutz

e) Z. B. hoher Beschäftigungsgrad – Preisniveaustabilität

Maßnahmen:
- Steuersenkungen
- öffentliche Investitionen
- Subventionen

Wirkung:
- höhere Kaufkraft
- mehr Geld im Umlauf
- Nachfrageanstieg

Folge: Anstieg des Preisniveaus

1.5 Prüfungsaufgaben

Prüfungsaufgaben Winter 2015/2016 (Aufgabe 2, teilweise, verändert)

2.1 **Konjunkturindikatoren:**

Indikator	Begründung der Entwicklung
Investitionen	Das Stagnieren der Investitionstätigkeit deutet auf eine Unterbrechung des Aufschwungs bzw. auf das Eintreten in eine Abschwungphase hin.
Auftragseingänge	Rückläufige Auftragseingänge sind Anzeichen für einen beginnenden Abschwung.
Beschäftigung	Das gleichbleibende Beschäftigungsniveau weist ebenfalls auf eine Unterbrechung des Aufschwungs bzw. auf ein Eintreten in eine Abschwungphase hin, da die Beschäftigungsentwicklung der konjunkturellen Entwicklung hinterherhinkt.
Preisniveau	Stagnierende bzw. rückläufige Preissteigerungsraten sind Anzeichen für einen beginnenden Abschwung.

2.2 Gemeinsamkeiten, z. B.:
- Die wirtschaftliche Entwicklung ist durch regelmäßige Schwankungen gekennzeichnet.
- Ein Konjunkturzyklus umfasst mehrere Jahre.

Unterschiede, z. B.:
- Die Stärke der Schwankungen variiert.
- Phasen werden z. T. übersprungen.
- Spürbare negative Wachstumsraten sind in der Realität eher selten.

2.3 Die Investitionstätigkeit hängt maßgeblich von den zukünftigen Absatzchancen ab. Da die Auslandsnachfrage eingebrochen ist und sich die deutsche Wirtschaft in einer konjunkturellen Schwächephase befindet, sind diese für die TEC GmbH in nächster Zeit eher als negativ zu beurteilen. Investitionen in eine Erweiterung der Kapazität werden deshalb zunächst unterbleiben bzw. verschoben.

2.4 Z. B.
Es ist richtig, dass eine starke Exportorientierung zum Problem werden kann, weil die Abhängigkeit von der wirtschaftlichen und politischen Entwicklung im Ausland zunimmt.

Andererseits bietet gerade diese Exportorientierung die Möglichkeit, nicht allein auf den begrenzten heimischen Markt zu setzen, sondern neue Absatzchancen in anderen Ländern wahrnehmen zu können. Meines Erachtens sind Exporte auch in Zukunft wichtig, wir sollten jedoch zukünftig mehr darauf achten, uns nicht nur auf wenige Länder zu beschränken, um das Risiko zu streuen.

Prüfungsaufgaben Sommer 2018 (Aufgabe 2, verändert)

2.1 Die expansive Geldpolitik der EZB wirkt sich positiv auf die Investitionsentscheidung der Papierwerke Häperle GmbH aus, da sie einen günstigen Kredit aufnehmen kann.
Mit der expansiven Geldpolitik will die EZB durch die Senkung der Leitzinsen Kredite verbilligen und die Geldmenge erhöhen: Leitzinsen sinken → Geschäftsbanken refinanzieren sich günstiger → Kreditzinsen sinken

2.2 Die Erfolgsaussichten für die Papierwerke Häperle GmbH sind positiv zu beurteilen. Die Prognose der Wirtschaftsweisen beschreibt fürs laufende Jahr die Konjunkturphase Aufschwung/Boom.

Konjunkturindikatoren:
- Preisniveau: Steigende Inflationsraten sind Anzeichen für einen Aufschwung/Boom.
- Beschäftigung: Eine sinkende Arbeitslosenquote deutet auf einen Aufschwung/Boom hin.
- Bruttoinlandsprodukt: Der Anstieg der realen Zuwachsrate des BIP um 1,4 % (Prognose für 2018 ist 1,6 %) deutet auf einen Aufschwung hin, daher sollte die Investition durchgeführt werden.

2.3 Z. B.
- Die Bundesregierung gibt Anreize zur Investitionstätigkeit durch ihre Förderbank KfW.
- Die Unternehmen erhalten Subventionen (z. B. Steuererleichterungen bzw. Finanzhilfen), wenn sie sich für eine Investition im Inland entscheiden, und werden somit am Standort Deutschland gehalten.

2.4 Z. B.
Zielbeziehung: Zielharmonie
Die Investitionsförderung erhöht die Produktion und veranlasst die Unternehmen, mehr Mitarbeiter einzustellen. Daher führt ein wirtschaftlicher Aufschwung zu Wirtschaftswachstum (Anstieg des BIP) und auch zu einem höheren Beschäftigungsstand (Abnahme der Arbeitslosenquote).

Zielbeziehung: Zielkonflikt
In Zeiten der Vollbeschäftigung bzw. der offenen Stellen auf dem Arbeitsmarkt haben Gewerkschaften eine starke Position bei Tarifverhandlungen. Höhere Löhne führen zu Kostendruck und Nachfragesog (Lohn-Preis-Spirale). Es besteht eine grundsätzliche Konfliktsituation zwischen den beiden wirtschaftspolitischen Zielen Wirtschaftswachstum/Vollbeschäftigung und Preisniveaustabilität.

2.5 **Haushalte:** Mit steigenden Investitionen nehmen die Umsatzerlöse der Unternehmen zu, Arbeitskräfte werden eingestellt, die Einkommen der Haushalte steigen, Haushalte können mehr Vermögen bilden, mehr konsumieren oder sparen.

Staat: nimmt mehr Steuern ein, sodass er Schulden abbauen und/oder mehr Ausgaben tätigen kann

2 Konjunktur und Konjunkturpolitik

2.3 Aufgaben

1. wellenförmige Auf- und Abwärtsbewegungen der Wirtschaftstätigkeit (Konjunkturschwankungen, Konjunkturwellen) = Schwankungen des realen Bruttosozialprodukts (Bruttoinlandsprodukts)

2. Grad der Kapazitätsauslastung der Volkswirtschaft
Messung der Beschäftigung v. a. anhand der Arbeitslosenquote

3. **Arbeitslosenquote =** $\frac{\text{registrierte Arbeitslose} \cdot 100}{\text{(zivile) Erwerbspersonen} + \text{registrierte Arbeitslose}}$

4. Vollbeschäftigung, Unterbeschäftigung und Überbeschäftigung (vgl. Stofftelegramm)

5. Es handelt sich um eine Art **„Sockelarbeitslosigkeit“**, die auch in Zeiten guter Konjunkturentwicklung nicht unterschritten werden kann. **Ursachen:**
   - **Friktionelle Arbeitslosigkeit:** Sie tritt auf, wenn Arbeitskräfte kündigen bzw. entlassen werden und kurzfristig bis zum Antritt der neuen Stelle nicht beschäftigt sind („Sucharbeitslosigkeit“ bzw. „Fluktuationsarbeitslosigkeit“).
   - **Saisonale Arbeitslosigkeit:** Sie ist Folge jahreszeitlicher (saisonaler) Produktionsschwankungen (z. B. Landwirtschaft, Bauwirtschaft) und ist kaum bekämpfbar.

6. - Hochkonjunktur (Boom)
   - Abschwung (Rezession)
   - Tiefstand (Depression)
   - Aufschwung (Expansion)

7. Vgl. Stofftelegramm.

8. a) **Gründe für Konjunkturabschwung:**
      - Nachfrage der privaten Haushalte nach Konsumgütern sinkt.
      - Nachfrage der Unternehmen nach Investitionsgütern sinkt.
      - Nachfrage des Staates sinkt (Ausgabenkürzungen).
      - Nachfrage des Auslands nach Inlandsgütern (Exporte) sinkt.
      - stark steigende Zinssätze (restriktive Bundesbankpolitik)
      - sinkende Motivation der Marktteilnehmer

   b) **Gründe für Konjunkturaufschwung:** vgl. a) umgekehrt formuliert.

9. Vgl. Stofftelegramm.

10. - hohe Preissteigerungsraten
    - starke Umweltbelastungen
    - Überbeanspruchung von Mensch/Maschine
    - hohe Zinsen (ungünstig für Schuldner)
    - abnehmende Produktqualitäten
    - Abwerbung von Arbeitskräften

11. Anzeiger für den gegenwärtigen und zukünftigen Konjunkturverlauf. Beispiel: Arbeitsmarkt, Zahl der Kurzarbeiter ... (vgl. Stofftelegramm)

12. Erhöhungen des **nominalen** Bruttosozialprodukts können möglicherweise nur auf Preissteigerungen beruhen, ohne dass sich die reale Güterproduktion erhöht hat.

Beim **realen** Bruttosozialprodukt wird diese Problematik ausgeschaltet, indem Preissteigerungsraten herausgerechnet werden. Eine Zunahme des realen Bruttosozialprodukts signalisiert somit eine tatsächliche Mehrleistung der Volkswirtschaft.

13. **Saisonale Schwankungen:**
    - jahreszeitlich bedingte Nachfrageänderungen (z. B. Ski im Winter, Surfbretter im Sommer; Weihnachtsgeschäft ...)
    - vorhersehbare, regelmäßige Schwankungen, somit planbar
    - betreffen nur einige Wirtschaftszweige

    Konjunkturelle Schwankungen:
    - wellenförmige Auf- und Abwärtsbewegungen der Wirtschaftstätigkeit im mehrjährigen Rhythmus – bereinigt um saisonale Schwankungen
    - nicht vorhersehbare Schwankungen, somit schwer planbar
    - betreffen nahezu die gesamte Wirtschaft

14. a) Vollbeschäftigung b) Rezession/Depression c) Vollbeschäftigung
    d) Aufschwung (Expansion) e) Depression f), g) Vollbeschäftigung

15. - **Saisonale Arbeitslosigkeit:** Sie ist Folge jahreszeitlicher (saisonaler) Produktionsschwankungen (z. B. Landwirtschaft, Bauwirtschaft) und ist kaum bekämpfbar.
    - **Strukturelle Arbeitslosigkeit:** Arbeitslosigkeit in best. Regionen, Branchen und/oder Berufen durch strukturellen Wandel auf diesen Teilarbeitsmärkten (z. B. Landwirtschaft, Arbeitslosigkeit durch Rationalisierung ...)
    - **Konjunkturelle Arbeitslosigkeit:** durch gesamtwirtschaftlichen Beschäftigungsrückgang hervorgerufene Arbeitslosigkeit (Rezessions- bzw. Depressionsphase)
    - **Friktionelle Arbeitslosigkeit:** Sie tritt auf, wenn Arbeitskräfte kündigen bzw. entlassen werden und kurzfristig bis zum Antritt der neuen Stelle nicht beschäftigt sind („Sucharbeitslosigkeit" bzw. „Fluktuationsarbeitslosigkeit").

    Ebenso wie die saisonale Arbeitslosigkeit zählt sie zur sog. „Sockelarbeitslosigkeit", die auch in Zeiten guter Konjunktur nicht unterschritten werden kann.

16. Durch sinkende Gewinne und relativ geringe Lohnsteigerungen **sinkende Steuereinnahmen.** Gleichzeitig evtl. **steigende Staatsausgaben**, um die Konjunktur wieder anzukurbeln.

17. a) Konjunktur = das Auf und Ab der wirtschaftlichen Aktivität eines Landes in einer bestimmten Zeitspanne

    Indikator: BIP (Bruttoinlandsprodukt) = Wert aller Güter und Dienstleistungen, die in Deutschland innerhalb einer Periode hergestellt werden

b)

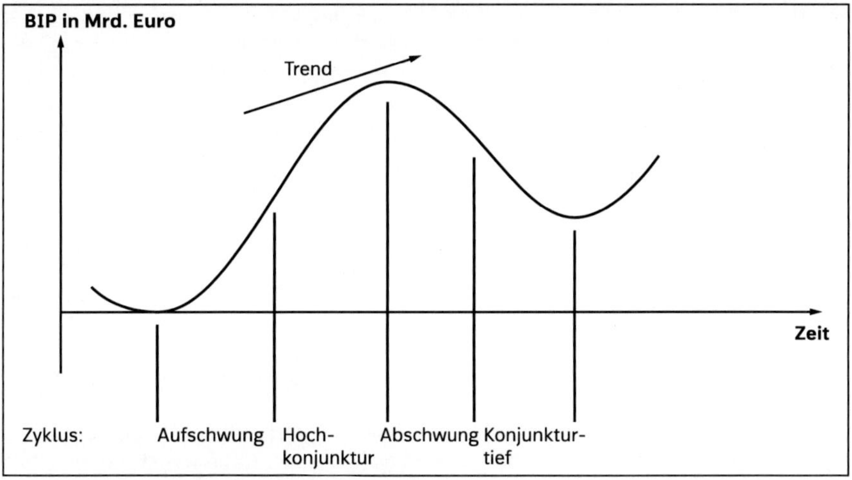

c) Schülerabhängige Antwort, z. B.
Aufschwung:
- Produktion und Handel nehmen zu.
- Arbeitslosigkeit nimmt ab.
- Stimmung ist optimistisch.

d) Situation: holprige Erholung (unterbeschäftigte Wirtschaft); mittelfristige Preisstabilität ist gesichert.
Wirkung: größere Geldmenge und somit niedrigere Zinsen → mehr/günstiges Geld → Nachfrage steigt. → Sparneigung geht zurück.
Ziele: Konjunktur und Nachfrage ankurbeln

e) Schülerabhängige Antwort, z. B.
- trotz niedriger Zinsen schlechte Zukunftserwartungen → keine Kreditaufnahme trotz niedriger Zinsen
- Banken geben niedrige Zinsen nicht weiter.

2.4 Konjunkturpolitik (allgemein)

1. staatliche Konjunkturpolitik (Einnahmen- und Ausgabenpolitik)

2. Vgl. Stofftelegramm.

3. a) staatliche Verschuldung zwecks Belebung der Konjunktur (Finanzierung von staatlichen Investitionen)
   b) Rezession, Depression

4. a) Der Staat senkt in der Hochkonjunktur die Ausgaben und erhöht sie in der Rezession.
   b) prozentuale Veränderung BIP

5. a) **Hochkonjunktur:** Einnahmenerhöhung des Staates (z. B. Steuererhöhungen) verschlechtern die Liquidität der Marktteilnehmer – Nachfrage sinkt – Preissteigerungsraten sinken. Werden die zusätzlichen Mittel einer Konjunkturausgleichsrücklage (vgl. § 7 StabG) bei der Bundesbank zugeführt („kaltgestellt"), sinkt die Geldmenge – Preisdämpfung.
   b) **Rezession:** Einnahmensenkungen des Staates (z. B. Steuersenkungen) verbessern die Liquidität der Marktteilnehmer – Nachfrage steigt – Konjunkturbelebung.

6. **Bildung:** in Zeiten der Hochkonjunktur (Durch Steuererhöhungen erzielte Mehreinnahmen werden bei der Bundesbank hinterlegt, um die Hochkonjunktur abzuschwächen.)

   Auflösung: in Zeiten der Rezession, um die erforderliche Erhöhung der Staatsnachfrage (staatliche Investitionen) zu fördern

7. Konjunkturbelebend = „+", k'dämpfend = „–"   a) + b) – c) + d) + e) – f) – g) – h) +

8. **Im Boom:** Lohnforderungen, die über den Produktivitätsfortschritt hinausgehen, führen zu Preissteigerungen, da die Unternehmen aufgrund der hohen Nachfrage die höheren Lohnkosten problemlos auf die Preise abwälzen können. Dies widerspricht der Stabilitätspolitik in dieser Phase.

   In der Rezession: Gewerkschaften sollten mit Lohnforderungen zurückhaltend sein, damit die Gewinne der Unternehmen steigen und sich dadurch ihre Investitionsbereitschaft erhöht. Gewerkschaften argumentieren im Gegensatz dazu, dass erst aufgrund hoher Lohnerhöhungen über steigende Nachfrage die Konjunktur stimuliert wird.

9. Die **Arbeitslosenquote** erfasst nur solche Arbeitnehmer, die sich beim Arbeitsamt als arbeitslos registrieren lassen. Es werden diejenigen nicht berücksichtigt, die resigniert haben und sich gar nicht mehr um eine Arbeitsstelle bemühen.

   Die **Zahl der offenen Stellen** darf auf keinen Fall mit der Nachfrage der Unternehmen nach Arbeitskräften gleichgesetzt werden. Viele Unternehmen suchen sich ihre Arbeitskräfte nicht über das Arbeitsamt, sondern über Inserate oder Werbeaktionen.

10. **Strukturelle Arbeitslosigkeit:** Kann durch den Niedergang bestimmter Wirtschaftszweige oder durch tiefgreifende Wandlungen in der Bevölkerungsstruktur hervorgerufen werden. Diese Art von Arbeitslosigkeit kann gedämpft und bekämpft werden durch Subventionen an die noch vorhandenen Unternehmen zur Verhinderung weiterer Stilllegungen, Unterbringung der Arbeitslosen in anderen Branchen bzw. Schaffung neuer Produktionsstätten und damit neuer Arbeitsplätze.

    Konjunkturelle Arbeitslosigkeit: Arbeitslosigkeit ist auf eine allgemeine Wachstumsschwäche zurückzuführen. Die zu treffenden Maßnahmen müssen demnach die gesamte Wirtschaft als Ziel haben. Problem der Maßnahmen: Preisniveaustabilität gefährdet.

11. a) Investitionsförderungsgesetz, Zuschüsse für Investitionen, Steuervergünstigungen
    b) • Investitionsanreize und damit Einfluss auf Wachstum und Beschäftigung
       • Der Erfolg ist von den Zukunftserwartungen der Unternehmen abhängig. Bei pessimistischer Zukunftseinschätzung ist die Investitionsbereitschaft trotz Förderungsmaßnahmen gering.

2.6 Prüfungsaufgaben

Prüfungsaufgaben Winter 2013/2014 (Aufgabe 2, teilweise, verändert)

2.5.1 Im Text wird die saisonale Arbeitslosigkeit genannt. Hierbei unterliegen Nachfrage oder Produktion in bestimmten Branchen jahreszeitlichen Schwankungen, wie z. B. bei der Baubranche oder der Landwirtschaft.

2.5.2 Durch die Zunahme der Arbeitslosigkeit sinken zum einen die staatlichen Einnahmen an Steuern und Sozialversicherungsbeiträgen. Zum anderen steigen die Ausgaben aufgrund der staatlichen Unterstützungsleistungen wie beispielsweise Arbeitslosengeld I.

2.5.3 Konjunkturelle Arbeitslosigkeit:
Der Staat kann in der Krise z. B. verstärkt als Nachfrager auftreten, indem er z. B. öffentliche Aufträge vergibt und die Investitionstätigkeit der Unternehmen durch Maßnahmen wie verbesserte Abschreibungsmöglichkeiten, Steuersenkungen, Subventionen etc. steigert.

2.5.4 Z. B.
- Bereitschaft zur Mobilität
- Fort- und Weiterbildungsmaßnahmen nutzen

Prüfungsaufgaben Winter 2014/2015 (Aufgabe 2, teilweise, verändert)

2.1 Messgröße: Steigerungsrate des BIP
Jahr 2013: Ist-Wert 0,4 %
Jahr 2014: Ist-Wert 1,8 %
Soll-Wert von ca. 3,0 %–4,0 % pro Jahr ist in beiden Jahren nicht erreicht.

2.2.1 Zielbeziehung: Zielharmonie
Eine Erhöhung der Produktion veranlasst die Unternehmen, mehr Mitarbeiter einzustellen. Daher führt ein wirtschaftlicher Aufschwung (Wachstum BIP) im Allgemeinen zu einem höheren Beschäftigungsstand (Abnahme der Arbeitslosenquote).

2.2.2 Es handelt sich um eine konjunkturelle Arbeitslosigkeit, da die Höhe der Arbeitslosigkeit von der wirtschaftlichen Entwicklung abhängig ist.

2.2.3 Die Gründe für Langzeitarbeitslosigkeit sind vielfältiger Natur, z. B. mangelnde Mobilität, geringe bzw. falsche Qualifikation der Arbeitslosen, Alter, gesundheitliche Probleme, aussterbender Beruf.

Prüfungsaufgaben Winter 2015/2016 (Aufgabe 2, teilweise, verändert)

2.2.1 Aufschwung (Expansion)

2.2.2 Konsum (steigt), Wirtschaftswachstum (steigt), Beschäftigung (steigt auf Höchststand seit Jahren), Einkommen (steigt, ist hoch), Stimmung (positiv, optimistisch)

2.2.3
- Rekordbeschäftigung, weiter sinkende Arbeitslosenquote
- steigende Einkommen auch bedingt durch den Mindestlohn, weiter steigende Kauflaune
- durch materielle und immaterielle Sicherheit weiter steigende Kauflaune

3 Beschäftigungs- und Arbeitsmarktpolitik

3.4 Aufgaben (Grundwissen)

1. Grad der Kapazitätsauslastung der Volkswirtschaft
   Messung der Beschäftigung v. a. anhand der Arbeitslosenquote

2. **Arbeitslosenquote** $= \frac{\text{registrierte Arbeitslose} \cdot 100}{\text{abhängige Erwerbspersonen}}$

3. Vollbeschäftigung, Unterbeschäftigung und Überbeschäftigung (vgl. Stofftelegramm)

4. Es handelt sich um eine Art **Sockelarbeitslosigkeit**, die auch in Zeiten guter Konjunkturentwicklung nicht unterschritten werden kann. **Ursachen**:
   - **Friktionelle Arbeitslosigkeit:** Sie tritt auf, wenn Arbeitskräfte kündigen bzw. entlassen werden und kurzfristig bis zum Antritt der neuen Stelle nicht beschäftigt sind (Sucharbeitslosigkeit bzw. Fluktuationsarbeitslosigkeit).
   - **Saisonale Arbeitslosigkeit:** Sie ist Folge jahreszeitlicher (saisonaler) Produktionsschwankungen (z. B. Landwirtschaft, Bauwirtschaft) und ist kaum bekämpfbar.

5. Vgl. Stofftelegramm.

6. Vgl. Stofftelegramm.

7. a) Arbeitslosenquote $= \frac{\text{registrierte Arbeitslose} \cdot 100}{\text{Erwerbspersonen}}$

   Erwerbspersonen $= \frac{\text{registrierte Arbeitslose} \cdot 100}{\text{Arbeitslose}} = 41.976.470$

   b) **Staat:**
   - generell höhere Ausgaben (Arbeitslosengeld usw.)
   - geringere Einnahmen (Steuern, SV-Beiträge usw.)

   Unternehmen: sinkende Nachfrage, steigende Lohnnebenkosten, sinkende Wettbewerbsfähigkeit

   c) Aktive Arbeitsförderung: Beratung; Vermittlung; Unterstützung (Bewerbungskosten etc.); Eignungsfeststellung; Bewerbertraining; Mobilitätshilfen (Reise-, Fahrt-, Umzugskosten etc.); Förderung der Selbstständigkeit (Gründungszuschuss etc.); Ausbildungshilfen während beruflicher Ausbildung, Berufsvorbereitung, Übernahme von Weiterbildungskosten etc.

   d) Schülerabhängige Antwort, z. B.
   fehlende Anerkennung, fehlende Zeitstruktur, Gefühl des Versagens → psychische/physische Krankheiten können entstehen

   Wirtschaftliche Folgen: sinkendes Einkommen → Lebensstandard sinkt

   Familiäre Probleme: Ehescheidung, Kinder leiden unter der Arbeitslosigkeit der Eltern

3.5 Prüfungsaufgaben

Prüfungsaufgaben Winter 2010/2011 (Aufgabe 2, teilweise)

2.3.1 Arbeitsplätze in der Landwirtschaft, im Baugewerbe und in der Industrie nehmen prozentual gesehen ab, während sich der prozentuale Anteil der Beschäftigten im Dienstleistungssektor erhöht.

2.3.2 Z. B.
- Rationalisierung/technischer Fortschritt führen insbesondere in den Bereichen Landwirtschaft und Industrie zum Abbau von Arbeitsplätzen.
- höherer Bedarf an Dienstleistungen (z. B. Spedition, Gesundheitssektor, Beratungsdienstleistungen ...)

2.3.3 Schülerindividuelle Lösung

2.3.4 Z. B.
- Bereitschaft zum lebenslangen Lernen
- räumliche Mobilität

4 Der Wert des Geldes und seine Messung

4.5 Aufgaben (Grundwissen)

1. a) **Kaufkraft:** Wie viel Güter kann man für eine Geldeinheit kaufen?

   Preisniveau: Wie hoch ist der Preis für ein Gut?

   b) Reziprokes (umgekehrtes) Verhältnis, d. h.,
   - steigendes Preisniveau bedeutet sinkende Kaufkraft,
   - sinkendes Preisniveau bedeutet steigende Kaufkraft.

2. • Betrachtung der jährlichen prozentualen Veränderungen (Preissteigerungsrate)
   • Berechnung von Preisindizes. Der Kaufpreis des Warenkorbs wird im Basisjahr mit 100 Punkten angesetzt und fortgeschrieben.

3. a) Preissteigerungsrate: 100,00 EUR = 100 %
   10,00 EUR = **10 %**

   b) Kaufkraftverlust: 110,00 EUR = 100 %
   10,00 EUR = **9,09 %**

4. **Alter Preis:** 100,00 EUR 108,00 EUR = 100 %

   Neuer Preis: 108,00 EUR 8,00 EUR = 7,4 % Kaufkraftverlust

5. 100 % – 6 % = 94 % 94 % = 100,00 EUR
   100 % = 106,38 EUR Preissteigerungsrate 6,38 %

6. • Preisindex für die Lebenshaltung der priv. Haushalte
   • Index der Erzeugerpreise gewerblicher Produkte
   • Baupreisindex
   • Index der Einzelhandelspreise

7. **Warenkorb:** Ausgewählte (repräsentative) Güter und Leistungen, die von einem durchschnittlichen Haushalt üblicherweise gekauft werden. Der Kaufpreis für den Warenkorb (ca. 750 Güterarten) wird in einem bestimmten Jahr (Basisjahr) mit 100 Punkten (%) angesetzt und in den Folgejahren fortgeschrieben, sodass die Preisentwicklung dieses Warenkorbes ersichtlich wird.

   Basisjahr: Das Jahr, in dem das Gütersortiment des Warenkorbs festgelegt wird. Der Kaufpreis des Warenkorbs wird mit 100 Punkten (%) festgelegt und in den Folgejahren fortgeschrieben. Momentanes Basisjahr vgl. Stofftelegramm.

8. Entwicklung der Kaufkraft seines Geldeinkommens bzw. Geldvermögens im Zeitablauf. Er ist also eine Art „Inflationsbarometer".

9. wegen Änderungen im Güterangebot und Ausgabeverhalten

10. a) 2.000 = 100 %
    40 = **2 %**

    b) 2.040 = 100 %
    61 = **3 %**

    c) 2.101 = 100 %
    105 = **5 %**

    d) **100 %**

    e) 2.000 = 100 (%)
    2.040 = **102 (%)**

    f) 2.000 = 100 (%)
    2.101 = **105,1 (%)**

    g) 2.000 = 100 (%)
    2.206 = **110,3 (%)**

11. **Nominallohn:** gezahlter Lohn – ohne Berücksichtigung der Kaufkraft

    Reallohn: Die Menge von Konsumgütern, die mit einem bestimmten Nominallohn gekauft werden kann. Die Kaufkraft des Geldes wird also berücksichtigt: Der Teil der Lohnerhöhung, der durch Preissteigerungen wieder „vernichtet" wird, wird herausgerechnet. Kurz: Reallohn = um die Preissteigerungsrate berichtigter Nominallohn.

12. a) Preissteigerungen b) Preissenkungen c) Preisniveaustabilität

13.

Jahr	01	02	03	04	05	06
Index	100	102,6	105,68	108,85	113,42	117,05

Rechenweg: 100 · 102,6 % = 102,6 · 103 % = 105,68 · 103 % = 108,85 ...

14. Geldmenge M, Preisniveau P, Umlaufgeschwindigkeit des Geldes U, Handelsvolumen H

15. a) Bei Inflation und gleichbleibenden Nominallöhnen sinkt der Reallohn. Die Einkommen der Lohnempfänger bleiben unverändert, während der Wert des Geldes abnimmt.

ba) Ein solcher Durchschnittspreis würde die unterschiedliche Gewichtung der nachgefragten Güter unberücksichtigt lassen. Daher fallen Preisänderungen auch verschieden stark ins Gewicht.
Eine Erhebung aller Preise einer Volkswirtschaft wäre wegen der Vielzahl der Daten nicht möglich. Daher werden nur bestimmte Güter der Lebenshaltung ausgewählt, und nur deren Preise sind für die Indexermittlung der Lebenshaltungskosten von Bedeutung.

bb) Mit steigendem Einkommen nehmen die Ausgaben für Nahrungsmittel relativ ab. Da die lebensnotwendigen Bedürfnisse befriedigt sind, verwenden Haushalte immer mehr Teile ihres Einkommens für andere Zwecke.

bc)

Veränderung des Preisniveaus:	106,5	=	100,00 %	
	4,4	=	**4,13** %	Preisniveauanstieg
Veränderung der Kaufkraft:	104,13	=	100,00 %	
	4,13	=	**3,97 %**	Kaufkraftminderung
Alternativrechnung:	110,9	=	100,00 %	
	4,4	=	**3,97 %**	

c)
- Anhaltend hohe Exportüberschüsse, die insbesondere bei höherer Auslandsinflationsrate entstehen können, führen zur Geldmengensteigerung im Inland und somit zu Preissteigerungen (importierte Inflation).
- hohe Kreditaufnahmen (Haushalte, Untern., Staat) für Nachfragezwecke (Nachfrageinflation)

16. **Inflation** = anhaltendes Steigen des Preisniveaus (Geldentwertung)

17. **Ursachen der Inflation:**
- Nachfrage steigt stärker als das Angebot = **Nachfrageinflation**.
- Angebotsverknappung
- Kostensteigerungen (z. B. Löhne, Steuern) = **Kosteninflation**
- übermäßige Geldschöpfung der Kreditbanken und der Zentralbank
- importierte Inflation (vgl. Aufgabe 3!)
- zunehmende Konzentration mit nachgeschalteten Preiserhöhungen
- willkürliche Preiserhöhungen durch Monopole und Oligopole = **Gewinninflation**

18. **Importierte Inflation:** Ausgangsbasis: Inflationsrate des Auslands ist höher als die des Inlands. Folge: Exporte steigen, da inländische Waren für Ausländer billiger werden.

Möglicherweise entsteht im Inland ein Exportüberschuss (positiver Außenbeitrag), sodass durch die vermehrten Zahlungszuflüsse die Geldmenge steigt. Entsprechend steigen die Preise im Inland. Die Inflation des Auslands wurde also praktisch importiert.

19. **Lohn-Preis-Spirale:** Es liegt ein Doppeleffekt vor:
    - Lohnerhöhungen bedeuten erhöhte Kosten, die in die Preise kalkuliert werden (Löhne steigen – Kosten steigen – Preise steigen).
    - Lohnerhöhungen bedeuten evtl. steigende Nachfrage, was wiederum Preissteigerungen zur Folge haben kann (Löhne steigen – Nachfrage steigt – Preise steigen).
    - Die gestiegenen Preise führen häufig wieder zu erhöhten Lohnforderungen, sodass sich Löhne und Preise gegenseitig nach oben treiben (Spiralwirkung).

20. **Auswirkungen der Inflation:**
    - sinkende Kaufkraft
    - sinkendes Vertrauen in die Währung
    - Vorteile für Schuldner: Rückzahlung des nominalen, vereinbarten Geldbetrages; der reale Betrag sinkt mit zunehmender Inflation
    - Nachteile für Gläubiger: sinkender realer Wert des Rückzahlungsbetrages
    - Flucht in die Sachwerte: Eigentümer von Sachvermögen erhalten ihren Vermögenswert im Gegensatz zu Eigentümern von Geldvermögen.
    - Evtl. Stagflation (Inflation bei Stagnation): steigende Arbeitslosigkeit bei steigenden Preisen

5 Geldtheorie und Geldpolitik

5.1 Das Europäische System der Zentralbanken (ESZB)

1. ESZB = EZB + nationale Zentralbanken (NZB) der Mitglieder der Europäischen Wirtschafts- und Währungsunion (EWWU = „Euroland")

2.
   - Vorrangig: Preisstabilität sichern („Hüterin der Eurowährung")
   - einheitliche Währungs-(Geld-)politik: Leitzinsen festlegen, Geldmenge steuern ...
   - Devisengeschäfte durchführen
   - Verwaltung der Währungsreserven der Mitgliedsstaaten
   - reibungslosen Zahlungsverkehr im Euroland organisieren
   - Banknotenausgabe (Eurogeld)
   - Höhe der Münzausgabe steuern
   - Überwachung des Kreditwesens
   - Unterstützung der Wirtschaftspolitik der Euroländerregierungen, sofern hierdurch keine Gefährdung der Preisstabilität

3. Preissteigerung unter, aber nahe der 2 %-Marke

4. Aufteilung des Gesamtsystems in EZB und nationale Zentralbanken

5. Die EZB ist **unabhängig** von Regierungen und EU-Organen (autonome Stellung der EZB).

6. **Organe der EZB:**
   - Europäischer Zentralbankrat (Rat der EZB)
   - Direktorium
   - ZB-Präsidenten aller Euroländer

5.2 Inflation und Deflation (Geldwertschwankungen)

1. anhaltendes Steigen des Preisniveaus (Geldentwertung)

2.
   - Nachfrage steigt stärker als das Angebot = **Nachfrageinflation**
   - Angebotsverknappung
   - Kostensteigerungen (z. B. Löhne, Steuern) = **Kosteninflation**
   - übermäßige Geldschöpfung der Kreditbanken und der Zentralbank
   - importierte Inflation (vgl. Aufgabe 3!)
   - zunehmende Konzentration mit nachgeschalteten Preiserhöhungen
   - willkürliche Preiserhöhungen durch Monopole und Oligopole = **Gewinninflation**

3. Ausgangsbasis: Inflationsrate des Auslands ist höher als die des Inlands. Folge: Exporte steigen, da inländische Waren für Ausländer billiger werden.

   Möglicherweise entsteht im Inland ein Exportüberschuss (positiver Außenbeitrag), sodass durch die vermehrten Zahlungszuflüsse die Geldmenge steigt. Entsprechend steigen die Preise im Inland. Die Inflation des Auslands wurde also praktisch importiert.

4. Es liegt ein Doppeleffekt vor:
   - Lohnerhöhungen bedeuten erhöhte Kosten, die in die Preise kalkuliert werden (Löhne steigen – Kosten steigen – Preise steigen).
   - Lohnerhöhungen bedeuten evtl. steigende Nachfrage, was wiederum Preissteigerungen zur Folge haben kann (Löhne steigen – Nachfrage steigt – Preise steigen).
   - Die gestiegenen Preise führen häufig wieder zu erhöhten Lohnforderungen, sodass sich Löhne und Preise gegenseitig nach oben treiben (Spiralwirkung).

5.
   - sinkende Kaufkraft
   - sinkendes Vertrauen in die Währung
   - Vorteile für Schuldner: Rückzahlung des nominalen, vereinbarten Geldbetrages; der reale Betrag sinkt mit zunehmender Inflation.
   - Nachteile für Gläubiger: sinkender realer Wert des Rückzahlungsbetrages
   - Flucht in die Sachwerte: Eigentümer von Sachvermögen erhalten ihren Vermögenswert im Gegensatz zu Eigentümern von Geldvermögen.
   - Evtl. Stagflation (Inflation bei Stagnation): steigende Arbeitslosigkeit bei steigenden Preisen

6. a) **Stag**nation bei gleichzeitiger In**flation**
   (Stagnation = stagnierende, stationäre Wirtschaft; kein Wachstum)
   b)
   - Maßnahmen zur Bekämpfung der Stagnation (Ankurbelung der Wirtschaft z. B. durch Förderung der Nachfrage) wirken inflatorisch.
   - Maßnahmen zur Dämpfung der Inflation (z. B. Verringerung der Staatsnachfrage) verschärfen die Stagnation.

7. **Offene Inflation:** Die Inflation ist für alle erkennbar.

   Verdeckte Inflation: Die Inflation wird durch staatl. Festlegung von Höchst- oder Festpreisen (Preisstopp) oder Lohnstopp verhindert.
   Problem: Nachfrageüberschuss

8. **Schleichende Inflation:** langsames, aber länger anhaltendes Steigen der Preise

   Galoppierende Inflation: hohe Preissteigerungsraten

9. anhaltendes Sinken des Preisniveaus

10.
   - Kürzung der Staatsausgaben
   - Pessimistische Zukunftserwartungen: geringe Nachfrage, hohes Sparen, geringe Investitionsneigung

11.
   - Flucht in die Geldwerte
   - Nachteile für Schuldner, Vorteile für Gläubiger
   - Betriebsstilllegungen, Kurzarbeit, Arbeitslosigkeit wegen sinkender Nachfrage
   - Steuereinnahmen sinken, öffentliche Nachfrage sinkt ...

12. a) schleichende Inflation
   b) Schleichende Inflation durch:
   - Exportüberschüsse
   - Lohn-Preis-Spirale
   - Kostensteigerungen (Erdöl ...)
   - steigende Staatsverschuldung

5.3 Geldpolitik der EZB

5.3.4 Aufgaben

1. Zinssätze und Liquidität am Markt steuern; Signale setzen

2. **Befristete Transaktionen:**
   - Pensionsgeschäfte (EZB kauft Wertpapiere mit Rückkaufsvereinbarung.)
   - Pfandkredite (Kredit der EZB gegen Verpfändung von Wertpapieren)

   Definitive Käufe bzw. Verkäufe: endgültiger Kauf bzw. Verkauf refinanzierungsfähiger Aktiva (zur Beeinflussung der strukturellen Liquidität und Feinsteuerung)

3. **Leitzinsen:** Entscheidender Leitzinssatz ist der Zinssatz für die Hauptrefinanzierungsgeschäfte.

   Oft werden auch die Zinssätze für die Spitzenrefinanzierungsfazilität sowie Einlagefazilität als weitere Leitzinsen genannt.

   Bei Änderung signalisiert die EZB den Banken ihre geplante Politik und erwartet ein gleichgerichtetes Verhalten.

   Signalwirkung: Mit einer Leitzinsänderung (s. o.) signalisiert die EZB den Banken ihre geplante Politik und erwartet ein gleichgerichtetes Verhalten.

4. **Offenmarktpolitik:**
   - Hauptrefinanzierungssatz erhöhen
   - vermehrt Wertpapierverkäufe durch die EZB

   Wirkungen: Zinsen steigen.

   → Kreditnachfrage sinkt.
   → Geldmenge sinkt.
   → Nachfrage sinkt.
   → Konjunkturdämpfung
   → (hoffentlich) stabile(re) Preise

5. **Offenmarktpolitik:**
   - Hauptrefinanzierungssatz senken
   - vermehrt Wertpapierkäufe durch die EZB

   Wirkungen: Zinsen sinken.

   → Kreditnachfrage steigt.
   → Geldmenge steigt.
   → Nachfrage steigt.
   → Konjunkturerholung
   → (hoffentlich) geringere Arbeitslosigkeit

6. **Störfaktoren bei Leitzinserhöhung:**
   - positive Zukunftserwartungen der Unternehmer → trotz „teuren Geldes" intensive Kreditaufnahmen
   - evtl. Kapitalzufluss vom Ausland, falls inländischer Zinssatz höher als der ausländische Zinssatz ist → Geldmenge steigt.

- Steigende Zinsen bewirken Kostensteigerungen. → evtl. steigende Preise
- Banken versorgen sich anderweitig mit Liquidität (z. B. im Ausland). → Geldmenge steigt.

7. a) Zentralbankrat
   b) EZB ergreift die Initiative, indem sie in vierzehntägigem Rhythmus Ausschreibungen vornimmt. Die Kreditinstitute geben Gebote ab, indem sie das gewünschte Kreditvolumen (Mengentender) bzw. Kreditvolumen und Zinssatz (Zinstender) angeben.
   Die EZB teilt zu.
   c) Z. B. Verbesserung der Refinanzierungsmöglichkeiten der Kreditinstitute
   → Kreditinstitute können günstigere Kredite vergeben.
   → Nachfrage nach Investitions- und Konsumgüterkrediten steigt.
   → Belebung der gesamtwirtschaftlichen Nachfrage
   → usw.

8. a) Steuersenkungen → mehr Einkommen der privaten Haushalte → höhere Nachfrage → steigende Investitionen → mehr Beschäftigung → höheres BIP
   b) Senkung der Leitzinsen durch die EZB → günstigere Kredite → höhere Investitionstätigkeit → höheres BIP
   c) Problem bei a):
   Einnahmeausfall des Staates → zunehmende Verschuldung → Verletzung der EU-Konvergenzkriterien → Geldstrafe → Eurostabilität gefährdet (Außenhandel)
   Zusätzlich: Verlagerung der Probleme auf spätere Generationen
   Problem bei b):
   Ausweitung des Geldvolumens → Inflationsgefahr → Benachteiligung bestimmter Bevölkerungsgruppen (Sparer)
   Angebotene Zinssenkung wird von der Wirtschaft nicht angenommen (Angebotscharakter).

9. niedrige Zinsen → billige Kredite für Unternehmen → Neuinvestitionen → höhere Beschäftigung

   Alternativ:
   niedrige Zinsen → niedrigerer Zins für Spareinlagen → Konsumneigung steigt. → höhere Produktion/Beschäftigung

10.
   - Unternehmen investieren nur, wenn ausreichende Rendite erwartet werden kann; andernfalls spielt die Höhe der Zinsen für Kredite eine stark untergeordnete Rolle.
   - Kaufzurückhaltung der Konsumenten z. B. aufgrund
     - drohender Deflation,
     - drohender Arbeitslosigkeit,
     - fehlender Verlässlichkeit in der Politik und Gesetzgebung.
   - Marktsättigung

11. a) Preisstabilität darf nicht gefährdet werden.
   b) EZB senkt den Hauptrefinanzierungssatz → Geschäftsbanken haben dadurch günstige Refinanzierungsmöglichkeit. → Geschäftsbanken bieten der Wirtschaft günstigere Kredite an. → Nachfrage nach Krediten steigt. → Nachfrage nach Konsum- und Investitionsgütern steigt = Konjunkturbelebung.

5.4 Prüfungsaufgaben

Prüfungsaufgaben Winter 2014/2015 (Aufgabe 2, teilweise)

2.3.1 EZB senkt den Leitzins auf 0,25 %.
1. Geschäftsbanken können sich günstiger refinanzieren.
2. Geschäftsbanken haben die Möglichkeit, günstigere Kredite an Unternehmen und Haushalte zu vergeben.
3. Unternehmen investieren und Haushalte konsumieren mehr über die Kreditaufnahme.
4. Durch höhere Investitions- und Konsumnachfrage steigen Produktion und Absatz (Konjunkturförderung).

2.3.2 Ein niedriger Leitzins kann die Preisniveaustabilität gefährden, da die Nachfrage evtl. schneller wächst als das Angebot. Da jedoch die für das Jahr 2014 prognostizierte Inflationsrate laut der Wirtschaftsforschungsinstitute 1,9 % beträgt, ist die Preisniveaustabilität durch die Senkung des Leitzinssatzes in diesem Fall voraussichtlich nicht gefährdet.

Prüfungsaufgaben Winter 2014/2015 (Aufgabe 2, teilweise, verändert)

2.1 **Inflation:** anhaltende Steigerung des Preisniveaus → Geldentwertung

Deflation: anhaltendes Sinken des Preisniveaus → steigende Kaufkraft

2.2 **Auswirkungen einer Deflation:**
z. B. Nachfragerückgang, steigende Arbeitslosigkeit, Löhne werden gekürzt

Auswirkungen einer Inflation:
z. B. sinkende Kaufkraft, Flucht in Sachwerte, sinkende Sparquote

Maßnahmen zur Inflationsbekämpfung:
z. B. Senkung der staatlichen Nachfrage, Zinserhöhung durch EZB

Prüfungsaufgaben Sommer 2015 (Aufgabe 2, teilweise)

2.4 **Hauptaufgabe:** für Preisstabilität (Inflationskontrolle) zu sorgen, insbesondere in den Ländern, die den Euro verwenden

Instrument: z. B. Offenmarktpolitik, d. h. der Kauf bzw. Verkauf von Wertpapieren zur Steuerung der Geldmenge

Auswirkungen Kletter Hans e. K.: Die Auswirkungen auf das Unternehmen können vielseitig sein. Das Unternehmen kann z. B. zu günstigen Konditionen Fremdkapital aufnehmen und so unterschiedliche Investitionen tätigen, z. B. Renovierungen, Erweiterungen.

6 Europäische Integration, Globalisierung, Freihandel, Protektionismus, WTO

6.5 Aufgaben

1. Es existieren keine Grenzen für Menschen, Waren, Dienstleistungen und Kapital.

2. Eine WWU verlangt zusätzlich zum Binnenmarkt: Abstimmung der Wirtschaftspolitik, unabhängige europäische Zentralbank mit einheitlicher Geldpolitik, einheitliche Währung.

3. Vgl. Stofftelegramm.

4.
   - Bis 01.01.1999 sollte die Europäische Wirtschafts- und Währungsunion errichtet werden.
   - Nennung der Voraussetzungen für Aufnahme in die EWWU (Konvergenzkriterien, vgl. 7.)
   - Drei-Stufen-Plan (vgl. 5.)

5.
1. Stufe (1990–93):	• Liberalisierung Kapitalverkehr • Realisierung des europäischen Binnenmarktes
2. Stufe (1994–98):	• Annäherung (Konvergenz) in Wirtschafts-, Finanz- und Geldpolitik; best. Konvergenzkriterien (vgl. 7.) müssen von jedem Land erfüllt werden zwecks Aufnahme in die EWWU. • keine Finanzierung öffentlicher Haushalte durch Notenbanken • Überführung der nationalen Notenbanken in die Unabhängigkeit • Entscheidung über den Beginn der EWWU und die Teilnehmer • Errichtung des Europäischen Systems der Zentralbanken (ESZB)
3. Stufe (1999–02):	• Start der Währungsunion am 01.01.1999 • Festlegung der Wechselkurse der Teilnehmerwährungen • einheitliche Geldpolitik durch das Europ. Zentralbanksystem • Noten-/Münzausgabe in Euro

6. Annäherung der einzelnen Teilnehmerländer hinsichtlich Preisniveaustabilität, stabile Staatsfinanzen, stabile Wechselkurse und Zinsniveau

7.
• **Stabiles Preisniveau:**	Inflat.rate max. 1,5 % über Durchschnitt der 3 stabilsten Länder
• **Gesunde Staatsfinanzen:**	jährl. Neuverschuldung max. 3 % des Bruttoinlandsprodukts sowie Staatsschulden insgesamt max. 60 % des BIP
• **Stabile Wechselkurse:**	mind. zwei Jahre EWS-Teilnahme ohne große Kursschwankung
• **Angemess. Zinsniveau:**	durchschnittl. lfr. Zinssatz 1997 max. 2 % über dem Satz der drei preisstabilsten Länder

8. a) Die Konvergenzkriterien sollen nicht nur zu einem bestimmten Stichtag erreicht sondern auch nach Aufnahme in die EWU erfüllt werden.

   b) Im schlimmsten Falle drohen bei Nichteinhaltung der Kriterien Geldbußen.

9. Vgl. Stofftelegramm (Vor-, Nachteile).

10.
Vorteile:	Erreichung einer stabilen gesamtwirtschaftlichen Lage (Preisniveaustabilität, gesunde Staatsfinanzen, stabile Wechselkurse, angemessenes Zinsniveau)
Nachteile:	In einer Konjunkturflaute bewirkt das Anstreben von Konvergenzkriterien eine Verschärfung der Situation: Verhinderung konjunkturfördernder Staatsausgaben und Steuersenkungen → Aufschwung evtl. verhindert.

11. Vgl. 10. (Nachteile). 12. Vgl. Stofftelegramm.

6.6 Prüfungsaufgaben

Prüfungsaufgaben Sommer 2014 (Aufgabe 2, teilweise)

2.4.1 Verzahnung der Weltwirtschaft zu einem Weltmarkt (oder ähnliche Erklärungen)

2.4.2 **Für den Verbraucher:** größeres und günstigeres Angebot, Waren aus aller Welt

Für den Arbeitsmarkt: mehr Konkurrenz auf dem Arbeitsmarkt, Arbeitskräfte aus dem europäischen Ausland kommen nach Deutschland, Unternehmen verlegen Produktion in Billiglohnländer

Für den Einzelhandel: Unternehmen müssen sich international ausrichten, neue Märkte können erschlossen werden.

Kompetenzbereich IV: Entscheidungen im Rahmen einer beruflichen Selbstständigkeit treffen

1 Berufliche Selbstständigkeit

1.1 Anforderungen

1.
- Unabhängigkeit von einem Arbeitgeber: eigener Chef sein
- Selbstverwirklichung: eigene Ideen umsetzen
- bessere Vereinbarkeit von Familie, Beruf, Freizeit
- zusätzliche Verdienstmöglichkeiten
- Rückkehr ins Arbeitsleben: Alternative zur Arbeitslosigkeit

2. Siehe Schaubild Stofftelegramm.

3. **Kompetenzen eines Unternehmers:**
- fachliche Qualifikation
- Marketingkompetenz (Marktkenntnisse, Kundenorientierung)
- kaufmännische Qualitäten (Kalkulation, Buchführung, wirtschaftliches Denken)
- Erfahrung (bei Gründungen achten Kapitalgeber auf die berufliche Erfahrung)

4. **Vorteile:**
- Verwirklichung eigener Ideen und Ziele
- Entscheidung selbst treffen (keine Vorgesetzten)
- gesellschaftliches Ansehen durch Erfolg
- hohes Einkommen möglich
- Gewinn für eigene Leistung selbst ernten
- hoher Grad an persönlicher Freiheit
- unabhängig sein
- höhere Motivation zu arbeiten
- selbstgewählte Arbeitszeiten, dadurch sind Beruf und Privatleben besser verbindbar
- Arbeitsumfeld wie Team, Ort etc. selbst gestaltbar

Nachteile:
- Einkommen hängt von der Auftragslage ab (kein festes Einkommen).
- finanzielles Risiko (oft haftet der Selbstständige mit Privatvermögen)
- oft hohe Arbeitsbelastung (üblich arbeiten Selbstständige 50–60 Stunden die Woche)
- keine soziale Absicherung (Rente, Arbeitsunfähigkeit, Krankenversicherung nur mit eigener Vorsorge)
- eventuell Aufgabe eines guten Angestelltenverhältnisses

1.2.1 Beratung

1. ortansässige IHK oder HWK

2. Mit den Beratungsgutscheinen können Gründerinnen und Gründer eine kostengünstige Gründungsberatung durch eine Expertin oder einen Experten in Anspruch nehmen (www.gruendung-bw.de).

1.2.2 Förderung und Finanzhilfen

1. Die L-Bank übernimmt Bürgschaften für Kredite, die Banken und Sparkassen an mittelständische Unternehmen vergeben (www.l-bank.de).

2. **Mikrofinanzierung:** In Deutschland werden die Mikrokredite aus dem Mikrokreditfonds Deutschland vergeben. Dieser wurde 2010 vom Bundesministerium für Arbeit und Soziales aufgelegt. Hier können auch nicht bankenübliche Sicherheiten individuell und flexibel vereinbart werden.
   Darlehensgrößen von 1.000,00 EUR bis maximal 20.000,00 EUR

   Darlehen über Bürgschaften: Die Bürgschaft ist für die Bank eine Sicherheit. Mithilfe der Bürgschaft sichert sich der Gläubiger, i. d. R. eine Bank, für den Fall einer Zahlungsunfähigkeit seines Schuldners dadurch ab, dass der Bürge die Schulden übernehmen muss (Bürgschaftsvertrag).

   Wagniskapital: Beteiligungskapital von privaten Investoren (Risikokapital)

   Ziel: Verbesserung der Finanzierungsbedingungen junger, innovativer Unternehmen

1.3 Businessplan

1. Vgl. Stofftelegramm.

2. tabellarischer Lebenslauf, Übersicht der Sicherheiten, evtl. Miet- oder Pachtvertrag usw.

3. Adressaten eines Businessplans sind vor allem Kreditgeber, z. B. Banken.

2 Standortfaktoren

2.3 Aufgaben

1. a) örtliche Lage eines Betriebes
   b) • Lieferantennähe • Absatzmarkt • Verkehrswege
   • Arbeitsmarkt • Infrastruktur • Konkurrenz

2. Infrastruktur = Gesamtheit aller öffentlichen und wirtschaftlichen Einrichtungen eines Wirtschaftsraumes, z. B. Schulen, Krankenhäuser, Sportplätze, Verkehrseinrichtungen ...

   Bedeutung der Infrastruktur für die Standortwahl: Arbeitskräfte leichter beschaffbar, weniger Fluktuation bei guter Infrastruktur, Kosteneinsparungen bei guten Verkehrsverbindungen ...

3. a) **Arbeitskräfte:** nach quantitativen und qualitativen Aspekten
   Lohnkosten: möglichst niedrig, da arbeitsintensive Produktion
   Kundennähe: insbes. auch beim Service kurze Wege zum Kunden
   Infrastruktur: Verkehrsanbindung ...
   b) Alternativlösungen möglich

Faktor Ort	Prag	Pirna	Saarbrücken
Arbeitskräfte	8	9	7
Infrastruktur	3	6	10
Kundennähe	6	10	1
Lohnkosten	10	7	4
Summe	27	32	22

3 Rechtsformen der Unternehmung

3.1 Kaufmann – Handelsregister – Firma

Kaufmann im Sinne des HGB

1. für Kaufleute nach HGB

2. **Gewerbetr. mit kfm. Geschäftsbetrieb:**
   - Kaufleute nach HGB, Eintragungspflicht
   - HR-Eintrag ist deklaratorisch

   Gewerbetr. ohne kfm. Geschäftsbetrieb:
   - Kannkaufleute, Eintragungswahlrecht
   - Falls HR-Eintrag: Eintrag ist konstitutiv, sie werden Kaufleute nach HGB.
   - Falls kein HR-Eintrag: Nichtkaufleute

3. - kein HR-Eintrag
   - keine Firma (Bei Tod des Inhabers bzw. Verpachtung darf der Name nicht weitergeführt werden.)
   - vereinfachte Aufzeichn.pflichten (keine Inventar-, Bilanzerstellung, keine Handelsbücher)
   - Prokuraerteilung ist nicht möglich.
   - OHG, KG sind nicht möglich (lediglich BGB-Gesellschaft erlaubt).
   - Bürgschaftserklärungen nur schriftlich
   - Prüfungs- und Rügefrist bei Lieferungen: innerhalb sechs Monaten nach Lieferung

4. - alle Kapitalgesellschaften
   - alle Gewerbetreibende mit kaufmännischem Geschäftsbetrieb

5. - **Formkaufleute:** Eintrag konstitutiv
   - **Sonst. Gewerbetreib. mit kfm. G.:** Eintrag deklaratorisch

6. - Mitarbeiterzahl
   - Umsatz
   - Größe der Räume
   - Zahl der Zweigniederlassungen
   - Höhe der Forderungen
   - Art der Geschäftsabwicklung
   - Teilnahme am Kreditverkehr
   - Vermögen

7. **Kannkaufmann:**
   - kann sich ins HR eintragen lassen
   - Beispiele: Gewerbetreibende ohne kaufmännischen Geschäftsbetrieb, Land- und Forstwirte

   Formkaufmann:
   - muss sich ins Handelsregister eintragen lassen
   - alle Kapitalgesellschaften (GmbH, AG)

8. Nein. Kaufmann i. S. des HGB ist hier die GmbH (Formkaufmann).

9. Gewerbetreibende ohne kaufmännischen Geschäftsbetrieb, die nicht im HR eingetragen sind (Nichtkaufleute)

10. - volle Buchführungspflichten → höhere Kosten
    - unverzügliche Prüfungs- und Rügepflichten

11. a) Kaufmann nach HGB
    b) Kaufmann nach HGB
    c) kein Kaufmann i. S. des HGB (kein Gewerbebetrieb, sondern freier Beruf)
    d) Kannkaufmann; bei HR-Eintrag Kaufmann nach HGB; kein HR-Eintrag: Nichtkaufmann
    e) Formkaufmann, Kaufmann nach HGB
    f) Kannkaufmann, bei HR-Eintrag Kaufmann nach HGB; kein HR-Eintrag: Nichtkaufmann

g) Kaufmann nach HGB („e. K."!)
h) Kaufmann nach HGB („e. K."!)
i) Formkaufmann, Kaufmann nach HGB
j) kein Kaufmann i. S. des HGB

Handelsregister – Firma

1. öffentliches Verzeichnis aller Kaufleute nach HGB des Amtsgerichtsbezirks

2. Amtsgericht (speziell: Registergericht)

3. Firma, Inhaber, Kapital, Geschäftssitz, Gegenstand des Unternehmens, Geschäftsführer, Vorstände, Prokura

4. jeder

5. durch rotes Unterstreichen

6. Veröffentlichung im Bundesanzeiger und einer örtlichen Tageszeitung

7. • Informationsquelle für jeden über wichtige Tatsachen (Gesellschafter, Kapitalverhältnisse ...) von Kaufleuten nach HGB
   • Schaffung klarer Rechtsgrundlagen

8. • Banken (Klärung Rechtsverhältnisse vor Kreditvergabe)
   • Lieferanten (Klärung der Vertretungsbefugnisse)
   • Rechtsanwälte (Klärung der Vertretungsbefugnisse)
   • Krankenkassen, Detekteien, Notariate

9. **Abteilung A:** Einzelunternehmen und Personengesellschaften
   Abteilung B: Kapitalgesellschaften

10. Eingetragene und bekannt gemachte Tatsachen muss jeder gegen sich gelten lassen (§ 15 Abs. 2 HGB).

11. **Deklaratorisch (rechtsbezeugend):** Die Tatsachen waren schon vor ihrer Eintragung rechtswirksam (z. B. Prokura, Beginn der Einzelunternehmung, OHG, KG).

    Konstitutiv (rechtserzeugend): Die Tatsache wird erst durch die Eintragung rechtswirksam (z. B. Gründung Kapitalgesellschaft, Kannkaufleute).

12. Richtig sind: b – e – g – j

13./14. Vgl. Stofftelegramm.

15. a) Sachfirma b + f) Mischfirma c + e) Personenfirma d) Fantasiefirma

16. • Einwilligung der bisherigen Inhaberin
    • Die Firma muss weiterhin als Modegeschäft betrieben werden.

17. Nein; Verstoß gegen Grundsatz der Firmenunterscheidbarkeit (Verwechslungsgefahr). Es muss eine andere Firma gewählt werden, die sich zumindest durch einen Zusatz von der bereits bestehenden Firma unterscheidet.

18. Nein; Verstoß gegen Irreführungsverbot; die Firma muss geändert werden.

3.3 Einzel- oder Gesellschaftsunternehmung

1. Knut Säusel e. K., Säusel e. K. ...

2. unbeschränkt (Privat- und Geschäftsvermögen haften)

3–5. Vgl. Stofftelegramm.

3.4 Die Kommanditgesellschaft (KG)

1. formfrei möglich, meist aus Beweisgründen jedoch schriftlich

2. b – d – e – f; Begründung: Der Zusatz „KG" ist zwingend.

3. a) Nein; der Zusatz muss „KG" lauten. Der Firmenkern kann beibehalten werden.
   b) Nein; dies wäre eine Täuschung Dritter. Die Haftungsverschlechterung muss ersichtlich werden. Firmenwahrheit! Zusatz also z. B. „e. K.", „e. Kfm." ...
   c) Nein (vgl. b); nur erlaubt, wenn nach Ausscheiden von Schnuff noch mindestens drei Gesellschafter da wären und Schnuff der Beibehaltung seines Namens zustimmt (§ 24 Abs. 2 HGB).
   d) Ja, wenn Schnorr einwilligt (§ 24 Abs. 2 HGB).

4. a) **Unbeschränkt:** Haftung mit Kapitalanteil und Privatvermögen

   Unmittelbar (direkt): Jeder Gläubiger kann sich unmittelbar an einen Komplementär halten. Der Komplementär hat keine „Einrede der Vorausklage" gegen die Gesellschaft, jedoch einen Ausgleichsanspruch gegenüber den anderen Komplementären.

   Gesamtschuldnerisch (solidarisch): Alle Komplementäre haften für die gesamten Schulden der Gesellschaft.

   b) **Haftung:** betrifft Außenverhältnis (Haftung gegenüber Dritten)

   Verlustbeteiligung: betrifft Innenverhältnis (Verringerung des Kapitalanteils)

5. **Gewinnverteilung:** 4 % des Kapitals, Rest in angemessenem Verhältnis

   Verlustverteilung: Verteilung in angemessenem Verhältnis (Regelung im Gesellschaftsvertrag üblich); Kommanditist ist am Verlust nur bis zum Betrag seines Kapitalanteils und seiner noch ausstehenden Einlage beteiligt.

6. **Gesetzliches Wettbewerbsverbot:** Betrifft nur Komplementäre; ohne Zustimmung der anderen Gesellschafter keine eigenen Geschäfte im Handelsgewerbebereich der KG und keine Beteiligung an einem gleichartigen Unternehmen als persönlich haftender Gesellschafter

Beispiele:
- Der Komplementär einer Maschinenfabrik darf nicht auf eigene Rechnung Maschinen verkaufen.
- keine Beteiligung als OHG-Gesellschafter oder Komplementär an einer anderen gleichartigen Gesellschaft

7. **Innenverhältnis (Geschäftsführung):**
Einzelgeschäftsführungsbefugnis nur für gewöhnliche Geschäfte; bei außergewöhnlichen Geschäften müssen alle Gesellschafter zustimmen (Gesamtgeschäftsführungsbefugnis). Da hier ein außergewöhnliches Geschäft vorliegt, hat B seine Kompetenzen überschritten und ist ggf. den anderen Gesellschaftern gegenüber schadenersatzpflichtig.

Außenverhältnis (Vertretung):
Einzelvertretungsbefugnis für alle gewöhnlichen und außergewöhnlichen Geschäfte; der Kaufvertrag ist also gültig.

8. Ja; Kaufvertrag gültig; der Umfang der Vertretungsmacht ist unbeschränkbar. Dies gilt auch, wenn ein Dritter von der Beschränkung wusste (§ 126 Abs. 2 HGB).
Im Innenverhältnis können jedoch B und C von A ggf. Schadenersatz verlangen.

9. a) Anmeldung dieses Ausschlusses von sämtlichen Gesellschaftern zur Eintragung ins Handelsregister (§ 125 Abs. 4 HGB)
b) Vereinbarung einer Gesamtvertretung (§ 125 Abs. 2 HGB) oder Vertretung zusammen mit einem Prokuristen (§ 125 Abs. 3 HGB)
c) Beschränkung des Umfangs der Vertretungsmacht (§ 126 Abs. 2 HGB)

10. **Innenverhältnis:** Beginn 20.05., somit ist die Handlung rechtswirksam.

Außenverhältnis: Beginn der KG am 30.05. mit dem ersten Geschäft (HR-Eintrag = deklaratorisch); Kaufvertrag für die KG ist gültig (Schutz Dritter).

11. a) Ja; Eintritt in bisherige Einzelunternehmung (§ 28 HGB)
b) Gemäß § 28 HGB kann Neu die Haftung für alte Schulden ausschließen durch
   - Handelsregistereintrag nebst Bekanntmachung oder
   - Mitteilung an Dritte durch einen Gesellschafter.

c) Ein Haftungsausschluss für alte Schulden ist im Außenverhältnis bei Eintritt in eine bereits bestehende KG nicht möglich. Nur im Innenverhältnis ist Vereinbarung möglich.

12. a) sechs Monate auf Geschäftsjahresende (§ 132 HGB)
b) Haftung weitere fünf Jahre für die beim Austritt vorhandenen Verbindlichkeiten (§ 159 HGB)

13. a) 31.12.02; Kündigungsfrist sechs Monate auf Geschäftsjahresende
b) Ja; Haftung weitere fünf Jahre für die bei seinem Austritt bestehenden Verbindlichkeiten; unmittelbare Haftung

14. Nein; wegen Haftungsverschlechterung wäre Dritter getäuscht. Zusatz also z. B. „e. K.".

15. **Vorschlag A:** Rechtsgültig; Gesamtvertretung; Voraussetzung: von allen Gesellschaftern zur Eintragung ins HR anzumelden

Vorschlag B: Im Außenverhältnis nicht gültig, da eine Beschränkung des Umfangs der Vertretungsmacht nicht erlaubt ist.

16. **Innenverhältnis:** Nicht gültig, da bei außergewöhnlichen Geschäften die Zustimmung der anderen Gesellschafter notwendig ist (Einzelgeschäftsführungsbefugnis nur bei gewöhnlichen Geschäften).

    Außenverhältnis: Gültig, da
    - Einzelvertretungsbefugnis bei gewöhnlichen und außergewöhnlichen Geschäften,
    - HR-Eintrag = deklaratorisch (Beginn KG mit 1. Geschäft).

17. Nein; mögliche Privatentnahmen: 4 % von 300.000,00 EUR (Anfangskapital) = 12.000,00 EUR

18. a) Notarielle Beurkundung, da Gebäude eingebracht werden.
    b) Nein; Zusatz „KG“ erforderlich; der Firmenkern kann beibehalten werden.
    c) Ja, da im HGB keine bestimmte Kapitaleinlage gefordert wird.
    d) Innenverhältnis: 01.01.03; Außenverhältnis: 10.01.03 bzw. bei erstem Geschäft
    e) Eifer muss zahlen (unmittelbare Haftung). Im Innenverhältnis hat er Ausgleichsanspruch.

19. - **Rechte Komplementäre:** Geschäftsführung, Vertretung, Gewinnanteil, Privatentnahmen, Kündigung ...
    - **Pflichten Komplementäre:** Leistung, Kapitaleinlage, Geschäftsführung, Wettbewerbsenthaltung, Verlustbeteiligung ...
    - **Rechte Kommanditisten:** Widerspruchsrecht bei außergew. Geschäften, Kündigung
    - **Pflichten Kommanditisten:** Kapitaleinlage, Haftung bis Höhe der Einlage, Verlustbeteiligung

20. **Innenverhältnis:** Außergewöhnliches Geschäft, Stoll muss folglich zustimmen (§ 116 Abs. 2 HGB). Filz und Milz können widersprechen (§ 164 HGB).

    Außenverhältnis: Kaufvertrag ist rechtsgültig, da Komplementär auch bei außergewöhnlichen Rechtsgeschäften Einzelvertretungsmacht hat (§ 126 HGB).

21. Kommanditist haftet wie Vollhafter bis HR-Eintrag (§ 176 Abs. 2 HGB).

22. Bei Neubeginn der KG, solange der HR-Eintrag noch nicht erfolgt ist (§ 176 Abs. 1 HGB).

23. Nein; Kommanditisten haben kein Vertretungsrecht (§ 170 HGB).

24. **Innenverhältnis:** Frei gestaltbar; somit kann ein Kommanditist durch vertragliche Vereinbarung Geschäftsführungsrechte erhalten.

    Außenverhältnis: Vertretungsrecht für den Kommanditisten nicht möglich (§ 170 HGB); er könnte jedoch im Rahmen eines Angestelltenverhältnisses zum Prokuristen oder Handlungsbevollmächtigten ernannt werden, wodurch er mehr oder weniger weitgehende Vertretungsmacht erhält.

25. Der Kommanditist haftet in Höhe seiner noch nicht eingezahlten Einlage unmittelbar. K. muss daher 30.000,00 EUR an G. zahlen.

26. **Bei voll eingezahlter Kommanditeinlage:** Gewinnanteil wird bis zur Auszahlung als Sonstige Verbindlichkeit behandelt. Der Kapitalanteil bleibt somit unverändert.

    Bei noch nicht voll eingezahlter Kommanditeinlage: Gewinnanteil erhöht den Kapitalanteil insofern, als die Position „Nicht eingezahltes Kommanditkapital“ allmählich aufgelöst wird.

27. Ja; unmittelbare Haftung in Höhe der noch nicht eingezahlten Einlage auch für alte Schulden der KG

28. a)
    - Kommanditisten ohne wesentlichen Einfluss auf Geschäftsführung
    - weniger Kontrollrechte der Kommanditisten – weniger Gewinnanteil für Kommanditisten
    - jederzeitige Kapitalbeschaffung durch Aufnahme weiterer Kommanditisten möglich

    b) Hans Motte KG; Motte & Co. KG

    c) **Innenverhältnis:** 31.01. (Unterzeichnung des Gesellschaftsvertrags)

    Außenverhältnis: mit Aufnahme des Geschäftsbetriebs; HR-Eintrag deklaratorisch

    d) **Vor HR-Eintrag:** Rist haftet unbeschränkt.

    Nach HR-Eintrag: unmittelbare Haftung bis 50.000,00 EUR (nicht eingezahlte Kapitaleinlage)

    ea) Rist im Recht (Widerspruchsrecht der Kommanditisten bei außergewöhnl. Geschäften)

    eb) Rist darf gleichzeitig Vollhafter bei anderer Unternehmung sein. Gesetzliches Wettbewerbsverbot gilt nicht für Kommanditisten.

    ec) Kündigung unwirksam (Kündigungsfrist sechs Monate auf Geschäftsjahresende)

29. § 167 Abs. 3 HGB: bis zum Betrag seines Kapitalanteils und seiner rückständigen Einlage

3.5 Die GmbH (einschließlich UG)

1. a) mit Handelsregistereintrag (konstitutiv)

    b) Haftung vor HR-Eintrag: unbeschränkt, unmittelbar, solidarisch (Vollhafter)
    Haftung nach HR-Eintrag: nur Gesellschaftsvermögen haftet (Haftung beschränkt)

    c) Geschäftsführer, Aufsichtsrat, Gesellschafterversammlung

2. a) A 20.000, B und C je 15.000 Stimmen (1,00 EUR Geschäftsanteil = 1 Stimme); § 47 GmbHG

    b) A: 20.000,00 EUR, B und C je 15.000,00 EUR

    c) Ja. Geschäftsführer können Gesellschafter oder andere Personen sein (§ 6 GmbHG).

    d) Ja. Geschäftsführer hat Vertretungsmacht für alle gewöhnlichen und außergewöhnlichen Rechtsgeschäfte. Innenverhältnis: Geschäftsführungsbefugnis laut Satzung (§ 45 GmbHG)

    e) Gesamtvertretungsbefugnis; A und B müssen also unterzeichnen (§ 35 Abs. 2 GmbHG).

    f) Nein. Dies ist Aufgabe der Gesellschafter (§ 46 Nr. 7 GmbHG).

    g) Ja. Die Gewinnverteilung obliegt den Gesellschaftern (§ 46 Nr. 1 GmbHG).

    h) Nein. Notarielle Form bei der Übertragung notwendig (§ 15 Abs. 3 GmbHG).

3. **Stammkapital (= gezeichnetes Kapital):** Summe aller Geschäftsanteile. Mind. 25.000,00 EUR

    Geschäftsanteil:
    - vom Gesellschafter übernommener Anteil am Stammkapital
    - Nennbetrag des Geschäftsanteils muss auf volle Euro lauten.

4. a) **Gesamtvertretung:** Beide Gesellschafter sind nur gemeinsam zur Vertretung der Gesellschaft ermächtigt.

    Vorteile:
    - gegenseitige Kontrolle der Geschäftsführer
    - Entscheidungen gut durchdacht, da zweiseitige Zustimmung notwendig

    Nachteile:
    - Meinungsverschiedenheiten verhindern evtl. positive Entscheidungen.
    - Flexibilität bei schnell zu treffenden Entscheidungen begrenzt.

b) Argumente **für** eine Umwandlung der GmbH in eine KG:
- Publizitäts- und Prüfungspflichten entfallen.
- steigende Kreditwürdigkeit
- Die Bildung eines Aufsichtsrates entfällt.

Argumente **gegen** eine Umwandlung der GmbH in eine KG:
- mindestens ein Vollhafter notwendig
- aufwendige Umwandlungsmaßnahmen notwendig (neuer Gesellschaftsvertrag; Handelsregistereintrag, Umstellungen in der Buchhaltung ...)

5. a)
- Anlage des GmbH-Gesetzes (MoMiG)
- Zusammenfassung von Gesellschaftsvertrag, Geschäftsführerbestellung und Gesellschafterliste in einem Dokument

b)
- maximal drei Gesellschafter
- ein Geschäftsführer
- Musterprotokoll darf nicht verändert werden.

c) **Vorteil:** kostengünstiger (Vereinfachung)
Nachteil: weniger Gestaltungsfreiheit

6. a) Sach-, Personen-, Misch- bzw. Fantasiefirma mit Zusatz mbH
b) wie a), jedoch Zusatz Unternehmergesellschaft [UG] (haftungsbeschränkt)

7. Die UG muss jährlich 25 % des Jahresüberschusses in gesetzliche Rücklage einstellen, bis 25.000,00 EUR Stammkapital durch Kapitalerhöhung aus Gesellschaftsmitteln erreicht sind.

8. **Vorteil:** Gründung ist einfacher (schneller, kostengünstiger).

Nachteil: geringere Kreditwürdigkeit → schwierigere Fremdfinanzierung

3.6 Die GmbH & Co. KG

1.
- An KG sind beteiligt: Komplementär (hier GmbH) und Kommanditisten (natürliche Personen)
- Keinerlei Privathaftung, da die GmbH als Vollhafter lediglich mit ihrem Stammkapital haftet.

2.–4. Vgl. Stofftelegramm.

5. a) ja
b) Schmiedel = Geschäftsführer der GmbH und Kommanditist der KG
c) z. B. Sportartikel GmbH & Co. KG

3.7 Prüfungsaufgaben

Prüfungsaufgabe A

1.1 Gemäß § 1 Abs. 2 HGB betreibt Herr Heuer ein Handelsgewerbe. Ob sein Gewerbebetrieb jedoch einen in kaufmännischer Art und Weise eingerichteten Geschäftsbetrieb erfordert, muss geprüft werden. Ist dies der Fall, wäre er Ist-Kaufmann gemäß HGB.

1.2 **Haftung:** unbeschränkt mit Geschäfts- und Privatvermögen.
Geschäftsführungs- und Vertretungsbefugnis: Heuer allein

2.1

Merkmale	KG	GmbH
Haftung	Komplementäre: unmittelbar, unbeschränkt, solidarisch Kommanditisten: mit ihrer Kapitaleinlage	Juristische Person: mit dem Geschäftsvermögen
Geschäftsführung	nur Komplementäre, falls nicht von der Geschäftsführung ausgeschlossen	Geschäftsführer: Gesellschafter oder Dritte
Kapitaleinlage	keine Mindesteinlage	Mindeststammkapital 25.000,00 EUR

2.2 Schülerabhängige Antwort

3.1 **Innenverhältnis:** gültiger Kaufvertrag, da gewöhnliches Geschäft, Komplementär hat Einzelgeschäftsführungsbefugnis (§§ 114, 116 HGB)

Außenverhältnis: gültiger Kaufvertrag, da gewöhnliches Geschäft, Komplementär hat Einzelvertretungsbefugnis, HR-Eintragung hat deklaratorische Wirkung, die KG beginnt mit ihrem ersten Geschäft (§§ 125, 126 HGB).

3.2 Nein, die KG ist an den Vertrag nicht gebunden. Kommanditisten haben keine Vertretungsbefugnis (§ 170 HGB).

3.3

Gesellschafter	Kapital am Jahresanfang	Privatentnahmen	Vorwegabzug	Vordividende 6 %	Restgewinnanteil	Gesamter Gewinnanteil	Kapital am Jahresende
Heuer	250.000,00	24.000,00	5.000,00	15.000,00	15.600,00	35.600,00	261.600,00
Kaufhold	120.000,00			7.200,00	5.200,00	12.400,00	120.000,00
Summe	370.000,00	24.000,00	5.000,00	22.200,00	20.800,00	48.000,00	381.600,00

4.1 **Firmierung:** Bezeichnung „GmbH“ fehlt, zwingend nach § 4 GmbHG

Kapitalaufbringung: Nach § 7 Abs. 2 GmbHG muss bei Anmeldung ins Handelsregister auf jede Stammeinlage mindestens 25 % eingezahlt werden. Die notwendige Mindesteinzahlung ist bei Anke Heuer (25 % von 10.000,00 EUR = 2.500,00 EUR) mit 2.000,00 EUR nicht erfüllt.

4.2.1 Zum Zeitpunkt des Abschlusses des Kaufvertrages ist die GmbH noch nicht entstanden (konstitutive Wirkung des HR-Eintrages, § 11 Abs. 1 GmbHG). Handelndenhaftung nach § 11 Abs. 2 GmbHG nur durch Klaus Heuer, d. h., Frau Kaufhold muss nicht zahlen.

4.2.2 Frau Kaufhold muss nicht zahlen, da für Verbindlichkeiten der Gesellschaft den Gläubigern gegenüber nur das Gesellschaftsvermögen haftet (§ 13 Abs. 2 GmbHG).

4.2.3 GmbH muss nicht zahlen, da bei GmbH Gesamtgeschäftsführung und -vertretung gesetzlich vorgesehen ist (§ 35 Abs. 2 GmbHG) und der Gesellschaftsvertrag keine abweichende Regelung enthält. Die Gültigkeit des Kaufvertrages ist von der Zustimmung von Frau Kaufhold abhängig.

4.3 Marion Kaufhold besitzt nach § 47 Abs. 2 GmbHG 400 Stimmen (20.000,00 EUR: 50,00 EUR), das sind 40 % bei einer Gesamtzahl von 1.000 Stimmen.

- Nach § 47 Abs. 1 in Verbindung mit § 46 GmbHG (Aufgaben der Gesellschafterversammlung) erfolgt die Bestellung eines Prokuristen mit einfacher Mehrheit. Marion Kaufhold besitzt weniger als 50 % der Stimmen, sodass Helene Peters Prokuristin werden kann.
- Nach § 53 Abs. 2 in Verbindung mit § 3 GmbHG ist für eine Satzungsänderung eine 75%ige Mehrheit erforderlich. Frau Kaufhold besitzt 40 % der Stimmen und kann damit die Verlegung des Unternehmenssitzes verhindern.

Prüfungsaufgabe B

1.1 keine Zins- und Tilgungsverpflichtungen, keine Bonitätsprüfung, erweiterte Kreditbasis, größere Haftungsbasis, Eigenkapital steigt, geringere Abhängigkeit von der Bank u. a.

1.2 Ja, Grundsatz der Firmenbeständigkeit, aber Zusatz KG oder Kommanditgesellschaft zwingend vorgeschrieben (§ 19 HGB).

1.3 Frau Kahn muss der Zahlungsaufforderung Folge leisten, da sie ihre Einlage noch nicht vollständig geleistet hat. Sie haftet in Höhe von 300.000,00 EUR unmittelbar (§ 171 Abs. 1 HGB).

1.4
- Der Kauf der Aktien stellt ein außergewöhnliches Rechtsgeschäft dar. Frau Kahn hat ein Widerspruchsrecht (§ 164 HGB) im **Innenverhältnis**. Der Kauf müsste unterbleiben.
- Im **Außenverhältnis** ist der Aktienkauf rechtswirksam, da Herr Berg als Komplementär einzelvertretungsbefugt ist (§ 126 HGB).
- Im **Innenverhältnis** ist Herr Berg schadenersatzpflichtig, da er sich eigenmächtig über den Widerspruch von Frau Kahn hinweggesetzt hat.

1.5

Gewinnverteilungstabelle				
Gesellschafter	Kapitalanteil	EK-Verzinsung	Restgewinn	Gesamtgewinn
Herr Berg	1.800.000,00 EUR	108.000,00 EUR	(3) = 90.000,00 EUR	198.000,00 EUR
Frau Kahn	600.000,00 EUR	36.000,00 EUR	(1) = 30.000,00 EUR	66.000,00 EUR

Prüfungsaufgabe C

1.
- Aufnahme eines Fachmanns (Dipl.-Kfm. Bernhuber), dadurch Arbeitsentlastung
- Entscheidungen müssen nicht mehr allein getroffen werden.
- Aufnahme von Kommanditisten (Eigenkapital erhöht sich = Eigenfinanzierung) → verbessert Kreditwürdigkeit
- Es können problemlos weitere Kommanditisten als Kapitalgeber aufgenommen werden.
- Kommanditisten haben kein Geschäftsführungs- bzw. Vertretungsrecht.

2. Schriftform (Beweissicherheit)

3.1 Schulze & Bernhuber KG, FIGE KG; Zusatz „KG“ zwingend

3.2 Name der Firma ist bereits eingeführt und daher der Kundschaft bekannt.

4.

Handelsregister – Abt. A – des Amtsgerichts Böblingen			HRA 55		
Nr. der Eintragung	a) Firma b) Ort d. Niederlassung (Sitz d. Gesellschaft) c) Gegenstand d. Unternehmens (bei juristischen Personen)	Geschäftsinhaber pers. haftende Gesellschafter Geschäftsführer Abwickler	Prokura	Rechts-verhältnisse	a) Tag der Eintragung und Unterschrift b) Bemerkungen
1	2	3	4	5	6
1	a) Franz Schulze KG b) Böblingen	Franz Schulze, Böblingen Werner Bernhuber, Böblingen		Kommandit-gesellschaft Kommanditist Dr. Lengenfeld in Stuttgart mit einer Einlage von 500.000,00 EUR	a) 15.02.2002 b)
2					

5. Ja, da im HGB keine bestimmte Kapitaleinlage gefordert wird. Als Komplementär haftet er unbeschränkt, d. h. auch mit seinem Privatvermögen.

6. **§ 3: Gewinn-und-Verlust-Verteilung**

§ 168 HGB: 4 % der Kapitalanteile, Rest in angemessenem Verhältnis (Verlustverteilung in angemessenem Verhältnis)

- Gewinnverteilung: Bessere Verzinsung (8 %) lt. Gesellschaftsvertrag. Da lt. Gesetz der Restgewinn in angemessenem Verhältnis zu verteilen ist, werden die Gesellschafter, um Unstimmigkeiten zu vermeiden, zu einer vertraglichen Regelung gezwungen (2 : 2 : 1).
- Verlustverteilung: Kommanditist wird lt. Gesellschaftsvertrag nicht am Verlust beteiligt.

→ Insgesamt bietet diese vertragliche Regelung einen großen Anreiz für Kommanditisten, Geld in dieses Unternehmen zu investieren.

§ 4: Geschäftsführung und Vertretung

Geschäftsführung (§ 114 HGB): keine Abweichung zwischen Gesetz und Gesellschaftsvertrag

Vertretung: § 125 Abs. 1 HGB: grundsätzlich Einzelvertretungsmacht

§ 125 Abs. 2 HGB: Gesamtvertretung möglich (Eintragung ins HR)

§ 6: Kündigungsfrist

§ 132 HGB: sechs Monate auf Ende des Geschäftsjahres
→ Für die KG bringt die gesellschaftsvertragliche Regelung Vorteile, da die Kündigungsfrist länger ist und somit die Kapitalanteile der Gesellschafter länger im Unternehmen bleiben (KG hat mehr Zeit, die liquiden Mittel für die Auszahlung zu besorgen).

7. Es handelt sich um ein gewöhnliches Rechtsgeschäft.

Innenverhältnis: Einzelgeschäftsführungsbefugnis

Außenverhältnis: Nach § 4 Gesellschaftsvertrag Gesamtvertretung (Voraussetzung: Eintrag im HR). Folge: KV wäre für KG nicht bindend.

8.1/8.2 Gewinnverteilungstabelle 8.1 8.2

Gesell-schafter	Anfangs-kapital	Verzinsung 8 %	Restgewinn 2 : 2 : 1	Gewinne insgesamt	Privatent-nahmen	Endkapital
Schulze	1.200.000,00	96.000,00	25.600,00	121.600,00	30.000,00	1.291.600,00
Bernhuber			25.600,00	25.600,00		25.600,00
Lengenfeld	500.000,00	40.000,00	12.800,00	52.800,00		500.000,00
	1.700.000,00	136.000,00	64.000,00	200.000,00	30.000,00	1.817.200,00

Hinweis: Der Gewinnanteil von Lengenfeld stellt eine „sonstige Verbindlichkeit" dar.

8.3 Gesamtgewinn – Privatentnahme – Gewinnanteil Kommanditist = Selbstfinanzierung

200.000,00 EUR – 30.000,00 EUR – 52.800,00 EUR = 117.200,00 EUR

Gewinnanteil des Kommanditisten ist eine Verbindlichkeit der KG gegenüber den Kommanditisten; deshalb keine Selbstfinanzierung.

9.1 Lengenfeld im Recht (Widerspruchsrecht der Kommanditisten bei außergewöhnlichen Geschäften, § 164 HGB)

9.2 Gesetzliches Wettbewerbsverbot gilt nicht für Kommanditisten. Lengenfeld darf gleichzeitig Vollhafter bei einem anderen Unternehmen sein.

9.3 Kündigung unwirksam (lt. Gesellschaftsvertrag Kündigungsfrist zwölf Monate auf Geschäftsjahresende)

Prüfungsaufgaben Winter 2018/2019 (Aufgabe 1)

1.1.1 **Auszug aus dem Gesellschaftsvertrag**

§ 1 ALLGEMEINES

1. Das Unternehmen wird unter der Firma **BioBeauty GmbH** geführt.
2. Gesellschafter:

   Komplementäre: **Sabrina Berger**
   Annika Wenzel

   Kommanditisten: **Steffen Berger**
3. Gegenstand des Unternehmens ist die Herstellung und der Vertrieb von ökologisch hergestellten Kosmetikartikeln.
4. Sitz des Unternehmens ist Brackenheim.
5. Beginn des Unternehmens ist der 02.01.2017

1.1.2 Die Verteilung ist deshalb angemessen, da u. a. höhere Anforderungen an die Komplementäre bezüglich Haftung, Vertretung und unternehmerisches Risiko gestellt werden.

Komplementäre haften sowohl mit ihrem Privatvermögen als auch mit ihrer Kapitaleinlage, zudem sind sie zur Vertretung und Geschäftsführung nicht nur berechtigt, sondern auch verpflichtet.

Weiterhin ist in den Anteilen die eingebrachte Kapitalhöhe angemessen berücksichtigt. Letztendlich kann Steffen Berger mit der Regelung sehr zufrieden sein, denn er ist mit seinem (einem) Anteil übermäßig besser gestellt als die beiden Komplementäre.

1.2 Laut Gesellschaftsvertrag gelten die gesetzlichen Geschäftsführungs- und Vertretungsbestimmungen, d. h., Komplementärin Wenzel hat Einzelgeschäftsführungs- und Einzelvertretungsmacht (§§ 115 Abs. 1, 125 Abs. 1 HGB).

Im Außenverhältnis ist der Kaufvertrag also bindend. Im Innenverhältnis hätte Wenzel den Kaufvertrag wegen des Widerspruches von Sabrina Berger nicht abschließen dürfen. Steffen Berger hat als Kommanditist nur ein Widerspruchsrecht bei außergewöhnlichen Geschäften (§ 164 HGB). Dies trifft hier nicht zu. Im Schadensfall stehen den Geschwistern Berger allerdings Ersatzansprüche gegen Wenzel zu.

Anmerkung: keine Paragrafen-Nennung erforderlich

1.3

Gesellschafter	Kapitalanteil	4 % Verzinsung	Tätigkeitsvergütung	Restgewinn	Gesamtgewinn
Sabrina Berger	325.000,00EUR	13.000,00 EUR	24.000,00 EUR	1.800,00EUR	38.800,00EUR
Annika Wenzel	210.000,00EUR	8.400,00 EUR	24.000,00 EUR	1.200,00EUR	33.600,00EUR
Steffen Berger	50.000,00 EUR	2.000,00 EUR	–	600,00 EUR	2.600,00 EUR
Summe		23.400,00 EUR	48.000,00 EUR	3.600,00EUR	75.000,00EUR

4 Unternehmensziele und Unternehmensleitbild

4.1 Unternehmensziele

1./2. Vgl. Stofftelegramm.

3. a) ökonomisch – komplementär
   b) ökonomisch und ökologisch – konkurrierend
   c) ökonomisch – komplementär
   d) ökonomisch und sozial – indifferent
   e) ökologisch und sozial – indifferent
   f) ökonomisch und sozial – konkurrierend
   g) ökonomisch und sozial – komplementär

4.2 Unternehmensleitbild

1. Vgl. Stofftelegramm.

2. Vgl. Stofftelegramm.

3. Imagepflege, motivierte Mitarbeiter, Identität mit dem Unternehmen

4.3 Prüfungsaufgaben

Prüfungsaufgaben Sommer 2013 (Aufgabe 1, teilweise)

1.3.1 Das Leitbild muss alle Mitarbeiter eines Unternehmens ansprechen, um wirkungsvoll umgesetzt zu werden. Alle Mitarbeiter werden gewürdigt und anerkannt. Fördert die Zusammenarbeit und das Verständnis für unterschiedliche Aufgabenbereiche, Sichtweisen und Ziele etc.

1.3.2

	Konkretisiertes Ziel	Wichtig für Fun & Sport GmbH, weil:
ökonomisch	Umsatzsteigerung um 15 % im nächsten Jahr; Marktanteil um 10 % erhöhen etc.	Fun & Sport GmbH kann auf dem Markt bestehen, expandieren, Arbeitsplätze sichern etc.
sozial	Schaffung von drei zusätzlichen Ausbildungsplätzen im nächsten Jahr; Durchführung einer Weihnachtsfeier nächstes Jahr; Schaffung von zwei behindertengerechten Arbeitsplätzen im nächsten Jahr etc.	Mitarbeiter fühlen sich ernst genommen, anerkannt, gewürdigt, dadurch steigt Motivation, Arbeitsleistung etc.
ökologisch	50 % aller Verpackungen aus wiederverwertbaren Materialen zum Ende des nächsten Jahres; Energiebedarf zum Ende des nächsten Jahres um 20 % verringern etc.	Schutz der Umwelt bringt Imagegewinn, dadurch Werbemöglichkeiten, Kundenbindung etc.

Prüfungsaufgaben Winter 2013/2014 (Aufgabe 2)

2.1

	Vorteile	Nachteile
Dorfladen	• Ladensituation bereits vorhanden • günstige Kostensituation	• zu wenig potenzielle Kunden • keine Basis für Fachgeschäfte dieser Art
Stadtrand	• gute Kundensituation • Lebensmitteldiscounter in der Nachbarschaft	• schlechte Parksituation • relativ hohe Miete
Innenstadt	• Laufkunden • Bushaltestelle	• relativ kleine Ladenfläche • sehr hohe Miete

2.2 Schülerabhängige begründete Antwort, z. B.
Ich würde die Innenstadt-Lage bevorzugen, da Laufkundschaft für ein Fachgeschäft dieser Art unerlässlich ist. Außerdem ist die Verkehrsanbindung optimal.

2.3.1 Z. B. Papiertragetaschen, Fair-Trade-Produkte in das Sortiment aufnehmen, einen Öko-Strom-Anbieter wählen, Mehrweggeschirr im Café-Bereich verwenden

2.3.2 Z. B. hoher Umsatz, Gewinnerzielung, viele Stammkunden, positives Unternehmensimage, hoher Bekanntheitsgrad

2.4 Z. B. private Rentenversicherung, Lebensversicherung, Bausparvertrag, Sparverträge, Fondssparen, Immobilien

Prüfungsaufgaben Winter 2014/2015 (Aufgabe 2)

2.1.1

Betreff: Unternehmensleitbild

Sehr geehrte Geschäftsleitung,

im Rahmen des Mitarbeiterwettbewerbes möchte ich einen Vorschlag einreichen:

Die Erstellung eines Unternehmensleitbildes
Ein gutes Unternehmensleitbild bietet den Mitarbeitern Orientierung über die gemeinsamen Ziele für die Zukunft und Möglichkeiten, wie diese erreicht werden sollen. Darüber hinaus soll das Unternehmensleitbild dazu beitragen, dass sich die Mitarbeiter mit dem eigenen Unternehmen identifizieren. Nach außen stellt das Leitbild eine Art Selbstverpflichtung des Unternehmens gegenüber seinem Umfeld dar. Es soll der Öffentlichkeit vermitteln, wofür das Unternehmen steht und welche Grundsätze das Handeln leiten.

Ich hoffe, dass ich Sie mit meiner Idee überzeugen konnte.

Mit freundlichen Grüßen

xy

2.1.2
- **Ökonomisch:** z. B. Umsatzsteigerung um x %, Gewinnsteigerung um x %, Erhöhung des Marktanteiles um x %, ...
- **Sozial:** z. B. Sicherung der Arbeitsplätze, Schaffung von x weiteren Arbeits- und/oder Ausbildungsplätzen, variablere Arbeitszeiten, Schaffung von Teilzeitangeboten, Kinderbetreuung, Fürsorge im Sinne von Gesundheitstagen, ...
- **Ökologisch:** z. B. Senkung des Energiebedarfs um x %, Umstellung von Plastiktüten auf Papiertüten, Konzentration auf ökologisch unbedenkliche Produkte, ...

2.2.1 Z. B.
- Nachbarschaft gleicher oder ergänzender Betriebe
- Bevölkerungsdichte und -struktur
- Kaufkraft und Kaufgewohnheiten
- Passantendichte
- Höhe der Ladenmiete
- Größe der Verkaufsfläche
- Lagermöglichkeiten
- Parkmöglichkeiten
- Verkehrsanbindung

2.2.2

	Angebot 1	**Angebot 2**	**Angebot 3**
Lage	Innenstadt: Fußgängerzone	Randbereich Stadtzentrum	Gewerbegebiet am Stadtrand
Passantendichte	hoch	mittel bis hoch	mittel bis gering
Konkurrenz	durch benachbarten Drogeriemarkt	gering	keine
Mietpreis	30,00 EUR pro m^2 → hoch	20,00 EUR pro m^2	10,00 EUR pro m^2
Parkmöglichkeiten	keine	ausreichend, jedoch kostenpflichtig	ausreichend und kostenfrei
Verkehrsanbindung	schlecht, nur zu Fuß erreichbar	sehr gut, Bushaltestelle und Parkhaus vor Ort	nur per Pkw
Lagermöglichkeiten	30 m^2	80 m^2	100 m^2
Verkaufsfläche	80 m^2	120 m^2	150 m^2
...			

Die Wahl sollte auf Angebot 2 fallen, da hier eine sehr gute Verkehrsanbindung vorliegt. Die Lage in einem modernen Fachmarktzentrum sorgt darüber hinaus für eine hohe Passantendichte. Das dazugehörige Parkhaus bringt zudem einen hohen Nutzen für die Kunden. Außerdem ist die Verkaufsfläche im Vergleich zur zentralen Innenstadtlage größer und die Miete pro Quadratmeter geringer. Angebot 3 ist für ein Spielzeugwarenfachgeschäft eher ungeeignet, da der Anteil der Laufkundschaft geringer sein dürfte und die Anziehungskraft der benachbarten Betriebe eher in geringem Ausmaß auf ein Spielwarengeschäft abstrahlt. (Andere begründete Lösungen sind denkbar.)

1 Junge Menschen in Beruf, Familie und Gesellschaft

1.1 Auszubildende und ihre Lebenswelt

1. primäre produktionsnahe Dienstleistungen und sekundäre Dienstleistungen → ca. 70 %
2. Da Ausbildungsplätze und Arbeitsplätze in vielen Regionen fehlen, ist Mobilität, d.h. Zwang zum Ortswechsel/Wohnungswechsel sowie Flexibilität, d. h. berufliche Umorientierung, oft Voraussetzung für Ausbildungs- und Arbeitsmöglichkeit.
3. **Fachliche Kompetenz, persönliche Kompetenz, soziale Kompetenz →** Anforderungen an qualifizierte Mitarbeiter/-innen ändern sich durch neue Techniken, Handarbeit mit großer körperlicher Belastung verliert an Bedeutung, Überwachungs-, Instandhaltungs- und Steuerungsarbeit nimmt zu. **Schlüsselqualifikationen** wie **selbstständige Planung, Durchführung und Kontrolle** einer Arbeit, **Lernfähigkeit, Fähigkeit zur Teamarbeit** (systematisches Problemlösen in einer Arbeitsgruppe oder Arbeitsinsel), **Konzentration, Kreativität, Verantwortungsbereitschaft** sind neben einer guten Grundbildung und darauf aufbauenden Fachbildung die wichtigsten **Fähigkeiten, um mit neuen Maschinen und Verfahrenstechniken umgehen zu können,** die wegen des schnellen technologischen Wandels in immer mehr Betrieben eingesetzt werden.
4. pünktliche Ausbezahlung der vereinbarten Ausbildungsvergütung (insbesondere nach Tariflohnerhöhungen), korrekte Erfüllung des Ausbildungsplans (und nicht monatelange Beschäftigung mit gleichen Routinearbeiten), Hilfsbereitschaft
5. Trotz Übernahme jahrhundertealter Funktionen von Familien – wie Kinderbetreuung, Schulung, Berufsausbildung, Krankenversorgung – durch staatliche Einrichtungen ist Familie die beste Einrichtung für die Sozialisation (das Kennenlernen und Einfügen in die Gesellschaft). Familie prägt Wertvorstellungen und schafft Voraussetzungen für den Erwerb von Schlüsselqualifikationen.
6. Kindergeldzahlung oder Steuerermäßigung durch Kinderfreibetrag, Elterngeld, Elternzeit, kostenlose Mitversicherung der Kinder in der gesetzlichen Krankenversicherung, Baukindergeld, besondere Bausparförderung, Teilfinanzierung von Kindergärten und Kindertagesstätten (Kitas), kostenlose Schulbildung, Verpflichtung der Arbeitgeber zur Gewährung von Sonderurlaub zur Pflege kranker Kinder, Sozialhilfe für jedes Kind extra bei Bedarf
7.
   - Geburtsname der Frau oder des Mannes kann Familienname der Ehepartner werden, oder jeder kann seinen bisherigen Nachnamen behalten.
   - Beide haben gleichermaßen das elterliche Sorgerecht, beide haben das Recht zur Erwerbstätigkeit, Frauen sind nicht mehr zur alleinigen Haushaltsführung verpflichtet.
   - Jeder kann auch mit Wirkung für den Partner Alltagsgeschäfte abschließen.
   - Wie die Ehepartner ihr Vermögen verwalten wollen – in Zugewinngemeinschaft, Gütergemeinschaft oder Gütertrennung – ist ihnen überlassen.
8. Die Eltern können seit 01.07.1998 auch unverheiratet das gemeinsame Sorgerecht ausüben. Außerdem sind die Kinder in allen Belangen den ehelichen Kindern gleichgestellt, was z. B. eine deutliche Verbesserung für diese Kinder bei einer Erbrechtssituation bringt.

9.
- keine Steuervorteile wie Ehegattensplittingtarif bei der Lohn- und Einkommensteuer
- eingeschränkte Rechtsansprüche des finanziell Schwächeren → i. d. R. kein Unterhalt
- keine automatische Familienmitversicherung in der gesetzlichen Krankenkasse
- kein Auskunftsrecht bzw. besonderes Besuchsrecht in Notfällen (z. B. im Krankenhaus auf der Intensivstation beim Lebenspartner, bei der Geburt eines Kindes)
- kein Erbrecht und im Falle einer Erbschaft hohe Erbschaftsteuer

10. **Vorhandene Maßnahmen:** Elternzeit, erhöhtes Elterngeld, wenn beide Partner Elternzeit beanspruchen, Kita-Anspruch für Kleinkinder ab vollendetem ersten Lebensjahr

    Erwünschte Maßnahmen: Ausbau des Kita-Angebots mit besserer und längerer Betreuung, Kita-Kostensenkung bzw. Kostenerhebung abhängig vom Einkommen, keine Benachteiligungen für Frauen, welche nach der „Babypause“ wieder in die Erwerbstätigkeit zurückkehren, Förderung des Jobsharings, Ausbau des Angebots an flexiblen Arbeitszeiten, Anspruch auf Ganztagesbetreuung für Kinder bis zum Ende der Grundschulzeit für Berufstätige oder studierende Eltern

11.
- Kinder gehören nicht mehr zwangsläufig zu einer Ehe, die Zahl der Doppelverdiener ohne Kinder hat zugenommen.
- Zwei Kinder sind zwar der Wunsch der meisten Frauen, aber die meisten Familien haben nur ein Kind, besonders in den Großstädten, wo es auch die meisten kinderlosen Frauen gibt.
- Familien mit drei oder mehr Kindern sind selten geworden (3,5 %).
- Jedes dritte Kind wächst außerhalb der „klassischen Familie“ auf, die Zahl der Alleinerziehenden und „Patchwork-Familien“ hat ständig zugenommen.

12. Soziale Ungleichheit bezieht sich auf deutliche Unterschiede in der Bevölkerung bezogen auf den Wohlstand, die ökonomische Sicherheit, den Bildungsstand, die Wohnverhältnisse. Während die ärmsten 10 % der Bevölkerung gar kein Vermögen haben und überschuldet sind, haben die obersten 10 % ein Drittel des Gesamtvermögens.

13. **Pro Frauenquote:** Ohne politischen Druck hat sich bisher in den wenigsten Unternehmen und in der öffentlichen Verwaltung eine faire Repräsentation der geeigneten Frauen ergeben. Gemischte Leitungsteams haben i. d. R. eine größere Leistungsfähigkeit.

    Kontra Frauenquote: Der bürokratische Aufwand nimmt weiter zu. Keine Berufstätige will als „Quoten-Frau“ diffamiert werden.

14.
- Frauen haben inzwischen eine mindestens genauso gute Ausbildung wie Männer und haben bei entsprechender Qualifizierung Interesse an einer Selbstbestätigung durch gute Arbeitsleistung.
- Auch im Hinblick auf die spätere Rente ist statt einer Abhängigkeit von einem (Ehe-)Partner eine möglichst hohe langfristige Einzahlung in die Sozialversicherung erstrebenswert.
- Die erhöhten Zahlungen vieler vollzeitbeschäftigter Frauen für das Sozialversicherungssystem und für die Lohnsteuer stabilisieren auch den Generationenvertrag.
- Angesichts der demografischen Entwicklung und des Rückgangs an Erwerbsfähigen aufgrund vermehrten Ausscheidens aus dem Arbeitsleben in die Rente in den nächsten Jahren sind qualifizierte Frauen am Arbeitsmarkt begehrt.
- Die Kommunikations- und Teamfähigkeit sowie die Kreativität vieler Frauen kann die Arbeitsleistung in den gemischten Teams unserer modernen Dienstleistungsgesellschaft erhöhen.

1.2 Strukturwandel der Gesellschaft

1. Der Altersaufbau der Bevölkerung wandelt sich seit etwa 100 Jahren, d. h. die Zusammensetzung der Bevölkerung nach Altersgruppen. War früher die Bevölkerungsmehrheit unter 30, so ist heute die Mehrheit über 45 Jahre alt.
   Wahrscheinlich bringen die nächsten Jahrzehnte eine fortgesetzte Alterung der Gesellschaft, das Verhältnis Jüngere (bis 19 Jahre) zu Älteren verschiebt sich zugunsten der Älteren (ab 65).

2. Z. B.
   - anhaltend niedrige Geburtenrate (1,3–1,4 Kinder pro Frau seit den 1970er-Jahren)
   - Menschen werden älter, v. a. dank der Fortschritte in der Medizin und Gesundheitsversorgung.

3. Z. B.
   - Sozialsysteme sind schwieriger zu finanzieren, Steuerzuschüsse werden steigen.
   - Fachkräftemangel, sofern er nicht durch Digitalisierung aufgefangen werden kann.
   - Pflegenotstand

4. Unfall-, Renten-, Arbeitslosen-, Kranken-, Pflegeversicherung

5. Sozialhilfe, Wohngeld, BAföG, Prozesskostenübernahme für die 1. Instanz der Sozialgerichte; aber auch das Kindergeld kann dazu gerechnet werden.

6. Die unentgeltliche Arbeit der Millionen Ehrenamtlichen hat einen geschätzten Wert von fast 30 Milliarden EUR. Der Staat kann und soll nicht alles regeln, auch der Sozialstaat kann privaten Gemeinsinn nicht ersetzen. Vielen Kranken und gesellschaftlich Benachteiligten wäre auf staatlich-bürokratischem Wege kaum zu helfen, weil vor allem die Selbstgestaltungsmöglichkeiten und persönliche Betroffenheit aller Mitglieder entscheidend für den Erfolg vieler Selbsthilfegruppen sind.

7. Die Bereitschaft, etwas für den Staat zu tun, soll wachsen: Leistung, Eigenverantwortung, Unternehmergeist und Gemeinsinn wird gefordert und gefördert. So müssen z. B. Arbeitslosengeld II-Empfänger als Gegenleistung Ein-Euro-Jobs übernehmen.

8. Arbeiter und Angestellte sind im Rahmen der gesetzlichen Rentenversicherung dazu verpflichtet, sich für das Rentenalter abzusichern. Die Beiträge werden je zur Hälfte von den Arbeitnehmern selbst und ihren Arbeitgebern monatlich bezahlt (Ausnahme bei Mini-Jobs). Mit den eingezahlten Beiträgen der arbeitenden Generation werden zeitgleich die Renten finanziert. Das heißt jede Rentner-Generation wird von der ihr nachfolgenden arbeitenden Generation finanziert. Dieses Umlage-Konzept gibt es seit Mitte der 1950er-Jahre.

9. Beim Beginn des Rentenversicherungssystems funktionierte der Generationenvertrag: Auf drei bis vier Beitragszahler kam ein Rentner. Außerdem begann der Rentenbezug später und die Lebensdauer war kürzer, sodass für weniger Jahre Rente gezahlt werden musste. Jahre mit anhaltend hoher oder zunehmender Arbeitslosigkeit stellen das bisherige Finanzierungsmodell infrage: Die Rentenkassen haben dann weniger Einnahmen, das Geld muss aber nach wenigen Wochen an die Rentner ausbezahlt werden. Die einfließenden Gelder müssten dagegen verzinslich angelegt werden, damit in Zukunft noch eine brauchbare Rente erzielt werden kann. Diese Anlage ist in absehbarer Zeit nicht geplant. Die Bundesregierung will die hohen Zuschüsse zur Rentenfinanzierung (durchschnittlich in den letzten Jahren ca. 75 Mrd. EUR) eher reduzieren, sodass die Beiträge noch weniger ausreichen würden. So ist das Modell „Rente mit 67“ ab dem Jahr 2029 eine rechnerische

Konsequenz. Bei nicht ausreichender versicherungspflichtiger Lebensarbeitszeit bedeutet „Rente mit 67“ aber eine effektive Rentenkürzung.

10. Der Finanzbedarf beim Staat und bei den Sozialversicherungsträgern würde sinken. Das heißt, jeder Steuerzahler müsste weniger Steuern zur Finanzierung des Sozialstaates bezahlen – was rund ein Drittel des Bundeshaushalts ausmacht – und die Beitragssätze für die Sozialversicherung könnten sinken: Arbeitnehmer hätten mehr Nettolohn, Unternehmer hätten geringere Personalnebenkosten, die bisher den Wirtschaftsstandort Deutschland lohnkostenmäßig verteuerten.

11. Biotechnik, Gentechnik, Informations- u. Kommunikationstechnik, Nanotechnik

12. Der aktuelle Wandel in unserer Wirtschaft und Gesellschaft kann als revolutionär bezeichnet werden, weil sich das technische Wissen heute in zwei bis drei Jahren verdoppelt und moderne Industriebetriebe in fünf Jahren ihren Hauptumsatz mit Produkten erwirtschaften, die jetzt noch gar nicht entwickelt sind. Die auslösenden Faktoren dieser Entwicklung sind: Mikroelektronik mit ständiger Leistungssteigerung, die internationale Arbeitsteilung mit weltweitem Konkurrenzkampf sowie die Internationalisierung aller Informationen über das Internet → Globalisierung

13.
    - Ausfall von Steuereinnahmen und Sozialversicherungsbeiträgen führt gleichzeitig zu erhöhten Staatsausgaben, z. B. für Zuschüsse zur Sozialversicherung.
    - Gefahr der Resignation oder politischen Radikalisierung, da Politik scheinbar den Arbeitsmarkt überhaupt nicht mehr positiv beeinflussen kann.

14.
    - Informations- und Kommunikationstechnologie prägen Berufsleben, Familienleben, Freizeit.
    - schneller Wandel aller Kommunikationswege, d. h. auch der Weiterbildungsmöglichkeiten
    - Information wird wichtiger „Rohstoff“, Wissen zu einem immer wichtigeren Produktionsfaktor.

15.
    - Immer mehr Arbeitnehmer müssen sich zu flexiblen Arbeitszeiten nach Betriebswunsch verpflichten. Allerdings gewähren Firmen auch Mitarbeitern flexible Stundenkonten.
    - Es werden zunehmend befristete Arbeitsverträge und Praktikantenplätze anstelle regulärer Arbeitsverhältnisse angeboten.
    - Die Zahl der „Leiharbeiter“ wächst auch bei guter Konjunktur, beim Konjunktureinbruch droht schneller Arbeitslosigkeit.
    - Geringfügig Beschäftigte (450-Euro-Jobber) stellen bei manchen Firmen den Großteil der Mitarbeiter.

16.
    - Krieg und Bürgerkrieg im Nahen Osten
    - wirtschaftliche Perspektivlosigkeit im Herkunftsland
    - Asylrecht, in der Verfassung verankert (wie nur in wenigen Staaten)
    - Flüchtlingsschutz bei existenzieller Bedrohung im Heimatland
    - Duldung (statt Abschiebung) häufig
    - Deutschland ist stärkste Volkswirtschaft in Europa und sucht in einigen Branchen Arbeitskräfte

17.
    - Sprachkenntnisse müssen möglichst schnell erworben und durch Tests nachgewiesen werden (A1, A2, B1), weil sonst eine Arbeitsaufnahme nicht denkbar ist.
    - Die Immigranten müssen in der Anfangsphase nicht nur von ehrenamtlichen Helferinnen und Helfern, sondern auch durch staatliche Maßnahmen unterstützt werden.

- Die politischen und sozialen Grundwerte der neuen Heimat müssen akzeptiert und respektiert werden. Aufbau bzw. Ausbau von „Parallelgesellschaften“ mit eigenen „Gesetzen“ muss vermieden werden.
- Bildungs- und Freizeitangebote müssen den kulturellen Austausch mit Deutschen und generell die Kommunikation fördern.

1.3 Medien und Mediennutzung

1. Neue Medien sind alle modernen Kommunikationsmedien, speziell die Verbindung von Computern mit CD-ROM-Laufwerken, Telefonanschluss zur Internetnutzung und evtl. Kombination mit dem Fernseher, der per Kabel oder Satellit seine Daten empfängt sowie digitale Kameras, Videorecorder, DVD-Player und -Brenner, WAP-Handys.
2.
   - Zugang zu einzigartiger Informationsfülle
   - größtmögliche Aktualität bei fast allen Diensten, z. B. Börsenkurse
   - Einkauf fast aller Waren und Dienstleistungen wie Reisen
   - schnellstmögliche Girokonto-Benutzung und Geldanlage-Verwaltung
3. Zahl der Laptops/PCs, Netzwerke und der Internetnutzer steigt weltweit ständig an, dementsprechend steigt der Wunsch nach vermehrter Information aus beruflichen und privaten Gründen. Mit dem Wachstum der Datenbestände nicht nur im Internet, sondern bei Behörden, Unternehmen und Privatleuten, wächst zunehmend die Gefahr, dass jeder Bürger ohne sein Wissen „durchleuchtet“ werden kann, z. B. seine Lebensgewohnheiten und Interessen über seine „Datenspuren“ beim Surfen im Internet oder Einkaufen bekannt werden. Gibt es den „gläsernen Menschen“, ist die Menschenwürde äußerst bedroht.
4. Veröffentlichte Mehrheitsmeinung im Volk, v. a. als Bekanntgabe von Demoskopie-Ergebnissen, aber auch Meinung, die von Journalisten in Zeitungs-, Rundfunk- und Fernsehkommentaren sowie zunehmend von Bürgern massenhaft in den „sozialen Medien“ (evtl. noch „klassisch“ in Leserbriefen) vertreten wird.
5. **Manipulation** ist Verhaltenssteuerung, d. h. eine gezielte Beeinflussung des Denkens und Handelns anderer, ohne dass es die betroffenen Personen merken und sich dagegen wehren können.

   Meinungsbildung ist dagegen der bewusste Prozess des Sammelns von verschiedenen Informationen zu einem Sachverhalt und die anschließende persönliche Beurteilung.
6. Nachrichtenagenturen und Redakteure der Massenmedien geben über 90 % der ihnen bekannten Informationen nicht weiter und wählen oft Ähnliches als mitteilenswert aus. Informationsverbreitung über das Fernsehen ist oft von geeignetem Bildmaterial abhängig. Die meisten Zeitungs-, Rundfunk- und Fernsehjournalisten haben zu politischen Ereignissen eine persönliche Meinung, die sich auf ihre Berichterstattung auswirken kann. Nachrichtensendungen bringen Fachbegriffe und Abkürzungen, die ein Teil der Zuschauer bzw. Zuhörer aufgrund mangelnder Vorbildung nicht versteht. Den meisten Bürgern fehlen Zeit und Geld, um täglich mehrere Zeitungen vergleichend zu lesen. Das Internet ist voll von unbegründeten Meinungen, Verschwörungstheorien sowie emotionalen Bewertungen anstelle von Hintergrundrecherchen, die der Aufklärung über Sachverhalte dienen. Auch etliche Staaten, die sich in einem politisch-ideologischen Spannungsverhältnis befinden, versuchen über das Internet und gut getarnte Websites die Meinungen der Bürger zu beeinflussen.

2 Demokratie in Deutschland

2.1 Partizipation und politischer Entscheidungsprozess

1. Parteien (z. B. CDU), Verbände (z. B. Bundesverband der deutschen Industrie), Bürgerinitiativen (z. B. örtliche Bürgerinitiative für eine Umgehungsstraße)

2.
   - Mitgliedschaft und aktive Beteiligung in einer Partei
   - Stimmabgabe bei Wahlen zum Ortschaftsrat, Gemeinderat, Kreistag, Landtag, Bundestag, Europa-Parlament
   - Beteiligung an Demonstrationen
   - Mitwirkung in Bürgerinitiativen
   - Schreiben von Leserbriefen

3. Parteien erarbeiten Programme zur Lösung politischer Probleme, tragen (z. B. über Politiker-Interviews, Diskussionsveranstaltungen, Wahlkämpfe) zur politischen Willensbildung bei den wahlberechtigten Bürgern bei, beteiligen sich mit Kandidaten an Wahlen und stellen sich über gewählte Abgeordnete für Regierungsämter oder die Oppositionsrolle zur Verfügung.

4.
   - Staatsmittel (Wahlkampfkostenerstattung)
   - Spenden von Interessengruppen und Parteimitgliedern
   - Mitgliederbeiträge

5. Die Fünfprozentklausel, die bei allen politischen Wahlen in der BRD angewandt wird, soll eine Parteienzersplitterung (wie in der Weimarer Republik mit mehr als 30 kandidierenden Parteien, die alle echte Wahlchancen hatten) verhindern und über die Stimmenkonzentration auf einige Parteien (bisher maximal sechs) Regierungsbildungen im Vergleich zur reinen Verhältniswahl erleichtern sowie die Einigungsfähigkeit in den Parlamenten – an deren Mangel die Weimarer Republik zugrunde ging – vergrößern.

6.
   - Beobachtung des Verhaltens von Abgeordneten – in Regierung oder Opposition – nach der letzten Wahl, was bei vielen Parteifunktionären über die Medienberichterstattung relativ gut möglich ist.
   - Besuch von Wahlveranstaltungen mit Diskussionsmöglichkeit
   - Lektüre von Parteiprogrammen und Wahlkampfanzeigen
   - Hören und Sehen politischer Sendungen
   - Diskussionen im Familien- und Freundeskreis über politische Sachverhalte

7. Personalisiertes Verhältniswahlsystem = Mischsystem aus Mehrheitswahl und Verhältniswahl: Jeder Wähler hat eine **Erststimme** für einen persönlich bekannten **Wahlkreisbewerber** und eine **Zweitstimme** für eine **Parteiliste** (mit den dort Kandidierenden).

   Nachteile des Mehrheitswahlsystems, wie Wertlosigkeit der an „Wahlverlierer“ vergebenen Stimmen und absolute Chancenlosigkeit neuer Parteien, werden dadurch vermieden.

8. Bundesverfassungsgericht (in Karlsruhe)

9.

Parteien	Merkmale	Bürgerinitiativen
Artikel 21	**Erwähnung im Grundgesetz**	–
auf allen Politikgebieten	**Mitwirkung an der politischen Willensbildung**	nur Engagement, wenn eigene Interessen betroffen
gegenüber den Wählern	**Rechenschaft**	–
gesetzlich vorgeschrieben	**Organisationsform/ Wahlen**	völlig frei

10. **Parteien** regieren wegen ihres großen **Verwaltungsapparats** auf regionale und örtliche Probleme oft nur sehr langsam, während Bürgerinitiativen sich voll für ein örtliches, ihnen genau bekanntes Projekt engagieren können. Und die Beseitigung direkt fassbarer Missstände motiviert mehr Bürger zur Mitarbeit als eine Parteiarbeit, bei der – wegen der durchaus verschiedenen Ansichten der zahlreichen Mitglieder und langwieriger Entscheidungsprozesse – **viele Kompromisse** auf dem Weg **zur Lösung der großen politischen Probleme** eingegangen werden müssen.

11.
    - Großkundgebungen, Demonstrationen
    - Öffentlichkeitsarbeit mit großen Zeitungsanzeigen und Pressekonferenzen
    - Kontakte zu Abgeordneten, um Gesetzesvorhaben anzuregen
    - Stellungnahme bei Hearings

12. Nur wenn mindestens zwei Parteien vorhanden sind, kann **das Volk bei Wahlen eine Mehrheitsentscheidung treffen**, welche Volksvertreter – die ein bestimmtes Politik-Programm vertreten – für eine begrenzte Zeit regieren sollen. Eine Einparteienherrschaft ist dagegen fast zwangsläufig eine Diktatur. In den Parlamenten stellt mindestens eine bei den Wahlen unterlegene Partei die **Opposition** und kann sich dann den Wählern als Alternative bei der nächsten Wahl präsentieren.

13. Konservative, Sozialdemokraten/Sozialisten sowie Liberale vertreten schon Jahrzehnte die politischen Grundpositionen, während seit vielen Jahren auch die Ökologen (Grünen) und neuerdings auch die Nationalisten europaweit an Bedeutung gewinnen.

14.
    - Veranstalter von **Demonstrationen** auf öffentlichem Gelände müssen diese 48 Stunden vor Beginn bei der Polizei **anmelden**.
    - **Vermummung**, Tragen von Waffen und Volksverhetzung ist den Teilnehmern **verboten.**
    - In einer „Bannmeile" (Umkreis von ca. 1 km) um Parlamentsgebäude und Bundesverfassungsgericht darf nicht demonstriert werden.

15. Die Teilung der staatlichen Gewalt in **Legislative, Exekutive** und **Judikative** soll verhindern, dass wenige Politiker unkontrolliert wichtige Entscheidungen treffen können, weil sie mit einem Staatsorgan bereits über die gesamte politische Macht verfügen.

16. **Horizontale Gewaltenteilung** heißt: Auf derselben staatlichen Entscheidungsebene gibt es die drei selbstständigen Staatsgewalten, auf Bundesebene z. B. Bundesverfassungsgericht, Bundestag, Bundesregierung, auf der Entscheidungsebene des Landes Baden-Württemberg gibt es entsprechend Staatsgerichtshof, Landtag, Landesregierung.

Vertikale Gewaltenteilung heißt: Politische Entscheidungen werden nicht grundsätzlich zentralistisch auf der höchsten Ebene getroffen, sondern jede der drei Staatsgewalten ist nicht nur auf Bundesebene, sondern in allen 16 Bundesländern vorhanden und für bestimmte Aufgabenbereiche zuständig, z. B. Exekutive in Form von Bundesregierung, Landesregierung, Regierungspräsidium, Kreisverwaltung, Gemeindeverwaltung.

17. Wahl des Bundeskanzlers, Gesetzgebung, Regierungskontrolle

18. **Theoretisch** könnten in einer Krisensituation die gewählten Abgeordneten aus allen Parteien beschließen, eine **Allparteienkoalition** zu bilden. Dann aber würden alle Abgeordneten auch die Regierungsinteressen vertreten, und der Bundestag als eigenständige Staatsgewalt hätte seine Bedeutung verloren.

    Ohne Opposition gibt es **keine Regierungskontrolle** mehr, weil diese natürlich vorrangig nur von einem Teil des Parlaments, nämlich von der Opposition, eindrucksvoll ausgeübt wird, da deren Abgeordnete die Regierung in der Öffentlichkeit bloßstellen und sich selbst als bessere Alternative präsentieren wollen. Auch wenn sich die Oppositionsparteien in einer klaren Minderheitsposition befinden und die Regierung bei Gesetzesvorhaben nicht in Bedrängnis bringen können, so ist doch die Oppositionsarbeit und ihr Bekanntwerden über die Medien für eine Demokratie unabdingbar.

19. Jede Fraktion sorgt nach einem innerparteilichen Diskussionsprozess für eine möglichst eindeutige Entscheidung der Fraktionsmitglieder bei Abstimmungen im Parlament. Die Abgeordneten, die auf Fraktionssitzungen eine abweichende Haltung eingenommen haben, beugen sich in der Regel der Mehrheitsmeinung und stimmen dann im Bundestag mit den anderen Abgeordneten ihrer Fraktion einheitlich ab, damit die **Partei nach außen handlungsfähig erscheint**, was besonders wichtig für die Regierungsparteien ist. Die **Arbeitskreise** dienen der Vorbereitung solcher Fraktionsentscheidungen, weil sich dort jeweils eine Gruppe von Abgeordneten auf ein Politikfeld konzentriert und so am besten argumentieren kann. Vor ganz schwierigen Entscheidungen kann es sogar zu einem überfraktionellen Arbeitskreis kommen, dessen Überzeugungsarbeit dann erst eine Bundestagsmehrheitsentscheidung ermöglicht (z. B. Reform Abtreibungsrecht).

20. Der **Plenarsaal** des Bundestages (Ort des Plenums = Vollversammlung der Abgeordneten) ist nur bei ganz wenigen Entscheidungen (wie z. B. für neue Bundeshauptstadt Berlin oder die Abtreibung) der wichtigste Tagungsort. Denn die Hauptarbeit bei der Vorbereitung von Gesetzen/Gesetzesänderungen findet in den mehr als 30 ständigen **Ausschüssen** (z. B. im Verteidigungsausschuss) statt, sodass die Abgeordneten in Bundestagsdebatten selten noch neue Argumente hören. Außerdem ist die Meinungsfindung ja schon in Arbeitskreis- und Fraktionssitzungen weitgehend abgeschlossen worden. Jeder Bundestagsabgeordnete hat schließlich noch die Möglichkeit, in seinem Arbeitszimmer die Plenardebatte per Monitor mit zu verfolgen.

21. Imperatives Mandat bedeutet, dass der Abgeordnete einen klaren Entscheidungs-/Abstimmungsauftrag hat – entweder von Wählern, denen gegenüber er rechenschaftspflichtig wäre und die ihm sein Mandat entziehen könnten, oder gegenüber der Partei, für die er kandidiert hat. Solch ein Abgeordneter würde zu einem **Befehlsempfänger**. Die Stabilität von Regierungen wäre durch möglichen ständigen Willenswechsel gefährdet.

22. Die Meinung eines Abgeordneten kann im Gegensatz zu der Fraktionsmeinung stehen. Bei Abstimmungen beugt er/sie sich dann aber der Fraktionsdisziplin. Um schweren **Gewis-**

senskonflikten vorzubeugen, stellen die Fraktionen allerdings bei entsprechenden Entscheidungen allen Abgeordneten das Abstimmungsverhalten frei.

23. Das Zitierrecht ist ein wichtiges parlamentarisches Kontrollmittel und bedeutet, dass jedes Regierungsmitglied zu Parlaments- und Ausschusssitzungen „zitiert" werden kann, um sich kritischen Fragen zu stellen und Auskünfte zu erteilen.

24. Die Bezeichnung „Länderparlament" oder „Länderkammer" ist insofern falsch, als dort keine Angelegenheiten besprochen und Entscheidungen getroffen werden, welche die Länder untereinander betreffen. Natürlich werden im Bundesrat Interessen der einzelnen Länder durch ihre Regierungen vertreten, aber der **Bundes**rat – wie es der Name sagt – ist eines der fünf ständigen Verfassungsorgane der BRD mit der wichtigen Aufgabe der Mitwirkung an der **Bundesgesetzgebung**.

25. Finden in einem Bundesland Wahlen statt, woraufhin sich die Regierung(skoalition) dort ändert – wie 2005 und 2010 in Nordrhein-Westfalen –, verändert dies auch die Stimmenverhältnisse im Bundesrat. (So hatte nach Sommer 2010 „Schwarz-Gelb" keine Mehrheit mehr im Bundesrat. 2013 scheiterte die FDP sogar an der Fünfprozentklausel.)

    Jede Bundesregierung (mit ihrer Bundestagsmehrheit als Machtbasis) muss aber bei **zustimmungspflichtigen Gesetzesvorhaben** auf die Bundesratsmehrheit Rücksicht nehmen und zu Kompromissen bereit sein!

    Noch abhängiger sind Bundesregierung und Bundestagsmehrheit bei **verfassungsändernden** Gesetzen, wobei sie sogar eine Zweidrittelmehrheit (= 46 Stimmen) im Bundesrat brauchen (wie z. B. bei Änderungen der Wehrpflicht nach Grundgesetz-Artikel 12a).

26. Die Bundesrepublik Deutschland ist der einzige Bundesstaat in der Europäischen Union. Die Bundesregierung hat auf EU-Ebene eine Machtposition, die sie wegen des Föderalismus auf nationaler Ebene nicht hat. Die Bundesländer haben deshalb vor EU-Ministerratsentscheidungen, welche die Bundesländer betreffen, ein Informations- und Mitspracherecht. Dies wurde vom Bundesverfassungsgericht im Zusammenhang mit Klagen gegen den Lissabon-Vertrag der EU-Staaten ausdrücklich bestätigt.

27. Gründe:
    - **Fünfprozentklausel** gegen Parteienzersplitterung
    - **konstruktives** Misstrauensvotum
    - Bundespräsident kann nicht einen Bundeskanzler nach eigener Wahl einsetzen, sondern braucht Mehrheitsentscheidung im Bundestag.
    - Die Volksparteien suchen häufig Kompromisslösungen, wozu sie über den Föderalismus, insbesondere die Einrichtung des **Bundesrates** und **Vermittlungsausschusses** auch immer wieder gezwungen werden.

28. Die BRD besteht aus 16 Bundesländern, die Staatsgewalt ist zwischen Bund und Ländern aufgeteilt, der Bundesrat ist an Bundesgesetzgebung beteiligt.

29. - **Bundeskanzler/-in** braucht immer die Zustimmung der **Parlamentsmehrheit (Bundestag)**.
    - Bei rund jedem dritten Gesetzesvorhaben braucht die Regierung die **Zustimmung des Bundesrates**, in dem oft andere Mehrheitsverhältnisse herrschen, z. B. Opposition im Bundestag hat Mehrheit im Bundesrat.
    - Der **Bundespräsident** darf verfassungswidrige Gesetze nicht unterzeichnen.

- Das **Bundesverfassungsgericht** ist unabhängig und in seiner Urteilsfindung nur an das Grundgesetz gebunden.

30. **Argumente für ein Plebsizit:**
    - Im Gegensatz zur Stimmabgabe bei Wahlen im 4- oder 5-Jahres-Rhythmus kann der wahlberechtigte Bürger bei Sachthemen seine Meinung differenziert zum Ausdruck bringen.
    - Bürger identifizieren sich stärker mit dem Staat und politischen Entscheidungen, wenn sie selbst etwas direkt bewirken können.
    - Die Akzeptanz politischer Entscheidungen steigt.

    Argumente gegen ein Plebsizit:
    - Volksentscheide sind verglichen mit repräsentativen Entscheidungen (durch die Parlamente) zeitaufwendiger und mit höheren Kosten verbunden.
    - Einfache Ja-/Nein-Abstimmungen führen oft zu „Abstrafungen" der Regierungen (wie z. B. 2016 in Großbritannien und Italien).

31. Zwar gab es schon vor der Industriellen Revolution umweltschädliches Verhalten wie das Abholzen und Abbrennen von Wald, aber die Schädigungen haben die natürlichen Kreisläufe nicht oder kaum beeinträchtigt (z. B. wurden die freigesetzten Mengen an Kohlendioxid von Pflanzen und Ozeanen aufgenommen). Die durch die Industrialisierung ausgelösten Steigerungen des Energieverbrauchs – weltweit heute 100-mal mehr als vor 100 Jahren, mit weiter steigender Tendenz – und der Güterproduktion störten aber die natürlichen Kreisläufe bis zum totalen Zusammenbruch in einzelnen Lebensbereichen („tote" Flüsse, Berggipfel mit „Baumskeletten"). Wissenschaftliche Untersuchungen ergaben, dass allein im 20. Jahrhundert die Kohlendioxidkonzentration in der Atmosphäre um rund 20 % zugenommen hat.
    Mit negativen **Folgen der Erderwärmung** wird (z. B. vom Weltklimarat der UNO) gerechnet: Verschiebung der Klimazonen, Zunahme extremer Wetterlagen, zunehmende Dürren mit Trinkwassermangel und Hungersnöten, Ansteigen des Meeresspiegels und deshalb Überflutung von Inselregionen, verstärktes Artensterben.

32. **Staat:** Forschungsförderung für neue Umwelttechnologien, Investitionsanreize geben
    Unternehmen: Beachtung der staatlichen Gebote und Verbote, umweltgerechtes Handeln mit Überprüfung in Umweltbilanzen, Veröffentlichung von Umwelt-Audits, Energie „sparen"
    Bürger: sparsam Energie verwenden, v. a. beim Heizen und Auto fahren, Ökoprodukte und Recyclingprodukte kaufen, Hausmüll sachgerecht trennen → „duales System" nutzen

33. Die Energiepolitik hat die **Ziele:** Energie-Verfügbarkeit (täglich, aber auch langfristig) und zugleich größtmögliche Unabhängigkeit vom Ausland zu sichern, Energiepreise auf akzeptablem Preisniveau zu halten, Industrie und Haushalte zu sparsamem Umgang anzuhalten, die menschliche Gesundheit zu schützen sowie Natur-, Umweltschutz- und Klimaschutz zu betreiben.
    Der eingeleitete Ausstieg aus der Atomenergie zeigt, dass es **Konflikte** geben wird, weil Atomkraft (ohne Subventionen und Kosten für Abbau sowie Endlagerung der radioaktiven Abfälle gerechnet) günstig ist und keinen CO_2-Ausstoß hat, aber unwägbare Risiken in Extremsituationen sowie bei der ungeklärten Endlagerung aufweist. Erneuerbare Energien werden erst nach ein bis zwei Jahrzehnten die Atomkraft ganz ersetzen können. Nur Kohle steht, zu höheren Abbau-Preisen, in Deutschland längerfristig zur Verfügung, Kohlekraftwerke erzeugen aber CO_2 und sollen deshalb ebenfalls so schnell wie möglich abgeschaltet werden.

34. Da die globalen Vorräte an fossiler Energie wie Erdöl tendenziell sinken (trotz der Fracking-Methoden, die nur bei höheren Rohöl-Preisen zum Einsatz kommen), wird der Preis trendmäßig weiter steigen. Steuer- und umweltpolitisch verursachte zusätzliche Energiepreissteigerungen zielen zwar auf Verbrauchsreduzierung und Entwicklung alternativer Technologien, können aber durch das Wahlvolk „abgestraft" werden und zu weiterer sozialer Kluft (Arme werden ärmer, Reiche reicher) führen. Landes- und Bundesregierungen machen ihre Politik evtl. von Meinungsumfragen in den Medien abhängig, um Wahlen zu gewinnen.

2.2 Entwicklung der Demokratie in Deutschland und ihre Gefährdungen

1. Nach den schrecklichen Kriegsjahren mit unermesslichem Leid (Mio. von Gefallenen, Vermissten, Kriegsgefangenen, Verwundeten, Kranken) stehen dem Volk weitere Schreckensjahre bevor: **Deutschland ist zerbombt**, **Millionen Wohnungen fehlen**, **Notunterkünfte sind ohne Strom**, **Wasser und Heizungsmöglichkeit**, in bewohnbaren Gebäuden fehlt es an Brennmaterial, **zusammengebrochene Lebensmittelversorgung**, **von den Besatzungsmächten ausgegebene Lebensmittelkarten reichen oft nicht zum Überleben**; Tauschen (Schwarzmarkt), Betteln und Stehlen sind lebensnotwenig.

2. Im Potsdamer Abkommen wurde die von Stalin vorgenommene **Unterstellung von Königsberg und des nördlichen Ostpreußen unter sowjetische Verwaltung** sowie die der übrigen **Reichsgebiete** (in den Grenzen von 1937) **östlich der Oder-Neiße-Linie unter polnische Verwaltung** bestätigt und eine endgültige Grenzregelung auf einen später zu schließenden Friedensvertrag vertagt. Die Vertreibung der im Osten lebenden Deutschen und die **Neubesiedlung nach der von Stalin erzwungenen „Westverschiebung" des polnischen Staatsgebietes** führten dazu, dass das frühere deutsche Reichsgebiet nicht mehr hergestellt werden kann und die **Oder-Neiße-Linie seit 1990 die völkerrechtlich anerkannte Westgrenze Polens (= Ostgrenze Deutschlands) darstellt.**

3. Das Zweckbündnis der Westmächte und der UdSSR gegen Hitler zerbrach nach dem Sieg über den gemeinsamen Feind, weil die gegensätzlichen Ideologien (Kommunismus kontra Demokratie) bei dem Versuch der gemeinsamen Verwaltung Deutschlands deutlich wurden.

4. Am 11.06.1945 wurde die **KPD** (Kommunistische Partei Deutschlands) neu gegründet, wenige Tage später die **SPD** (Sozialdemokratische Partei Deutschlands). Die Mitglieder beider Parteien waren während der Hitler-Herrschaft verfolgt und z. T. ermordet worden und hatten daher eine **gemeinsame antifaschistische Herkunft** und ein **Interesse an der organisatorischen Stärkung der Arbeiterbewegung**. Am 20./21.04. schlossen sich auf starken Druck der sowjetischen Militärverwaltung KPD und SPD zur **Sozialistischen Einheitspartei Deutschlands** (SED) zusammen, **weil** die SPD zur stärksten Kraft in ganz Deutschland werden wollte und die **KPD zu wenig Rückhalt in der Bevölkerung hatte**. Nur in Berlin durfte die SPD (wegen des Viermächtestatus) weiter existieren, wo sie bei den **Wahlen im Oktober 1946** 48,7 % der Stimmen erhielt, die SED dagegen nur enttäuschende **19,8** %.

5. Westmächte sahen bald nach dem Ende des 2. Weltkriegs, dass **Stalin** die Positionen, welche die Rote Armee in Europa gewonnen hatte, nicht wieder hergeben wollte und den **kommunistischen Einflussbereich in Europa** (1946 bereits von den baltischen Staaten Estland, Lettland, Litauen im Norden bis Albanien im Süden) **weiter nach Westen ausdeh-**

nen wollte. Die **USA verfolgten ab 1946 entgegengesetztes Ziel: Stoppen des sowjetischen Expansionsdrangs** durch wirtschaftlich überlebensfähiges und von der UdSSR unabhängiges Deutschland, d. h. letztlich **Errichtung eines westdeutschen Teilstaates**.

6. **Sowjetisch gesteuerte Volkskongressbewegung** bereitet den Aufbau einer „Diktatur des Proletariats" vor, nachdem erste Gemeinde- und Landtagswahlen gezeigt haben, dass KPD bzw. SED nicht die Interessen der Bevölkerungsmehrheit vertreten.

   Währungsreform und Blockade sowie die **gleichzeitige Ausarbeitung einer Verfassung in Westdeutschland** (= Grundgesetz) auf Wunsch der West-Besatzungsmächte führen zur **Verabschiedung einer eigenen DDR-Verfassung** und damit Gründung eines zweiten deutschen Staates.

7. Der staatliche Neubeginn in den Westzonen kam auf Wunsch der West-Alliierten zustande, deshalb wollte der Parlamentarische Rat bei der Ausarbeitung einer neuen „Verfassung" deutlich machen, dass es sich bei der **„Bundesrepublik Deutschland"** um ein **Provisorium** handelt, das **für eine Übergangszeit eine grundlegende gesetzliche Ordnung** braucht. Die **Präambel** des **Grundgesetzes** von 1949 machte deutlich, dass das gesamte deutsche Volk aufgefordert blieb, „in freier Selbstbestimmung die Einheit und Freiheit Deutschlands zu vollenden". Deshalb wurde das GG auch damals nicht durch einen Volksentscheid verabschiedet.

   Nach den 1994 **infolge der Wiedervereinigung Deutschlands** vorgenommenen **Grundgesetzänderungen** könnte das Grundgesetz als unsere Verfassung noch durch eine **Volksabstimmung** – und zwar des ganzen deutschen Volkes – bekräftigt werden, so wie es die erste GG-Präambel vorsah.

8. Die UdSSR führte eine **radikale Demontage** von Industrieanlagen bis zur Gründung der DDR 1949 durch, außerdem befriedigte sie ihre Reparationsansprüche bis Anfang der 1950er-Jahre durch **Entnahmen aus der laufenden Güterproduktion**, wandelte viele Betriebe in Sowjet. Aktiengesellschaften (= sowjetisches Staatseigentum) um und verschleppte viele Fachkräfte zur Arbeit in russischen Betrieben.

   In den **West-Zonen** dagegen kam es ab **1946** zur **Beendigung der Demontagen**, und außerdem sorgte die Verwirklichung des amerikanischen **Marshallplans** mit seiner **großzügigen Güter- und Geldhilfe** für einen relativ schnellen wirtschaftlichen Wiederaufbau.

9. Berlin sollte nach dem Ende des 2. Weltkriegs und der von den Siegermächten beschlossenen Aufteilung der ehemaligen Reichshauptstadt (seit 1871) in vier Sektoren gemeinsam (über die Alliierte Kommandantur) verwaltet werden, was aber wegen der **Interessengegensätze** immer weniger gelang und 1948/49 schließlich zur Blockade West-Berlins durch die sowjetische Besatzungsmacht führte.

Ziele der westlichen Besatzungsmächte	Ziele der UdSSR
keine weitere Machtausdehnung der UdSSR in Europa oder Zurückdrängung	Ausbau der durch den Sieg im 2. Weltkrieg erworbenen Supermachtrolle
Errichtung eines demokratischen Deutschlands und Berlins, notfalls eines Teilstaats	Ausbreitung des Kommunismus in Europa „Satellitenstaaten"
Verbreitung der Marktwirtschaft	Verbreitung der Planwirtschaft

Bei der Aufteilung der Besatzungszonen waren die verbündeten (= alliierten) Siegermächte nicht davon ausgegangen, dass aus Bündnispartnern hasserfüllte Gegner werden könnten.

Die geografische Lage Berlins führte dazu, dass West-Berlin rundum umgeben war von einem Land, dessen Führung einen kommunistischen Staat auf deutschem Boden errichten wollte. Aber gerade dieses als überholt geltende „kapitalistische“ Lebensmodell zeigte den DDR-Bürgern ständig die Vorzüge des „goldenen Westens“. In den Arbeiteraufstand 1953 in Ost-Berlin mischten sich nach dem Bekanntwerden über West-Berliner Rundfunksender auch West-Berliner Demonstranten, was von der DDR-Führung = SED als bewusste Provokation (und Konterrevolution vom Westen aus) aufgefasst wurde.

1958 forderte die UdSSR die Westmächte (wegen der ungeliebten Konkurrenzsituation) auf, Berlin innerhalb von 6 Monaten zu verlassen (Chruschtschow-Ultimatum), um es angeblich in eine entmilitarisierte („freie“) Stadt verwandeln zu können.

10. SED-Generalsekretär und Staatsratsvorsitzender Ulbricht hielt kurz nach dem Beginn des **Mauerbaus** eine Rundfunkrede, die er auch an die Westdeutschen richtete. Darin **rechtfertigte** er **diese Maßnahme** als „**wichtigen Beitrag zum Frieden**“, weil die Westdeutschen zugelassen hätten, dass **Militarismus** und **Nazismus** in Westdeutschld. wieder starke Machtpositionen gewonnen hätten, sodass mit der NATO „**amerikanische Imperialisten**“ und deutsche **Faschisten** gemeinsam die Staatsgrenzen der DDR beseitigen wollten.

11. Bis zum 13.08.1961 war Berlin zwar eine politisch geteilte Stadt, aber die Menschen konnten sich in ihr frei bewegen. Dagegen wurde die Grenze zur Bundesrepublik seit 1952 immer schärfer bewacht, sodass **immer mehr Flüchtlinge** (nur mit Handgepäck versehen) den Weg **über Berlin-West** wählten: jährlich ca. 200.000 und weiter zunehmend, sodass die Bevölkerungszahl der DDR ständig sank.

    Besonders **bedrohlich für die weitere Existenz der DDR** war aber die alters- und bildungsmäßige Zusammensetzung der **Flüchtlinge**: die Hälfte **unter 25 Jahren**, viele **Facharbeiter**, Ingenieure, Ärzte, sodass die **Abwanderung qualifizierter Arbeitskräfte** und zu erwartender Nachwuchsmangel die **wirtschaftliche Lage weiter verschlechtern würde**. Wie wichtig für die SED-Staatsführung die Fluchtverhinderung war, zeigte sich daran, dass an der Berliner Mauer mindestens 80 Flüchtlinge erschossen wurden.

    In den Jahren nach dem Mauerbau kam es in der DDR zu einer Verbesserung der wirtschaftlichen Lage (mit dem höchsten Pro-Kopf-Einkommen in den Ostblockstaaten).

12. „Die deutsche Frage“ war die **Frage danach, ob die Spaltung Deutschlands auf unübersehbare Zeit** (50 oder 100 Jahre, wie Honecker noch kurz vor seinem Sturz glaubte) **erhalten bliebe** oder **auf welchem Wege** ein wirklich nachbarliches Leben in zwei Staaten oder **eine selbstbestimmte Vereinigung der deutschen Nation verwirklicht werden könnte**.

    Die Berliner **Mauer vor dem Brandenburger Tor**, das schon im Ostteil (von der DDR als Hauptstadt bezeichnet) stand, **machte die Spaltung Deutschlands symbolhaft für die ganze Welt deutlich**, weil seit der Reichsgründung 1871 dieser Platz in der deutschen Hauptstadt einer der berühmtesten und verkehrsreichsten Plätze war und eben solches **Zusammenkommen der Deutschen nur mit Gewaltmaßnahmen wie einer fast unüberwindlichen Betonmauer verhindert werden konnte**.

13. Materiell gesichertes Leben für die Bundesbürger war für **Adenauer** nur über eine Einbindung in ein **westliches Wirtschaftssystem** möglich (= Marktwirtschaft). Außerdem wollte Adenauer wirtschaftliche Zusammenarbeit in Europa und ist insofern Mitbegründer der Europäischen Gemeinschaft für Kohle und Stahl (Montanunion) als Vorläufer der Europäischen Wirtschaftsgemeinschaft.

    Souveränität der neu geschaffenen Bundesrepublik (= Unabhängigkeit von den ehemaligen Besatzungsmächten, insbesondere der Sowjetunion) war für Adenauer nur über den Anschluss an ein westliches Verteidigungsbündnis denkbar, was zum Eintritt der BRD in die **NATO** und zur Aufstellung einer in die NATO integrierten **Bundeswehr** führte.

14. Die Wehrpflicht entsprach der Vorstellung von Soldaten als „Staatsbürger in Uniform". Die Verteidigungslasten sollten möglichst auf alle Bürger/Familien verteilt werden. Für einen eigenen Verteidigungsbeitrag im NATO-Bündnis war nur eine Wehrpflichtarmee geeignet, da durch die Anwerbung von Freiwilligen nicht genügend Soldaten für eine zweckmäßige Mindeststärke erreicht wurden.

15. USA und UdSSR hatten entgegengesetzte Interessen: Beide wollten mit ihrer Supermacht-Position die vorherrschende Rolle in Europa spielen. Nachdem sich die UdSSR unter Stalin seit Ende des II. Weltkriegs mit militärischem Druck in Osteuropa durchsetzte und sogenannte Satellitenstaaten (Regierungen, die in Abhängigkeit von der Moskauer Regierung waren) schuf, reagierten die USA mit ihrer „Eindämmungspolitik", was zu einem Konflikt um die Rolle Deutschlands in dem Nachkriegseuropa führte.

16. Mit dem Ausdruck „Wirtschaftswunder" wollte man den kaum zu glaubenden wirtschaftlichen Wiederaufstieg Westdeutschlands in den 1950er-Jahren beschreiben, in denen eine unablässige Hochkonjunktur durchschnittliche Wachstumsraten des Bruttosozialproduktes von über 9 % brachte. Angesichts des bis 1948 am Boden liegenden Deutschlands erschienen der Wiederaufbau und der ständig steigende Wohlstand wie ein Wunder.

17. Unbehagen am gesellschaftlichen System, v. a. der NS-Vergangenheit vieler Verantwortlicher in Politik und Wirtschaft; Unzufriedenheit mit der Generation ihrer Eltern, für die nur Leistung und Wohlstand wichtige Werte zu sein schienen; Kritik am realen oder vermeintlichen US-Imperialismus; Angst vor einer Übermacht des Staates und Rückkehr zur Diktatur als Folge des sich entwickelnden Kapitalismus; Notwendigkeit einer Hochschulreform.

18. Demokratisierung ist zum Wert oder Ziel bei allen staatlichen wie nicht staatlichen Einrichtungen geworden → z. B. bei der Gemeindeverwaltung mit Bürgerentscheiden, in Tausenden von Bürgerinitiativen, Schulen mit aktiver Schülermitverantwortung, im Ehe- und Partnerschaftsrecht. „Grüne" Politik ist nicht mehr wegzudenken – bei vielen Parteien.

19. August/September 1989 **Massenflucht** von DDR-Bürgern nach Öffnung der ungarischen Westgrenze; spontane und dann ständig wachsende **Demonstrationen** in vielen Orten der DDR mit Parolen: „Wir sind das Volk", „Das Volk sind wir, gehen sollt ihr"; **Absetzung Honeckers** wenige Tage nach der (militaristischen) 40-Jahr-Feier der DDR; **Fall der Mauer am 09.11.1989; erste demokratische Volkskammerwahlen** am 18.03.1990; **Währungsunion** an 01.07.1990; zielstrebige Gesprächsführung der Bundesregierung mit der UdSSR-Regierung ab Februar 1990; 12.09.1990 **Abschluss der 2+4-Gespräche**

20. **Gleichartig:** Neue Währung **erhöhte die Kaufkraft** der Bevölkerung und war Signal für wirtschaftlichen Neubeginn.

    Andersartig: Große Unterschiede zwischen der wirtschaftlichen Leistungsfähigkeit von West- und Ostdeutschland (im Gegensatz zur Trizone 1948) und deshalb gab es einen Konjunkturaufschwung im Westen und höhere Arbeitslosenzahlen im Osten (1991 z. B. hat Ost-D. Waren und Dienstleistungen im Wert von 361 Mrd. DM verbraucht, aber nur ein Bruttosozialprodukt von 193 Mrd. erzeugt).

21. **DDR war für die UdSSR der wirtschaftlich und militärisch stärkste Partner** (im Rat für gegenseitige Wirtschaftshilfe und Warschauer Pakt), mehrere **Hunderttausend sowjetische Soldaten waren in der DDR stationiert und sicherten sowjetischen Einfluss**, auch über die Anwesenheit in Berlin. Der **Machtverlust** schien hohen kommunistischen Funktionären und Generälen in der UdSSR so gefährlich, dass einige von ihnen den Demokratisierungsprozess mit Gewalt verhindern wollten.

22. **Vorteile**: Unmenschliche Trennung von Familien/Verwandtschaft durch Mauer und andere Grenzsicherungsanlagen der DDR ist aufgehoben; auf deutschem Boden befindet sich nicht mehr die dichteste Konzentration von Atomwaffen; Deutschland ist nicht mehr zentraler „Kriegsschauplatz" im Ost-West-Konflikt; Deutsche sind bei militärischen Entscheidungen (z.B. Tiefflüge) im eigenen Land nicht mehr von USA und UdSSR abhängig; Deutschland muss nun nicht mehr wegen seiner Teilung die Rolle eines „politischen Zwerges" spielen; westdeutsche Wirtschaft hat durch den frei zugänglichen Markt in Ostd. sehr **gute Absatzchancen** und über gezielte Investitionen in wenigen Jahren dort die Leistungsfähigkeit westlicher Unternehmen erreicht. Ostdeutschland hat eine verbesserte Lebensqualität durch gezielte Infrastruktur- und Umweltpolitik erhalten. **Nachteile: Steuer-/Abgabenerhöhungen sowie höhere Sozialversicherungsbeiträge waren zur Finanzierung der Entwicklung Ostd. unumgänglich**: Die höhere Arbeitslosigkeit, die durch mangelnde Konkurrenzfähigkeit gegenüber West-Betrieben entstand, verursacht in Ostd. jährlich Mehrausgaben der Bundesagentur für Arbeit in Höhe von mindestens 10 Mrd. EUR.

    Insgesamt betrug der Finanzierungsbedarf zur Sanierung Ostdeutschlands bisher ca. 1.600 Mrd. EUR. Die Abwanderung in den Westen und die Verödung dünn besiedelter Regionen ist nicht völlig zu stoppen.

23. Beitritt der DDR(-Länder) zum Geltungsbereich des Grundgesetzes mit Wirkung vom 03.10.1990

24. Am 02.12.1990 fand die **erste gesamtdeutsche Bundestagswahl** statt, wobei **für Ostdeutschland (ohne Berlin) 144 Abgeordnete** nach dem bisherigen Wahlrecht, aber mit separater Fünfprozentklausel **gewählt wurden**.

    Die Wahlentscheidung des gesamten deutschen Volkes: *CDU* 268 Sitze, *SPD* 239, *FDP* 79, *CSU* 51, *PDS* 17, *Bündnis 90/Grüne* 8; **insgesamt 662 Abgeordnete** (inkl. 6 Überhangmandate) statt der vorherigen 497 (inkl. einem Überhangmandat) + 22 nicht stimmberechtigten Berliner Abgeordneten im 11. Bundestag von 1987–1990.

    Die **neuen Bundesländer (ohne Berlin) haben 19 von 69 Stimmen im Bundesrat**, wobei sich die Stimmenanzahl nach der Einwohnerzahl der Bundesländer richtet: Stimmenverteilung im Bundesrat (neue Länder fett gedruckt!):

6 Stimmen	*4 Stimmen*	*3 Stimmen*
(mehr als 7 Mio. Einwohner)	(mehr als 2 Mio. Einw.)	(unter 2 Mio. Einw.)
Nordrhein-Westfalen	**Sachsen**	**Mecklenburg-Vorpommern**
Bayern	Rheinland-Pfalz	Hamburg
Baden-Württemberg	**Berlin**	Saarland
Niedersachsen	**Sachsen-Anhalt**	Bremen
	Thüringen	
	Schleswig-Holstein	
	Brandenburg	

5 Stimmen
(mehr als 6 Mio. Einwohner)
Hessen (seit 1996)

Berücksichtigt man, dass West-Berlin bis zum 03.10.1990 nur mit eingeschränkter Wirkung im Bundesrat vertreten war, jetzt aber Gesamt-Berlin mit 4 vollgültigen Stimmen, so ist **Ostdeutschland nun insgesamt mit 23 von 69 Stimmen = 33,3 % vertreten**.

25. Nationalismus, Rassismus, Verleumdung demokratischer Einrichtungen, stattdessen Führerprinzip

26. Vergleich von Demokratie und Diktatur:

Demokratie	Diktatur
Sicherung der Grundrechte, z. B. Informationsfreiheit	keine Grundrechtsgarantie, sondern z. B. Pressezensur
Pluralismus der Interessengruppen	Einheitsmeinung, keine Wirkungsmöglichkeit für Interessengruppen
Gewaltenteilung = gegenseitige Kontrolle der drei Staatsgewalten	Machtkonzentration bei der Regierung bzw. Staatspartei
Unabhängigkeit der Gerichte	Abhängigkeit der Richter von Regierung bzw. Staatspartei
allgemeine, freie, gleiche, geheime Wahlen	Scheinwahlen (z. B. mit Einheitslisten)
Konkurrenz mehrerer Parteien, von Regierung und Opposition	Einheitspartei, festes Parteienbündnis oder Militärherrschaft
Machtübernahme auf begrenzte Zeit = für eine Wahlperiode	Machtübernahme durch Diktator-Clique, Dauer allein vom Diktator abhängig

27. Die beiden ehemaligen „Volksparteien“ CDU/CSU und SPD sind nicht mehr in der Lage, genug Wähler zu gewinnen, um aus eigener Kraft eine starke Regierung zu bilden. So ist die „Große Koalition“ (mit nur 53,5 % der Zweitstimmen bei der Wahl 2017) mehr eine Notlösung als Folge eines nicht zustande gekommenen Drei-Parteien-Bündnisses, welches eine größere Regierungsmehrheit aufweisen würde. Innerhalb der Koalition gibt es gegensätzliche Lösungsansätze für Probleme (wie fehlende Wohnungen, Arbeitsbedingungen unter Mindestlohn, EU-Haushalt etc.), was den Eindruck von Zerstrittenheit und mangelnder Problemlösungskompetenz vermittelt. Diese Sicht wird über alle Medien, zunehmend auch über Twitter und Facebook, immer weiter verbreitet.

Die politischen Prozesse sind allerdings zunehmend komplizierter geworden durch die internationale Verflechtung, und viele Abläufe sind aus Sicht der Bürger kaum mehr durchschaubar. Außerdem erwartet jede Interessengruppe (z. B. Mieter einerseits und Vermieter andererseits) schnelle Abhilfe bei unangenehm empfundenen Zuständen, bei mangelndem Erfolg erfolgt dann Frustration. Dass politische Entscheidungen fast immer Kompromisse zum Ausgleich der Interessen sein müssen, wird von vielen nicht eingesehen und sie outen sich bei Gelegenheit als „Wutbürger".

Gesetze, die der Bundestag beschlossen hat, brauchen in etlichen Fällen noch die Zustimmung des Bundesrates, in dem es aber andere Mehrheiten aufgrund der völlig verschiedenen Koalitionen in den 16 Bundesländern gibt. Das erschwert und verlängert die Prozesse, führt manchmal zum Scheitern. Auch die Berücksichtigung des EU-Rechts verlängert manchmal den Lösungsweg.

28. Der Rechtspopulismus gebärdet sich als „Volkes Stimme". Er vereinfacht komplexe Sachverhalte, kümmert sich wenig um Tatsachen, greift Wut-Stimmungen auf, verdichtet sie in einer politischen Rhetorik gegen „die Anderen" und „die da oben". Gegen „etablierte" Eliten, Politiker und Medien wird Misstrauen geschürt, Missachtung zum Ausdruck gebracht bis hin zur Verachtung der parlamentarischen Demokratie.

    Das „Volk" und „der einfache Mann" müssen scheinbar vor den „Anderen", v. a. den Gruppen Ausländer, Muslime, Asylsuchende, Linke, aber auch z. B. Homosexuelle, geschützt werden. Typisch für die rechtspopulistische Einstellung ist die Abwertung und Ausgrenzung von Menschen aufgrund ihrer (faktischen oder vermuteten) Zugehörigkeit zu einer sozialen Gruppe, die anhand eines Merkmals wie z. B. Ethnie, Religion, kulturelle Herkunft als irgendwie „fremd" oder „unnormal" gebrandmarkt wird.

    Der Rechtspopulismus polarisiert die Mitte der Gesellschaft, und er bildet einen Gegenpol zu einer Zivilgesellschaft, die sich offen für Vielfalt zeigt und in der sich viele Menschen für Flüchtlinge und gegen Menschenfeindlichkeit engagieren.

29. Je nach sozialer Lage (Beruf, Einkommen, Wohngegend etc.) können Bürger durchaus verschiedene Sorgen haben. Je weiter weg Alltag und Problemhorizont von Politikern auf allen Ebenen (Gemeinderat, Kreistag, Landtag, Bundestag) vom Leben „besorgter Bürger" sind, desto wichtiger ist der (möglichst persönliche) Kontakt, um die Sorgen anzuhören und die Probleme aus den Perspektiven aller Betroffenen zu erfassen, danach die Ursachen thematisieren und mögliche Lösungswege aufzeigen zu können.

    Die Bürgersorgen müssen offen diskutiert werden, und zwar in den politischen Gremien, welche die repräsentative Demokratie hat, und nicht in unverbindlichen Talkshows. Wenn die „etablierten" Parteien nicht wahrhaben (wollen), welche (neuen) Probleme Teile der Bevölkerung ängstigen, so führt das dazu, dass sich diese Bürger nicht mehr repräsentiert fühlen. Das ermöglicht es Protest- und Alternativparteien, auf „Stimmenfang" zu gehen, zuerst in den „sozialen" Netzwerken, auf der Straße, im Wahlkampf, schließlich in den Parlamenten und am Schluss womöglich in Regierungsfunktion. Europa und Amerika bieten anschauliche Beispiele für solche politische Entwicklung. Selbst wenn Antisystemparteien nicht an die Regierung kommen, können sie mit ihren Parlamentsmandaten Regierungsbildung und Gesetzgebung erschweren und immer wieder die Hoffnung verbreiten, dass eine wohlmeinend-autoritäre Herrschaft die als groß empfundenen Probleme lösen könnte.

2.3 Grund- und Menschenrechte

1. Die Grundrechte sind die obersten Rechtsnormen in der Bundesrepublik, sie sind auch nicht durch Staatsorgane aufhebbar, sondern **nur mit Zweidrittelmehrheit in Bundestag und Bundesrat veränderbar**, wobei ihr **Sinn aber erhalten bleiben muss**. Kein Gesetz darf gegen die Verfassung mit den dort formulierten Grundrechten verstoßen.

2. Wer sich durch staatliches Handeln ungerecht behandelt fühlt, kann einen Prozess vor dem Verwaltungsgericht, Oberverwaltungsgericht, evtl. vor dem **Bundesverwaltungsgericht** und dem **Bundesgerichtshof** führen; je nach Streitfall können auch Finanzgerichte, Arbeitsgerichte, Sozialgerichte zuständig sein. Oberste Schutzinstanz für die Grundrechte ist das **Bundesverfassungsgericht (in Karlsruhe)**.

3. Die **Würde des Menschen** ist oberster Verfassungsgrundsatz, der ausdrückt, dass der Staat für den einzelnen Menschen da sein soll und nicht umgekehrt. Die Würde des Menschen ist dementsprechend immer verletzt, wenn er **nur noch Objekt staatlicher Maßnahmen** ist und **keinen freien Willen mehr zeigen kann**, auf die Ebene eines Tieres erniedrigt wird oder wenn seine Privatsphäre verletzt wird.

4. Es ist in der BRD fast selbstverständlich geworden, dass Bevölkerungsgruppen gegen staatliche Planungen und Entscheidungen Protestdemonstrationen durchführen. Gewalttaten, wie das Beschädigen von Fahrzeugen und Gebäuden oder Angriffe auf Gesundheit und Leben anderer Menschen, sind aber nicht durch das Grundrecht auf Demonstrationsfreiheit geschützt.

5. **Pressekonzentration**, die inzwischen weit über die Abhängigkeit nationaler Zeitungen und Zeitschriften von wenigen Verlegern hinausgeht und zur Bildung von **„Mediengiganten"** führt; Tendenz zu regionalen Doppelmonopolen; **„innere Zensur"**, die Journalisten sich bei ihrer Berichterstattung auferlegen, z. B. um wichtige Werbekunden nicht zu „verärgern"; Verkleinerung der Zahl angestellter Journalisten, um Kosten zu sparen im Wettbewerb mit den größtenteils bisher kostenlosen Informationsangeboten im Internet.

6. Die Idee der universellen Menschenrechte besagt, dass es grundlegende Rechte für alle Menschen gibt, die zusammenwirkend darauf abzielen, die Würde jedes Einzelnen zu schützen und ein freies, selbstbestimmtes Leben in Gemeinschaft mit anderen zu ermöglichen. Die Idee ist seit der Aufklärung und der Französischen Revolution weit verbreitet, aber erst 1948 durch die UNO universell fixiert. Daraus kann das Recht abgeleitet werden, dass es in keinem Staat Diskriminierungen geben darf, beispielsweise aufgrund ethnischer (rassistisch konstruierter) Unterschiede, des Geschlechts, der nationalen oder sozialen Herkunft, der Sprache, der Religion, der politischen Anschauung, der sexuellen Orientierung. Darauf aufbauend wurden völkerrechtlich verbindliche Verträge geschaffen und etliche Menschenrechtsorganisationen, die medienwirksam arbeiten.

   Der Europäische Gerichtshof für Menschenrechte kann rechtsverbindliche Urteile zu Individualbeschwerden sprechen, der 2002 errichtete Internationale Strafgerichtshof kann Einzelpersonen für schwerste Menschenrechtsverbrechen verurteilen. Es ist aber festzustellen, dass das Erreichte in Sachen Menschenrechtsverbreitung in Gefahr ist. Viele Regierungen weltweit verletzen die Menschenrechte, i. d. R. begründet mit der Staatsräson oder dem Erhalt der öffentlichen Ordnung. Autoritäre Regime sind weit verbreitet, Menschenrechtsaktivisten (oft als Terroristen diskreditiert und kriminalisiert) werden samt ihrem Umfeld schikaniert, mit der Gefahr von Entführungen, willkürlichen Verhaftungen,

Folter und Mord bedroht. Korrupte und autoritäre Regierungen schüren ein Klima der Angst, das alle Bürger vor Forderungen nach demokratischer Entwicklung zurückschrecken lassen soll.

Häufig suchen die Herrschenden im eigenen Volk kulturelle oder religiöse Minderheiten, gegen die dann gehetzt wird und die oft gewaltsam verfolgt werden. Wenn dann die abhängige Justiz nicht eingreift, gibt es keinen Menschenrechtsschutz. Das große Problem besteht letztlich darin, dass Regierungen kaum zu einem menschenrechtskonformen Handeln gezwungen werden können. Einflussmöglichkeiten gibt es aber: Entscheidungen von Menschenrechtsgerichten, international wirksames Anprangern von Menschenrechtsverletzungen, politische und wirtschaftliche Anreize (z. B. EU-Beitritt, Entwicklungshilfe) oder Sanktionen (z. B. Einreiseverbote, Handelsembargos).

7. Einige Menschenrechte wie Verbot von Folter und Sklaverei dürfen auf keinen Fall eingeschränkt werden, aber auch in demokratischen Gesellschaften kann es zulässige Eingriffszwecke geben, z. B. Aufrechterhaltung der nationalen Sicherheit, Verhinderung schwerer strafbarer Handlungen, Schutz der Rechte und Freiheiten anderer. Die Eingriffe müssen gesetzlich fundiert sein. Für Situationen in der BRD entscheidet in Zweifels- oder Streitfällen das Bundesverfassungsgericht oder der Europäische Gerichtshof für Menschenrechte.

8. Die Aufgabe des Bundesverfassungsgerichts ist, die **Einhaltung des Grundgesetzes**, also der Verfassung der BRD, **sicherzustellen**. Das geschieht vor allem über jährlich mehr als 100 rechtsverbindliche Urteile zu **Verfassungsbeschwerden** von Bürgern und über **Verfassungsklagen (Normenkontrollverfahren)**, die beim Bundesverfassungsgericht durch ein anderes Gericht, Bundestag, Bundesrat oder Regierungen (Bund oder Länder) beantragt werden können. Vor allem für die Opposition (Zustimmung von einem Drittel der Abgeordneten ist für die Verfahrensbeantragung nötig) ist dies ein wirksames Instrument zur Kontrolle der Regierung, wenn sie der Meinung ist, dass ein neues Gesetz nicht dem Sinn des Grundgesetzes entspricht.

9. Die Richter sind für zwölf Jahre gewählt, können nicht abberufen werden und brauchen niemandem (keiner Partei!) gefällig sein, da eine Wiederwahl nicht erlaubt ist!

3 Internationale Zusammenarbeit

3.1 Europa im 20. und 21. Jahrhundert

1. Friedenserhaltung durch enge gegenseitige wirtschaftliche und kulturelle Beziehungen und Abbau von übertriebenem Nationalismus; Sicherheitspolitik nur gemeinsam möglich; Erlangung einer wichtigen wirtschaftlichen und politischen Rolle zwischen den Großmächten

2. Belgien, Bundesrepublik Deutschland, Frankreich, Italien, Luxemburg, Niederlande

3. 1973: Dänemark, Großbritannien, Irland
   1981: Griechenland
   1986: Portugal, Spanien
   1995: Finnland, Österreich, Schweden
   2004: Estland, Lettland, Litauen, Malta, Polen, Slowakei, Tschechien, Slowenien, Ungarn, Zypern (griechischer, international anerkannter Teil)
   2007: Bulgarien, Rumänien
   2013: Kroatien

4. keine Grenzkontrollen mehr (Ausnahme: Stichprobenfahndung, z. B. nach Rauschgiftschmuggel), Freizügigkeit bei Wohnsitzwahl und Berufsausübung innerhalb der EU

5. **Europäischer Rat**: Festlegung von Leitlinien zur Weiterentwicklung Europas
   Ministerrat/Rat der EU: Beschluss von verbindlichen EU-Verordnungen = Gesetzen
   Kommission: Ausführung der Ministerratsentscheidungen
   Europäisches Parlament: Beratung und Feststellung des EU-Haushalts
   Europäischer Gerichtshof: juristische Überprüfung von Staatsorganen, Behörden und Unternehmen in der EU, ob sie das EU-Recht beachten

6. Kernstück der EG-Agrarpolitik seit 1957 war die Sicherung und Verbesserung der Einkommen in der Landwirtschaft. Die früher üblichen jährlichen Erhöhungen der Agrarpreise als Leistungsanreiz führten zu ständig steigenden Produktionsmengen im Agrarsektor. So entstanden Überschüsse, deren Aufkauf, Lagerung und Beseitigung immer mehr Geld kostete, sodass die Mitgliedsstaaten immer mehr eigene Steuereinnahmen an die EU-Kasse abführen mussten.

   Zum Abbau der Überschüsse dienen seit Mitte der 1980er-Jahre Senkungen der Garantiepreise für bestimmte landwirtschaftliche Überschussprodukte und direkte Beschränkungen der Agrarproduktion wie Flächenstilllegungen und Milchquoten. Da aber zum Erhalt der bäuerlichen Familienbetriebe wieder ein Einkommensausgleich gezahlt wird, bleibt letztlich ein hoher Finanzbedarf für die Subventionierung der Landwirtschaft erhalten.

   Langfristig ist deshalb zu befürchten, dass die Zahl der „Agrarfabriken" weiter zunimmt und eher unrentable kleine Familienbetriebe aufgeben müssen.

7. **Früher:** Einzelne Währungen wie DM und Franc, zwischen denen ein relativ festes Wechselkursverhältnis bestand. Der Wert eines ECU ergab sich jeden Tag bis Ende 1998 als Summe des Wertes der einzelnen Währungsanteile.

   Jetzt: Nur noch eine einzige Währung: Euro (€). Die nationalen Regierungen und Nationalbanken können bei dieser Währungsunion keine eigene Geldpolitik mehr betreiben, weil es nur noch die eine verantwortliche europäische Zentralbank in Frankfurt gibt; z. B. kann Griechenland nicht (die Drachme) abwerten, um den griechischen Export zu stärken.

8. Die DM war im EWS I seit 1979 mit Abstand die stabilste Währung, das Preisniveau in den übrigen Teilnehmerstaaten ist bis 1999 um mehr als 50 % stärker gestiegen als in der Bundesrepublik Deutschland. Voraussetzungen für den Erfolg des Euro: Nur EU-Staaten dürfen an der Währungsunion teilnehmen, die eine sehr niedrige Inflationsrate und eine bewältigbare, verringerbare Staatsverschuldung haben. Die Europäische Zentralbank müsste vor jedem politischen Druck nationaler Regierungen geschützt sein. Problemlage: Die hohe Staatsverschuldung, unterschiedliche Kreditwürdigkeit und Wirtschaftslage der Eurostaaten, lockere Geldpolitik der EZB gefährden den Euro weiter.

9. Vergleich von Bundestag und Europäischem Parlament:

Bundestag	Europäisches Parlament
wählt den Bundeskanzler und kann ihn durch konstruktives Misstrauensvotum ersetzen; entscheidet damit über Regierungskoalition	hat keinen Einfluss auf Zusammensetzung des Ministerrats und nur geringen Einfluss auf die Kommission (durch „Bestätigung" der ausgesuchten Kommissare)
beschließt Gesetze	nur am Gesetzgebungsverfahren beteiligt
Untersuchungsausschüsse zur Kontrolle der Exekutive	nur Misstrauensantrag gegen Kommission möglich

10. Bürger in den Nationalstaaten müssen von den Vorteilen einer wirklichen politischen Europäischen Union überzeugt werden (Volksabstimmungen in Dänemark 1992, in Frankreich und den Niederlanden 2005 zeigten das Gegenteil); **Regierungen der Mitgliedsstaaten müssten noch mehr Befugnisse an die EU abgeben**, was von vielen Regierungen wie z. B. in GB gar nicht gewollt ist; gleichzeitig müsste der organisatorische Aufbau der EU verändert und v. a. das **Europäische Parlament** die entscheidenden Rechte der **Legislative** erhalten; **Anpassung der unterschiedlichen Sozial- und Steuersysteme** (z. B. USt. von 15 %–25 % für denselben Artikel) ist äußerst **schwierig**; das **Wohlstandsgefälle** von Nord nach Süd innerhalb der EU **erschwert eine gleichartige Wirtschaftspolitik**; in Krisenzeiten wachsen Egoismus und Nationalismus und damit Interessenkonflikte wieder an.

11. Mögliche **negative** wirtschaftliche und gesellschaftliche **Konsequenzen**

Für die EU-15	Für Beitrittsländer
Konkurrenz billiger Waren und Dienstleistungen aus und in den osteuropäischen Niedriglohnländern (z. B. Fliesenleger, Schlachter; Autos, Gaststätten)	Überschwemmung mit westeuropäischen Waren: Agrarüberschüsse und modernste Industrieproduktionen
Benachteiligung bei der Neuverteilung der Beihilfen (Subventionen) aus den EU-Fonds	Niedergang der Landwirtschaft (da zzt. bis zu 20 % Beschäftigte im primären Sektor), mehr Arbeitslose
starke Steigerung der Finanzbeiträge für die „Nettozahler" (wie BRD)	Überforderung beim Strukturwandel hin zu modernster Industrie und Dienstleistung
wachsende Arbeitslosigkeit durch Firmensitzverlagerung	„Ausverkauf" von Boden, Immobilien und Unternehmen an kaufkräftige Westeuropäer
Wirtschaftsimmigranten im Billiglohnbereich führen zu Verdrängungswettbewerb und neuem Radikalismus/Nationalismus.	Gut ausgebildete und junge Arbeitskräfte versuchen, so schnell wie möglich in den „reichen" Westen abzuwandern.
Beeinträchtigung der Handlungs- und Leistungsfähigkeit sowie Solidaritätsbereitschaft	Notwendiger Souveränitätsverzicht führt zu Anti-Europa-Haltung (EU-Parlamentswahl-„Boykott" Juni 2004 und 2009!).

Mögliche **positive** wirtschaftliche und gesellschaftliche **Konsequenzen:**

Für die EU-15	Für die Beitrittsländer
Steigerung des Exports nach Osteuropa	Vermehrte Investitionen durch Firmen aus Westeuropa fördern Wirtschaftswachstum und schaffen Arbeitsplätze.
Zuwanderung dringend benötigter Arbeitskräfte und Familien (wegen der Überalterung der westeuropäischen Gesellschaften)	Subventionen aus den EU-Fonds (Regional- und Strukturfonds) für die relativ armen Gebiete, Hebung des Lebensstandards auf längere Sicht für die gesamte Bevölkerung

Die wirtschaftliche Rückständigkeit der Beitrittsländer macht die vollzogene Erweiterung zu einer hochriskanten politischen Angelegenheit: Die Wirtschaftsleistung, gemessen in Kaufkraft-BIP* pro Einwohner im Jahr 2002 (nach Angaben von Eurostat), macht deutlich, dass es Jahrzehnte dauern wird, bis die wirtschaftliche Kluft zwischen Ost und West (= EU-15 bis 2004) abgebaut sein wird. Durch den Beitritt Rumäniens und Bulgariens 2007 und Kroatiens 2013 sind weitere „leistungsschwache" Staaten dazugekommen.

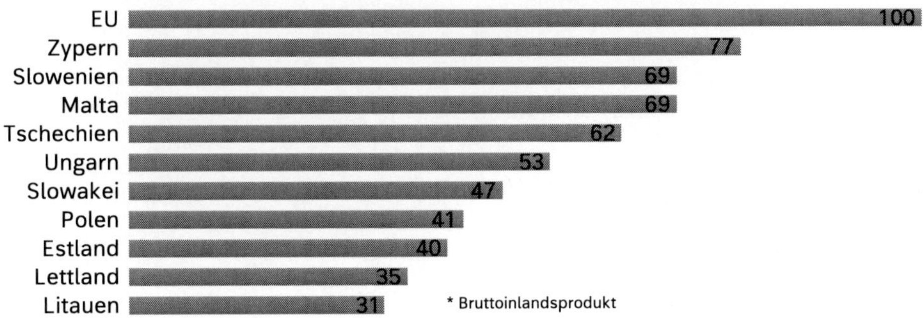

* Bruttoinlandsprodukt

3.2 Globalisierung

1. Globalisierung bedeutet, dass das wirtschaftliche Denken und Handeln international fast grenzenlos ist, egal ob es den Einkauf oder Verkauf von Produkten wie Autos, Dienstleistungen wie Versicherungen oder Devisen geht.

   Kapitalanleger (Unternehmen, Fonds etc.) investieren im Ausland, auf den internationalen Märkten, um eine höchstmögliche Rendite zu erzielen.

   Unternehmen wählen absatzstrategisch beste und zudem kostengünstige Standorte aus und versuchen dabei, ihre heimischen Qualitätsstandards zu halten.

   Viele **Konsumenten** wollen möglichst billig einkaufen, also werden zunehmend Waren aus Billiglohnländern exportiert.

   Telearbeit gewinnt immer mehr als neue Form der Arbeitsorganisation an Bedeutung, weil sich die Arbeitswelt infolge des verschärften globalen Wettbewerbs wandelt. Global handelnde Unternehmen nutzen schon jetzt die Zeitverschiebung von Kontinent zu Kontinent, um 24 Stunden lang pro Tag über das Internet tätig sein zu können.

2. **Wirtschaftliche Globalisierung:**
   - weltweite Vernetzung von Produktion, Handel und Dienstleistungen
   - gegenseitige Abhängigkeiten und Kampf um globale wirtschaftliche Vorherrschaft
   - Allgemein: alle ökonomischen und finanztechnischen Verflechtungen

3. **Kulturelle Globalisierung:**
   - ständige, wechselseitige Beeinflussung und Kenntnis fremder Kulturen
   - das daraus folgende Angleichen der Kulturen (mit allen Vor- und Nachteilen)

4. Mit dem zunehmenden Einsatz der modernen Medien und von Kommunikationssatelliten sowie der Verbreitung von Glasfaserleitungen ist die Übertragungsgeschwindigkeit von Informationen ständig gestiegen, die Welt kann zum „globalen Dorf" werden, sofern (diktatorische) Staaten nicht die Kommunikation stören oder unterbinden.

5. Z. B.
   Positiv:
   - Produktvielfalt und niedrige Preise für Konsumenten
   - gestiegene Absatzchancen der deutschen Exportindustrie
   - kostengünstiger Einkauf von Vorprodukten für die deutsche Industrie
   - eventuell Verbreitung demokratischer Staatsformen und friedlicher Verhaltensweisen

   Negativ:
   - Verlagerung von Arbeitsplätzen
   - Ausbeutung ärmerer Länder durch Industrienationen wie die BRD
   - Verlust kultureller Identität
   - Umweltverschmutzung durch wachsende weltweite Transporte

6. Singapur, Südkorea, Hongkong, Taiwan (wobei letztere zwei Staaten von der VR China als der chinesischen Nation zugehörig betrachtet werden)

3.3 Friedenssicherung und Entwicklungszusammenarbeit

1. Im ehemaligen **Jugoslawien** gab es von 1946 bis 1990 **sechs staatstragende Völker** in einem Bundesstaat, der aber tatsächlich zentralistisch von der kommunistischen Partei (Tito bis 1980) mit eindeutiger **Vorherrschaft der Serben** geleitet wurde. Diese war vor allem auf den serbisch-kommunistischen Sieg über das von Hitler-Deutschland seit 1941 abhängige Kroatien und dessen brutale Diktatur in der Verfolgung serbischer Minderheiten zurückzuführen.

   Mit dem **wirtschaftlichen Niedergang** in den 1980er-Jahren wuchs die Kritik an der Staatsführung, aber während in Slowenien Demokratisierung als Lösung angesehen wurde, machte die kommunistische Parteiführung in Belgrad Propaganda für ein neues serbisches **Nationalgefühl**. Ende 1990 verließen die Vertreter Sloweniens und Kroatiens die kommunistische Staatspartei und kündigten freie Wahlen in ihren Teilstaaten an.

   Danach kämpfte die serbische Führung mit **Gebietseroberungen** für ein großserbisches Reich („Rest-Jugoslawien"). Neben den unterschiedlich (v. a. aus der Geschichte der letzten zwei Jahrhunderte) von den einzelnen **Volksgruppen** begründeten **Gebietsansprüchen** sorgten **drei offizielle Sprachen** mit zwei Schriftarten sowie **drei Religionen** (katholische, orthodox-byzantinische und islamische) für eine Förderung der Konflikte bis zum Ausbruch offener Gewalt und brutalster kriegerischer Auseinandersetzungen.

2. Im Warschauer Pakt gab es eine eindeutige Vorherrschaft der UdSSR, und dieses Bündnis diente auch zum Zusammenhalt der **von der UdSSR abhängigen kommunistischen osteuropäischen Staaten** (Truppen des Warschauer Pakts wurden zur Niederschlagung von Reformversuchen eingesetzt: 1956 in Ungarn, 1968 in der ČSSR). Mit dem **Demokratisierungsprozess in Osteuropa** Ende der 1980er-Jahre, den VKSE-Verhandlungen 1989 und

der Hoffnung der osteuropäischen Staaten auf westliche Hilfe gab es **keine logische Begründung mehr für ein gegen die NATO gerichtetes Bündnis**.

3. INF; VKSE; START I + II: Vertrag zwischen USA und Russland über Vernichtung von ca. $\frac{2}{3}$der strategischen Nuklearwaffen (2003 erneuert, gültig bis Ende 2009), Atomwaffenteststoppvertrag, START-Nachfolgeabkommen ab 2010

4. Zunahme des Strebens von Volksgruppen/Minderheiten in Osteuropa, Afrika, Asien nach einem eigenen Staat, **Nationalismus** als Konfliktverschärfer zwischen neu entstandenen Staaten Ost- und Südosteuropas; der schlecht kontrollierbare **Waffenverkauf** (inkl. Atomsprengköpfe) aus der ehemaligen UdSSR; die weitere Aufrüstung der Nahost-Region (v. a. Saudi-Arabien, Kuwait, Iran, Syrien, Türkei) nach dem Golf-Krieg durch die USA, Russland und europäische NATO-Staaten; Ausbreitung des **islamischen Fundamentalismus; Terror- und Sabotageakte** im Auftrag von fanatischen Staatsführern; **weltweite Flüchtlingsströme** als Folge von Wirtschaftselend, Umweltzerstörung und **Bürgerkriegen**

5. Die NATO soll zu einem Sicherheitsfaktor für die inzwischen mehr als 50 OSZE-Staaten werden. Dazu könnten spezielle, schnell handlungsfähige Eingreiftruppen geschaffen werden, die regionale Konflikte eindämmen und Waffenstillstände überwachen, wenn sie von den OSZE-Staaten dazu aufgefordert werden. Auch als Kern von UNO-Truppen dürfte der NATO in den nächsten Jahren wachsende Bedeutung zukommen.

   Die Bundeswehr beteiligte sich 1989 erstmals an einem UN-Friedenstruppeneinsatz (Bundesgrenzschutzangehörige bei der Überwachung der Vorbereitung zur Unabhängigkeit Namibias) und nimmt inzwischen schrittweise an allen UN-Missionen teil. Das vereinigte Deutschland begäbe sich vermutlich in eine Außenseiterrolle innerhalb der NATO und Westeuropäischen Union (WEU), wenn es sich langfristig auf UN-Blauhelm-Einsätze und humanitäre Hilfsaktionen beschränken würde.

6. Vorbeugende Konfliktbearbeitung und Vorsorge ist humaner, billiger und politisch wirksamer (im Hinblick auf einen stabilen Frieden) als militärische Konflikteindämmung und „Nachsorge" mit Waffenstillstandstruppen und wirtschaftlicher Wiederaufbauhilfe. Eine Friedenssituation kann grundsätzlich nicht „herbeigebombt" werden, v. a. nicht bei komplexen Bürgerkriegen mit unklaren Fronten. Nicht bewaffnete, repräsentative Gruppen der Zivilgesellschaft wie einheimische Nichtregierungsorganisationen (NGOs) oder traditionelle Autoritäten müssen systematisch in einen Prozess der Aussöhnung und des Aufbaus neuer staatlicher Institutionen einbezogen werden.

7. Sicherung der Bundesrepublik vor einem Angriff mittels der NATO-Abschreckungspolitik; technische Hilfe bei der Bewältigung von Naturkatastrophen und sonstige humanitäre Hilfsaktionen

8. Verteidigungsausschuss als ständiger Ausschuss des Bundestages prüft aktuelle Entwicklungen der Bundeswehr und bereitet Sachentscheidungen wie den Beschluss über die Höhe des Bundeswehretats vor. Der Verteidigungsminister ist unabhängig von der Militärführung und entscheidet nach politischen Gesichtspunkten. Bei Bedenken gegen die Rechtmäßigkeit von Bundeswehrorgan-Handlungen (z. B. beim Waffenexport) kann der Bundestag einen Untersuchungsausschuss einsetzen. Der jährliche Bericht des vom Bundestag gewählten unabhängigen Wehrbeauftragten informiert Bundestag und Öffentlichkeit über die Situation in der Bundeswehr, insbesondere über Missstände wie die Verletzung von Grundrechten.

9. Einsatz von speziellen „Blauhelm-Bataillonen" im Rahmen der UNO-Friedenstruppen oder eines OSZE-Auftrages (Organisation für Sicherheit und Zusammenarbeit in Europa, aus der KSZE 1995 hervorgegangen); sogar die Beteiligung von Berufssoldaten und freiwillig Wehrdienst Leistenden an Kampfeinsätzen im UNO-Auftrag ist seit 1995 (Bosnien!) Fakt.

10. Wehrdienst war früher immer Ausbildung in der Bundeswehr mit dem Ziel, die Bundesrepublik Deutschland (bzw. das NATO-Gebiet) mit der Bedienung von Waffen bei einem Angriff verteidigen zu können. Im Ersatzdienst (bis 2011) erfüllten anerkannte Kriegsdienstverweigerer dem Allgemeinwohl dienende Aufgaben, vorrangig im sozialen Bereich.

11. Die/der Wehrbeauftragte und ihre/seine Mitarbeiter (Behörde) ist ein Hilfsorgan des Bundestages und wacht in dessen Auftrag über die **Innere Führung** und den **Schutz der Grundrechte**, die auch für Soldaten gelten. Wenn ein Soldat einen unzulässigen Befehl erhält oder schikaniert wird und seine Beschwerde beim Dienstvorgesetzten nicht möglich ist oder keinen Erfolg hat, kann er sich direkt beim Wehrbeauftragten beschweren. Mit der Arbeit der/des Wehrbeauftragten soll verhindert werden, dass sich in der Bundeswehr demokratiefeindliche und gesellschaftsfremde Verhaltensweisen entwickeln.

12. Höhere Motivation und Kampfbereitschaft, weil Tätigkeit als Beruf und nicht als lästige Pflicht angesehen wird; intensivere Ausbildung an komplizierten Waffensystemen möglich → daher bessere technische Beherrschung im Ernstfall; bessere Pflege der Waffen und Geräte; stärkeres Zusammengehörigkeitsgefühl; rasche Einsatzbereitschaft, da keine Mobilmachung nötig

13. Verteidigungslasten wurden auf möglichst viele Bürger verteilt; Armee konnte nicht zum „Staat im Staat" werden, weil ständiger Zugang und Abgang von jungen Wehrpflichtigen gesellschaftliche Integration sicherte; Personalkosten für Wehrpflichtige sind relativ klein; große Anzahl von Reservisten, die im Verteidigungsfall mobilisiert werden können

14. Wehrungerechtigkeit wurde immer größer: Aufgrund der ständigen Streitkräftereduzierung sank der Bedarf an Wehrpflichtigen; Einberufung zum Grundwehrdienst nur noch bis zum 23. Lebensjahr sowie Nichtverheiratete und Taugliche mit T1- und T2-Grad. Über 100.000 erfasste Wehrpflichtige wurden jährlich als nicht wehrdienstfähig eingestuft. Außerdem wurde nicht einmal jeder zweite „Einsatzfähige" als Wehrdienstleistender eingezogen. Der Motivation war das nicht förderlich (demotivierender Gedanke: „Wir dienen, andere verdienen!"). Frauen dagegen können als Freiwillige Zeit- oder Berufssoldatinnen sein.

15. Eine Gefährdung Deutschlands durch einen Angriff mit konventionellen Streitkräften ist nicht mehr vorstellbar, da alle angrenzenden Staaten Mitglied der EU und/oder NATO sind. Der Kampf gegen den internationalen Terrorismus ist eine der Hauptaufgaben geworden und wenn man davon ausgeht, dass die Gefahr von den Taliban in Afghanistan und dem verbündeten Al-Qaida-Netzwerk ausgeht, dann dient der Einsatz im Hindukusch-Gebiet im weiteren Sinn dem Schutz Deutschlands und seiner Bürger.

16. Die Bundeswehr hat das Problem, die jährlich benötigten 15.000 freiwillig Wehrdienstleistenden, die dem bisherigen geistigen Potenzial entsprechen sollten, zu gewinnen. Deshalb wird auch die Gewinnung von Zeit- und Berufssoldaten über die Wehrdienstschiene eine kaum bewältigbare Aufgabe.

Außerdem fehlen den Pflegeeinrichtungen mindestens 50.000 Ersatzdienstleistende, was sich negativ auf die Pflege und Betreuung hilfsbedürftiger Menschen auswirken wird. Der neu geschaffene freiwillige soziale Dienst („Bundesfreiwilligendienst") wird das Problem zwar verringern, aber nicht lösen.

17. • Active Endeavour (Anti-Terror-Einsatz im Mittelmeer)
    • KFOR (im Kosovo)
    • ISAF (in Afghanistan), ab 2015 Militärausbildung für Afghanen
    • Atalanta (Küste vor Somalia)

18. Im Norden der Weltkugel liegen die wohlhabenden Industriestaaten, die Mehrheit der armen Staaten dagegen im Süden. Und zwischen diesen nördlich und südlich gelegenen Staaten gibt es eine tiefe Kluft, was den Wohlstand und die Lebenschancen anbelangt. Konflikte gibt es vor allem um die Erschließung und Nutzung der Bodenschätze, aber auch um eine Weltwirtschaftsordnung, die als gerecht betrachtet werden könnte und den ärmeren Staaten eine Chance gäbe, die Kluft zu verringern. Nicht zuletzt gibt es einen Konflikt wegen der Vorherrschaft der Industriestaaten im Weltsicherheitsrat der UNO und der dort praktizierten „Weltpolitik".

19. **Innerstaatliche Faktoren:** Bevölkerungswachstum von mehr als ca.1,5 % jährlich, hohe Analphabetenrate, hohe Militärausgaben, staatsbeherrschende Oberschicht, schlechte Umweltbedingungen.

    800 Mio. Menschen leben in absoluter **Armut** mit ständigem Hunger. Eine wachsende Bevölkerung braucht mehr Nahrung, die mit entsprechendem Wissen und technischen Mitteln erzeugt werden könnte, **bei einem Bevölkerungswachstum von jährlich mehr als 90 Mio. Menschen in Südasien, Afrika und Lateinamerika** aber **kann der Nahrungsmittelanbau kaum Schritt halten**, zumal Überflutungen wie 1991 in Bangladesch oder anhaltende Dürreperioden wie in der Sahel-Zone Erntemöglichkeiten immer wieder zerstören. Wenn der Staat **zu viel Geld für Rüstung** ausgibt und deshalb die **Bildung der nachwachsenden Generation vernachlässigt**, fehlt einem Großteil der Bevölkerung die Möglichkeit, daran mitzuwirken, dass mehr Lebensnotwendiges erzeugt wird und die Wirtschaft wächst. Stattdessen wachsen die Zahlen der **von Großgrundbesitzern abhängigen Hilfskräfte** und Arbeitslosen, die in die **Slums** der großen – unregierbar gewordenen – Städte flüchten, wodurch sich die **Armut** weiter vergrößert. Bedingt durch mangelnde Bildung und Armut fehlt mehreren hundert Mio. Frauen der Zugang zu Empfängnisverhütungsmitteln. Wenn diese Entwicklung nicht umgekehrt werden kann, leben im Jahre 2030 mehr als 10 Mrd. Menschen auf der Erde. Armut wird verfestigt.

20. Europäische „Mutterländer" der **Kolonien** haben diese mit radikaler Nutzung der Bodenschätze und des fruchtbaren Landes **ausgebeutet**, die einheimische Wirtschaftsweise zerstört und mit dem **Export von Monokulturen und Rohstoffen** die Bedürfnisse des im industriellen Aufbau befindlichen Europa befriedigt.

    Langfristig verheerend: Die Macht der Industriestaaten bei der internationalen Arbeitsteilung sorgt seit vielen Jahren für niedrige oder **sinkende Rohstoffpreise** → Folgen: minimale Staatseinnahmen, noch höhere **Verschuldung** (bei steigenden Zinsen), z. T. Staatsbankrott.

21. Die materielle Kluft zwischen Nord und Süd ist größer geworden; **Auslandsverschuldung hemmt** inzwischen mehr die Entwicklung, als dass sie hilft; westliche Technologie ist oft zu

teuer, strom- und ersatzteilabhängig sowie Arbeitsplätze vernichtend; Industrialisierung hat die Steigerung der **Landwirtschaftsproduktion vernachlässigt**.

22. **Vorteile:** Entwicklungsländer, die eine militärstrategisch wichtige Lage haben und bisher für das Führen von „Stellvertreterkriegen" eingesetzt wurden, werden in solche **Ost-West-Auseinandersetzungen nicht mehr verwickelt** werden. Die Kriegsgefahr müsste sich insoweit verringern.

    Nachteile: Entwicklungsländer konnten bisher mit der Drohung, das politische Lager zu wechseln, höhere Unterstützungsleistungen erzielen – dies entfällt nun.

    Angesichts des **riesigen Bedarfs an Geld und Investitionen für den wirtschaftlichen Aufbau Osteuropas**, der für Unternehmen zum Markt der Zukunft werden kann, ist kaum mit steigenden Privatinvestitionen westlicher Unternehmen und größerer staatlicher Finanzhilfe zu rechnen. Außerdem gilt die wirtschaftliche Förderung der ehemaligen Ostblockstaaten als wichtigste Maßnahme zur Stabilisierung der jungen Demokratien. Entwicklungsländerförderung in entfernteren Weltregionen erscheint dann nicht mehr ganz so wichtig.

23. Die Gesamtzahl hungernder (Kriegs-)**Elends- und Umweltflüchtlinge** (auch innerhalb der Herkunftsländer) wird seit Jahren auf **mehrere hundert Millionen Menschen** geschätzt. Circa 20 Mio. flüchten in andere Staaten.

    Wenn nicht viele Millionen von ihnen in den „Wohlstands-Norden" flüchten sollen, v. a. nach Europa, müssen wir die Not leidenden Menschen in ihren Heimatländern unterstützen.

    Notlagen führen auch zum **Raubbau an der Natur** (z. B. Abholzen tropischer Wälder) und zum **Drogenanbau**. Weil die ökologischen Katastrophen und die Rauschgiftkatastrophe weltweit spürbar sind, muss auch von uns Abhilfe geleistet werden.

24. Bei absoluten Hungerkatastrophen ist Nahrungsmittelhilfe sicher angebracht. Wenn aber USA und EU jährlich Getreideüberschüsse verschenken, so fördert dies einerseits die **Empfängermentalität** und drückt vor allem die Preise für die einheimischen Produkte, sodass den **Bauern** wegen erlösbedingt fehlender Investitionsmittel der **Anreiz genommen wird, mehr zu produzieren**. Außerdem wird die Regierung eines Entwicklungslandes nicht gezwungen, den Agrarsektor zu reformieren, sodass die **Unterversorgung mit Nahrungsmitteln zum Dauerproblem wird**. Schädlich ist auch die **Veränderung der Verzehrgewohnheiten**, die von der heimischen Produktion nicht befriedigt werden können (Weizenanbau ist klimabedingt z. B. nicht möglich), sodass sich die **Abhängigkeit von den Geberländern weiter verstärkt**.

25. **Kirchliche Nichtregierungsorganisationen (NGOs):** Brot für die Welt, Misereor, Caritas; Weitere NGOs: Rotes Kreuz, Dt. Welthungerhilfe, Ärzte ohne Grenzen, terre des hommes

26. Die fünf ständigen Mitglieder des UN-Sicherheitsrats haben ihre Machtstellung unverändert seit 1945, entscheidend bedingt durch die Situation nach Ende des II. Weltkrieges. Seine Zusammensetzung spiegelt die politischen und wirtschaftlichen Machtverhältnisse der heutigen Welt nicht wider. Das Vetorecht ist in der Vergangenheit oft zur Durchsetzung nationaler Interessen der „Großmächte" USA, Russland und China missbraucht worden.

27. Von etwa 150 Mio. Migranten weltweit ist ein Teil auf der Suche nach besseren Arbeits- und Lebensbedingungen (sie sind sogenannte „Wirtschaftsflüchtlinge"). Für die meisten

Flüchtlinge ist die direkte Lebensbedrohung durch Hunger, Umweltzerstörung, Enteignung, Landvernichtung, Krieg und Verfolgung (v. a. politisch, religiös) der Hauptgrund für die Migration (Flucht, Wanderungsbewegung). 25 bis 30 Mio. Menschen sind „Binnenflüchtlinge", die vertrieben werden, aber keine Staatsgrenzen überschreiten.

28. Die G8-Staaten sind Deutschland, Frankreich, Großbritannien, Italien, USA, Kanada, Japan (= westliche G7 seit Mitte der 1970er-Jahre) sowie Russland, sie erzeugen 54 % des Welt-BIPs. Die Themen der „Weltwirtschaftstreffen" sind inzwischen auch Klimawandel und Atomwaffenkontrolle. Wichtiger werden die G20 mit den aufstrebenden Schwellenländern China, Indien, Brasilien, Indonesien und 80 % BIP-Anteil. Kritik von NGOs an den Gipfeltreffen wird wegen weltweit vorhandener Verarmung und Umweltzerstörung geübt.

29. Erfolge und Misserfolge bei den UN-Millenniumszielen für das Jahr 2015: 130 Mio. Menschen wurden in den letzten Jahren aus extremer Armut (weniger als 1,25 USD/Tag) befreit, aber 60 Mio. Menschen verarmten durch die Weltwirtschaftskrise wieder extrem. 1,2 Mrd. Menschen sind arm. Statt angestrebter Grundschulbildung für alle haben mindestens 110 Mio. Kinder keinen regelmäßigen Unterricht.

4 Prüfungsaufgaben (neuer Lehrplan)

Prüfungsaufgaben Winter 2017/2018 (verändert)

1. Z. B.
   - Ich bin durch mein Ausbildungsgehalt bis zu einem gewissen Grad finanziell unabhängig.
   - Ich habe reale Verantwortung übernommen, wodurch mein Selbstbewusstsein gestärkt wurde.
   - Ich habe gelernt, Kritik anzunehmen und diese konstruktiv umzusetzen.

2. Die Anforderungen unserer modernen und sich wandelnden Arbeitswelt erfordern ein lebenslanges Lernen, z. B. (abhängig von Branche und Arbeitsplatz-Angebot):
   - Der technische Fortschritt in meinem Unternehmen bedingt, dass ich mich beständig weiterbilde, insbesondere den Umgang mit neuer oder aktualisierter Software übe.
   - Um neue Urteile und Gesetze anwenden zu können, studiere ich deren Kerninhalt über die jeweils zur Verfügung stehenden Medien.
   - Mein Unternehmen setzt verstärkt auf internationale Zusammenarbeit, sodass ich mich mit anderen Kulturen auseinandersetzen und in ihnen zurechtfinden muss, um im Kundenkontakt professionell agieren zu können.

3.1 Z. B.

Familienrolle Tochter/Sohn: Als Tochter/Sohn bin ich Teil eines Familienverbundes, in dem gegenseitige Unterstützung und Hilfestellung erwartet wird.

Rolle in der Gesellschaft (Freundin/Freund): Als Freundin/Freund bin ich Teil einer Peergroup, in der man sich untereinander austauscht.

3.2 Z. B.

Konflikt zwischen meiner Rolle als Auszubildende/-r und meiner Rolle als Vereinsvorstandsmitglied: Einerseits sollte ich bei einer wichtigen abendlichen Sitzung nicht fehlen, andererseits steht jedoch am nächsten Tag sehr früh ein wichtiger Kundentermin im Betrieb an, bei dem ich ausgeruht und fit sein sollte. Der Rollenkonflikt besteht darin, dass ich „zwischen den Stühlen sitze“ und mich entscheiden muss: Entweder der Sitzung als Vorstandsmitglied fernbleiben oder es riskieren, am nächsten Tag im Betrieb zu spät zu kommen und keine gute Leistung abzuliefern.

Möglicher Lösungsweg: Rollenkonflikt ansprechen und mit Beteiligten Kompromisse finden, z. B. die Sitzung nach Absprache früher zu verlassen.

4.1
- Es gibt jetzt ein Lohngleichheitsgebot für gleichwertige Arbeit bei Männern und Frauen.
- Beschäftigte (weiblich oder männlich) sollen in Betrieben ab 200 Mitarbeitern in Zukunft Auskunft darüber erhalten können, wie viel ihre Kollegen bei gleicher bzw. gleichwertiger Arbeit im Durchschnitt verdienen.
- Betriebe ab 500 Mitarbeitern müssen regelmäßig einen Bericht zur Lohngleichheit vorlegen.
- Die Beschäftigten müssen sich selbst um die Auskunft bemühen und können dabei ihren Betriebsrat einschalten.

4.2 Z. B.

Pro:

- Im Zuge der Gleichberechtigung, wie sie auch Artikel 3 des Grundgesetzes festlegt, besteht Handlungsbedarf, da Frauen (im gleichen Beruf) statistisch 21 Prozent durchschnittlich weniger verdienen. Wenn man berücksichtigt, dass in Branchen, in denen vorwiegend Frauen arbeiten, generell weniger bezahlt wird und auch Tarifverträge entsprechend ungünstiger sind, bleiben trotzdem selbst innerhalb der Branchen sicher Benachteiligungen um die sieben Prozent bestehen. Eine grundgesetzkonforme Regelung war also längst fällig.
- Das Wissen um ungerechte Behandlung (Bezahlung) ist für die Arbeitsmotivation von Frauen schädlich und kann nicht im Interesse der Unternehmen sein.
- Durch die zu erwartende Transparenz der Gehälter fühlen sich Frauen, die sich erfahrungsgemäß bei Gehaltsverhandlungen eher zurückhaltend äußern, ermutigt, ihren Forderungen berechtigt Nachdruck zu verleihen.

Kontra:

- Durch die gesetzlichen Vorgaben, Durchschnittsgehälter nennen zu müssen, könnte es Unruhe in Betrieben geben, wenn auf einmal etliche Beschäftigte erfahren wollen, wie viel jeder einzelne Kollege im Detail verdient, obwohl diese spezielle Auskunft gar nicht vorgesehen ist. Außerdem stellt dieses neue Gesetz zum wiederholten Male eine Erweiterung der bürokratischen Auflagen dar.
- Für viele Frauen ist das Gesetz nicht hilfreich, da sie in Klein- und Mittelstandsbetrieben mit weniger als 200 Beschäftigten arbeiten und daher kein Auskunftsrecht haben.
- Wenn im Betrieb, wie im Dienstleistungsbranchen häufig, überwiegend Frauen arbeiten und keine sechs Männer gleichwertige Tätigkeiten ausüben, nützt das neue Gesetz den Frauen ebenfalls nichts.

Prüfungsaufgaben Sommer 2018 (verändert)

1. Z. B.
   - Menschen verlassen ihre Heimat, weil in dem betreffenden Land Krieg herrscht, das Leben der Familie bedroht ist und sie keine Zukunft in dem Land mehr sehen.
   - Naturkatastrophen und Klimaveränderungen mit anhaltender Dürre einerseits, anhaltende Zerstörungen durch Wirbelstürme und großflächige Überflutungen andererseits zerstören die Lebensgrundlage in manchen Weltregionen.
   - In manchen Staaten wird die freie Meinungsäußerung zunehmend unterdrückt, Regimekritiker werden politisch verfolgt und können sich vor Verhaftung und Misshandlung nur in eine Demokratie flüchten.
   - Armut und wirtschaftliche Perspektivlosigkeit veranlassen Menschen in ein wirtschaftlich reiches Land zu flüchten, in der Hoffnung, dort zu etwas Wohlstand zu gelangen und von dort aus zu Hause gebliebene Verwandte zu unterstützen.

2. Z. B.
   - Im Jahr 1995 liegt die Zahl der Asylerstanträge bei 128.000, sinkt danach konstant auf 19.000 im Jahr 2007. Danach steigt die Zahl wieder an.
   - Der Wert von 1995 wird erstmals im Jahr 2014 mit 173.000 überschritten.
   - Im Jahr 2015 wächst die Zahl der Erstanträge gewaltig auf 442.000.
   - Die mit Abstand meisten Schutzsuchenden im Jahr 2015 stammen aus Syrien (158.657).

3. [...]

4.1 Ein Parteienverbot ist nach dem aktuellen Urteil des Bundesverfassungsgerichts nur möglich, wenn von einer Partei eine akute Gefahr für die freiheitlich-demokratische Grundordnung ausgeht, d. h., die extremistische Partei muss eine realistische Chance haben, an die Macht zu kommen und dann ihre Ideologie durchsetzen zu können.

1956 war es dem Bundesverfassungsgericht nicht wichtig für ein Verbot, ob eine verfassungswidrige Partei erfolgreich ist oder bald werden könnte. Maßstab für das Verbot der KPD war allein, dass sie aggressiv-kämpferisch die Wertvorstellungen im politischen Meinungsbildungsprozess auf ihre verfassungsfeindliche Ideologie hin beeinflussen wollte.

4.2 Das Bundesverfassungsgericht urteilte durchaus **mutig**, weil es anscheinend darauf vertraut, dass die Demokratie nach rund 70 Jahren so stark in der Bevölkerung verwurzelt ist, dass extreme Parteien immer nur eine parlamentarische Nebenrolle spielen werden, die Demokratie also nicht ernsthaft in Gefahr bringen können. Das Urteil, die NPD nicht zu verbieten, kann aber auch angesichts unserer Geschichte der Weimarer Republik als **leichtsinnig** betrachtet werden, wenn man sich daran erinnert, wie die NSDAP von einer unbedeutenden Splitterpartei innerhalb von zwei Jahren zur zweitstärksten und innerhalb von gut vier Jahren zur Regierungspartei wurde.

5. Z. B.
- Extremistischen Gruppen fehlt die Toleranz gegenüber Andersdenkenden, so werden andere Meinungen und Verhaltensweisen nicht akzeptiert und mit allen Mitteln zu unterbinden versucht.
- Die eigenen Mitglieder werden häufig unter Druck gesetzt und so zu einem gruppenkonformen Verhalten und Denken gezwungen.
- Weil Extremisten sich an einer für sie allein gültigen Weltanschauung ausrichten, zeichnen sie sich durch eine Gewaltbereitschaft aus, die sich teilweise in brutalem Agieren gegenüber Andersdenkenden ausdrückt.

6. Z. B.
- **Integration:** Ein Ausbildungsbetrieb, der sich freiwillig verpflichtet, eine bestimmte Anzahl an Geflüchteten auszubilden, erhält als Anreiz dafür eine Prämie vom Staat (z. B. über die Agentur für Arbeit). Statt unbeschäftigt „herumzusitzen“ erhalten sie eine strukturierte Beschäftigung mit Zukunftsperspektive nach abgeschlossener Ausbildung. Gleichzeitig bringen die menschlichen Begegnungen in den Betrieben kulturellen Austausch und fast zwangsläufig die Verbesserung der Deutschkenntnisse, die wichtige Voraussetzung für eine gelingende Integration sind.
- **Kampf gegen Extremismus:** Die Landesparlamente sollten beschließen, dass in der Schule mehr Politikunterricht stattfindet, unter anderem, um sich mit aktuellen politischen Geschehnissen zu beschäftigen, zu diskutieren und sich der gemeinsamen Werte zu versichern. Außerdem können kontroverse Meinungen offengelegt und mit Fakten verglichen werden, Experten (evtl. auch Zeitzeugen) hinzugezogen und Probleme so realitätsnah wie möglich beleuchtet werden. So könnte extremistischen Einstellungen bei Jugendlichen argumentativ begegnet und dem Abgleiten in Extremismus vorgebeugt werden.

Prüfungsaufgaben Winter 2018/2019 (verändert)

1. Z. B.
   - Nach einer Studie des DIW gab es im Jahr 2016 ca. 1,8 Mio. Beschäftigte, die trotz berechtigtem Anspruch keinen (damals gültigen) gesetzlichen Mindestlohn von 8,50 EUR bekamen.
   - Beim Heranziehen der tatsächlichen statt der vertraglichen Arbeitszeit kam das DIW sogar auf 2,6 Mio. unterbezahlte Beschäftigte.
   - Diese Ergebnisse weichen erheblich von den Ergebnissen des Statistischen Bundesamtes ab, das von maximal einer Million Beschäftigten ausgeht, die keinen Mindestlohn erhielten.
   - Insbesondere Minijobber, Beschäftigte in kleinen Betrieben, Ausländer*innen und grundsätzlich Frauen bekamen häufig weniger als den Mindestlohn.
   - Keinen gesetzlichen Anspruch auf Mindestlohn haben zum Beispiel Auszubildende, Praktikanten, Langzeitarbeitslose, die danach wieder einen Job finden, oder mithelfende Familienangehörige.

2. [...]

3. Niedrige Löhne bedeuten geringe Beitragszahlungen für die Rentenversicherung, Krankenversicherung, Arbeitslosenversicherung und Pflegeversicherung. Da Millionen Beschäftigte Geringverdiener sind, fehlen den Sozialkassen auf lange Sicht notwendige Einnahmen. Zum Beispiel könnten die Krankenkassen darunter leiden, dass den von den Kassen zu tragenden Krankheitskosten zu wenige Einnahmen gegenüberstehen. Dies wiederum könnte Leistungskürzungen oder Beitragserhöhungen zur Folge haben.

   Zu geringe Löhne sind natürlich auch für den einzelnen Beschäftigten ein großes Problem. Infolge der geringen Einzahlungen über eine lange Lebensarbeitsphase haben Geringverdiener kaum Rente zu erwarten, die über der Grundsicherung liegt. Manche Rentenexperten sehen eine große Altersarmut auf die Gesellschaft zukommen, wenn die Geringverdiener ihren Ruhestand antreten. Diese könnte dann nur von höheren Zuschüssen an die Rentenversicherungsträger aus Steuermitteln verhindert werden.

4.1 Z. B.
   - Die Gewerkschaften könnten Arbeitnehmer*innen zur Teilnahme an einer Demonstration aufrufen (z. B. mit der Forderung gerechter Löhne). Durch die große mediale Aufmerksamkeit kann (moralischer) Druck auf die politischen Entscheidungsträger*innen ausgeübt werden.
   - Eine weitere Möglichkeit ist durch die Doppelfunktion von Verbands- und Parteimitgliedschaft gegeben. Durch die Mitarbeit in den Parteigremien kann Einfluss auf das Parteiprogramm oder Gesetzesvorschläge genommen werden (z. B. Gewerkschaftsvertreter oder Unternehmer bringen entsprechende Formulierungen ein).
   - Die Gewerkschaften könnten vor einer wichtigen Wahl das Aussprechen einer Wahlempfehlung für gewerkschaftsfreundliche Parteien androhen bzw. durchführen, um auf diese Weise den Druck auf Entscheidungen von Parteien zu erhöhen.
     Wenn Verbände mit entgegengesetzten Interessen ähnlich stark auftreten, kann das allerdings durchaus zu brauchbaren Kompromissen führen.

4.2
- Verbände haben keine demokratische Legitimation zur Herrschaftsausübung und schwächen durch eine Einflussnahme auf die Gesetzgebung das Vertrauen der Bürger*innen in das Parlament und die Demokratie.
- Einflussreiche Verbände verfolgen häufig Eigeninteressen und können dadurch Entscheidungen zum Nachteil der Allgemeinheit bewirken. (Zum Beispiel kann ein hoher Mindestlohn die Existenz von Kleinbetrieben, die kaum Gewinn erzielen, gefährden. Und deshalb würde dann die Einstellung von Mitarbeitern für einfache Tätigkeiten zurückgehen, also das Gegenteil der gewünschten Arbeitnehmerförderung erreicht. Mit dieser Argumentation könnten die Vertreter der Unternehmen, wie die Arbeitgeberverbände, arbeiten.)

5. **Argumente für einen flächendeckenden Mindestlohn ohne Ausnahmen:**
- Meiner Ansicht nach sollte es einen flächendeckenden Mindestlohn ohne Ausnahmen in einer Höhe geben, die es ermöglicht, dass Menschen von ihrer Arbeit leben können. Ohne einen solchen Mindestlohn müssten viele Menschen neben ihrem Hauptjob noch mehrere Minijobs annehmen, um ohne staatliche Unterstützung auszukommen.
- Auszubildende erledigen ähnliche Aufgaben wie die fest angestellte Belegschaft und erhalten nicht einmal den Mindestlohn. Praktikanten arbeiten oft gänzlich ohne Entlohnung, (Schein-)Selbstständige wie Paketfahrer für diverse große Logistiker arbeiten häufig zu Einkommen unter 8,00 EUR pro Stunde. Die Gefahr von Lohndumping (z. B. durch ausländische Fahrer) ist offensichtlich. Die diversen Ausnahmen im Mindestlohngesetz können daher dem Abbau regulärer Arbeitsverhältnisse dienen und passen nicht zu einem sozialen Staat, wie ihn das Grundgesetz festlegt.

Argumente gegen einen flächendeckenden Mindestlohn ohne Ausnahmen:
- Meiner Ansicht nach sollten etliche Ausnahmen bestehen bleiben. Zum Beispiel sind Langzeitarbeitslose nach Aufnahme einer Beschäftigung häufig nicht so produktiv und benötigen daher Unterstützung seitens des Mitarbeiterteams und der Geschäftsführung. Müssten alle Unternehmen auch in solchen Fällen den Mindestlohn bezahlen, würde die Bereitschaft zur Einstellung von Langzeitarbeitslosen sinken.
- In manchen Branchen könnten die höheren Lohnkosten eine Verteuerung von Produkten zur Folge haben. In der Metallindustrie, insbesondere im Automobilbau, wo der Lohnkostenanteil oft unter 20 % liegt, sind Lohnerhöhungen (erreicht dank starker Gewerkschaften) leichter zu verkraften und deshalb gibt es auch Tarifverträge, die weit über dem Mindestlohn-Niveau liegen. Wenn aber in kleineren Betrieben mit hohem Lohnkostanteil eine Verteuerung der Produkte (Waren und Dienstleistungen) die Folge davon ist, dass auch für einfachere Tätigkeiten ein hoher Mindestlohn gezahlt werden muss, dann kann dies für die Unternehmen existenzgefährdend werden, denn Preiserhöhungen werden in der Regel von den Kunden nur eingeschränkt akzeptiert. Das gilt v. a. dann, wenn die Unternehmen ausländische Konkurrenten haben, die keinen oder nur einen niedrigen Mindestlohn haben.

1 Prüfungsaufgaben Wirtschafts- und Sozialkunde Sommer 2019

Aufgabe 1 (verändert): In Ausbildung und Beruf orientieren

1.1 Leistungen, z. B.:
- Altersrente: Leistung der Rentenversicherung bei Erreichen des Renteneintrittsalters
- Erwerbsminderungsrente: Leistungen der Rentenversicherung vor Erreichen des Renteneintrittsalters bei Erwerbsminderung
- Übernahme der Kosten für Rehabilitationsmaßnahmen zur Wiederherstellung der Erwerbsfähigkeit

1.2.1 Z. B.
- Die Menschen werden immer älter, die Lebenserwartung, die Rentenbezugsdauer, aber auch die Kosten für Krankheit und Pflege steigen.
- Der Anteil der über 60-Jährigen steigt kontinuierlich.
- Der Anteil der 20- bis 60-Jährigen geht zurück.
- Der Anteil der unter 20-Jährigen geht stark zurück.
- Es kommen immer weniger junge Arbeitnehmer nach, die für immer mehr ältere Menschen aufkommen müssen.
- Die Geburten werden nicht ausreichen, um diesen Trend umzukehren.

1.2.2 Z. B.
- staatlich geförderte private Altersvorsorge (Riester-Rente)
- betriebliche Altersvorsorge (Entgeltumwandlung)
- private Rentenversicherung (kapitalgedeckte Rente)
- Wohneigentum

1.3 **Zu Frage 1:**
Die erste Pause liegt zu früh (30 Min. nach Arbeitsbeginn), der Jugendliche wird mehr als viereinhalb Stunden am Stück beschäftigt (von 08:15 Uhr bis 13:00 Uhr), die Gesamtlänge der Pause ist zu kurz (45 Min. statt 60 Min.) (§ 11 JArbschG).

Zu Frage 2:
Da der Berufsschultag vor 09:00 Uhr beginnt, ist eine Beschäftigung des Auszubildenden im Betrieb von 07:00 Uhr bis 08:00 Uhr nicht erlaubt (§ 9 JArbSchG).

1.4.1 [...]

1.4.2 **Folgen für den Arbeitgeber,** z. B.:
Für den Arbeitgeber können sich negative finanzielle Folgen durch den krankheitsbedingten Ausfall von Arbeitnehmern ergeben, da Aufträge nicht oder nicht fristgerecht ausgeführt werden können. Die Nichteinhaltung von Arbeitsschutzvorschriften kann außerdem das Betriebsklima verschlechtern und die Arbeitsergebnisse negativ beeinflussen.

Folgen für den Arbeitnehmer, z. B.:
Für den Arbeitnehmer kann die Nichteinhaltung der Arbeitsschutzvorschriften zu negativen gesundheitlichen Folgen führen. Er wird eventuell überbelastet, was sich wiederum auf die Gesundheit auswirken kann. Darüber hinaus kann es durch die fehlende Fürsorge des Arbeitgebers zu Motivationsproblemen des Arbeitnehmers kommen.

Aufgabe 2 (verändert): Wirtschaftspolitik

2.1 **Indikatoren:**

- Wachstum des Bruttoinlandsproduktes 2,4 % 2018, 2019 voraussichtlich 1,9 %
- Inflationsrate 2017 bei 1,8 %; 2018 und 2019 bei voraussichtlich 1,7 %

Die Einschätzung der Konjunkturphase zeigt, dass das Wachstum in Prozent sinkt, die Inflationsrate ist von 2017 auf 2018 auf 1,7 % gesunken, blieb dann gleich. Die Indikatoren deuten auf eine Boom-Phase hin.

2.2 Schülerabhängige Antwort:
Der Staat hat aufgrund des Wirtschaftswachstums in den letzten Jahren hohe Steuereinnahmen erzielt. Deshalb könnte man davon ausgehen, dass wichtige strukturelle Maßnahmen wie z. B. Straßen- und Brückenbau ab 2019 durchgeführt werden. Andererseits könnten aber auch die Tilgungen der Staatsschulden erhöht werden und so bliebe kein Geld für staatliche Aufträge übrig.

2.3
→ Die niedrigen Leitzinsen ermöglichen den Geschäftsbanken eine günstige Refinanzierungsmöglichkeit für ihren Kreditbedarf.
→ Diese können sie an ihre Kunden mit niedrigeren Kreditzinsen weitergeben.
→ Dadurch können die Bankkunden Immobilien günstiger finanzieren.
→ Die Nachfrage nach bestehenden Immobilien und Neubauten wird steigen.

2.4 2019 könnten sich Investitionen noch lohnen, wenn die Boom-Phase anhält und so zusätzliche Aufträge hereinkommen. Dagegen spricht, dass 2020 schon eine Rezession zu Auftragsrückgängen führen könnte und Investitionen sich dann nicht rentieren, da die zusätzlichen Kapazitäten nicht ausgelastet wären.

2.5 Schülerabhängige Antwort:
Die Renninger Hoch- und Tiefbau GmbH könnte mit Leiharbeitskräften arbeiten, die kurzfristig Zusatzaufträge erledigen könnten und dann wieder das Unternehmen verlassen. Auch Überstunden sind eine kurzfristige Lösung, die aber zu Überstundenzuschlägen führen und so zusätzliche Kosten erzeugen.

2 Prüfungsaufgaben Gemeinschaftskunde Sommer 2019

Aufgabe 1

1.1 Z. B.

Nach den schrecklichen Erfahrungen des Zweiten Weltkrieges entsprach es dem Wunsch aller Europäer, einen Kontinent des Friedens zu schaffen. Ausgehend von der notwendigen wechselseitigen Kontrolle der Eisen- und Stahlindustrie als bisheriger materieller Hauptquelle für Rüstungsgüter, wurde 1951 die Europäische Gemeinschaft für Kohle und Stahl (EGKS) gegründet. Die EGKS war der erste Vorläufer der heutigen Europäischen Union – ihr gehören die sechs „Gründerstaaten" Deutschland, Frankreich, Italien, Belgien, Niederlande und Luxemburg an.

1958 begann der Aufbau der EWG (Europäische Wirtschaftsgemeinschaft), die den Warenhandel innerhalb der Mitgliedsstaaten vereinfachte und förderte, mit dem langfristigen Ziel, einen kompletten Binnenmarkt für alle Güter und Dienstleistungen zu errichten, was 1993 mit der Umbenennung und Umfunktionierung zur EU (nach dem Maastrichter Vertrag) schließlich erreicht war.

Von 1973 („Norderweiterung"), mit dem Beitritt Großbritanniens, Irlands und Dänemarks, bis 2013 (vorläufiger Abschluss der „Osterweiterung"), mit dem Beitritt Kroatiens, hat sich die EU auf 28 Staaten vergrößert.

Alle fünf Jahre finden seit 1979 direkte Wahlen zum Europäischen Parlament statt, dessen Bedeutung zunehmend gewachsen ist und welches wesentlich an der „Gesetzgebung", der Schaffung von EU-Recht beteiligt ist.

Im Jahr 1999 wurde der Euro in elf Mitgliedsstaaten als gemeinsame Währung eingeführt. Der Euro ist seit 2015 in 19 Staaten das alleinige Zahlungsmittel.

1.2 Z. B.

- Die EU schützt mich als Verbraucher, indem ich beim Einkauf eine weitgehend brauchbare Kennzeichnung von Lebensmitteln und Inhaltsstoffen erhalte, EU-weite Gewährleistungsregeln habe und die Preisvorteile durch freien Einkauf in anderen EU-Staaten nutzen kann (auch beim Einkauf über das Internet).
- Innerhalb der EU kann ich arbeiten, wo ich will, egal ob als Angestellte/-r oder Selbstständige/-r.
- Bei Reisen gibt es für mich innerhalb der EU in der Regel keine Grenzkontrollen, was man beispielsweise an europäischen Flughäfen an der entsprechenden Beschilderung („Durchgang nur für EU-Bürger") erkennen kann. Außerdem kann ich als EU-Bürger vergleichsweise leicht ein Visum für fast alle Staaten erhalten, die ein Einreisevisum verlangen, während das für Bürger anderer Staaten aus Eurasien (z. B. Ukraine, Weißrussland) sehr schwer oder unmöglich sein kann.
- Mein Ausbildungsabschluss muss überall in der EU anerkannt werden und diskriminiert mich nicht gegenüber anderen EU-Bürgern.
- Die Obergrenze für Preise beim mobilen Telefonieren werden EU-weit geregelt und die Preise sind (gemessen an gleicher Leistung) in den letzten Jahren deutlich gesunken.
- Wenn ich in den 18 anderen EU-Staaten mit Euro-Währung Urlaub mache, brauche ich kein Geld zu wechseln und kann deshalb auch leicht das Preisniveau vergleichen.

Aufgabe 2 (verändert)

2.1 Z. B.

Ausgangspunkt des Migrationspaktes ist die Situation von mehreren hundert Millionen Migranten weltweit, deren Wohnsitzveränderung und Lebenssituation häufig durch Chaos, Ungewissheit und Willkür geprägt ist. Der Pakt will illegale und ungeordnete Migration vermindern mithilfe abgestimmter internationaler Zusammenarbeit. Migration soll sicherer gemacht werden, zum Nutzen möglicher Vorteile für beide Seiten (Einwanderungs- und Auswanderungsstaaten).

Wenn es gelingt, mit Unterstützung der reicheren Staaten die Armut in den bisherigen Herkunftsländern der Migranten zu bekämpfen, sorgt dies für verminderte Migration und erhöht den Lebensstandard dort. Um irreguläre Migration zu verhindern, sollen nicht nur Schleuser bekämpft und die Staatsgrenzen besser kontrolliert werden, sondern auch Angebote für eine geordnete Migration geschaffen werden.

Die Migranten haben Anspruch auf Achtung ihrer Menschenrechte, wozu auch eine angemessene Grundversorgung (vom Essen bis zur Gesundheitsversorgung) gehört.

2.2 [...]

Aufgabe 3

3.1 Der Sicherheitsrat der Vereinten Nationen hat 15 Mitglieder, darunter fünf ständige und zehn nichtständige. Die fünf ständigen Mitglieder USA, Großbritannien, Frankreich, China und Russland (als Nachfolgestaat der UdSSR) gehören dem Gremium seit der Gründung der UN 1945 an und haben als Siegermächte des Zweiten Weltkriegs mit dem sogenannten Vetorecht besondere Kompetenzen: Jeder dieser Staaten kann alleine Beschlüsse des Sicherheitsrates verhindern. Die übrigen zehn Sitze werden von den nichtständigen Mitgliedern besetzt, die nach einem bestimmten Regionalschlüssel jeweils für zwei Jahre von der Generalversammlung gewählt werden: Drei Sitze entfallen auf afrikanische Staaten – je zwei auf Staaten aus Asien, Lateinamerika sowie Europa (inkl. den übrigen Staaten der Welt) sowie einer auf Länder aus Osteuropa.

3.2 Z. B.

Was in Syrien 2011 im „arabischen Frühling“ mit Protesten gegen das autoritäre Regime Baschar Al-Assads begann, ist zu einem der komplexesten Konflikte der jüngeren Geschichte geworden. Der Krieg, der mehr als 400.000 Menschen getötet, mehr als eine Millionen Menschen verletzt, verstümmelt und verkrüppelt, und mehr als zehn Millionen zu Flüchtlingen gemacht hat, umfasst heute mehrere Auseinandersetzungen zwischen Akteuren aus unterschiedlichen Ländern, politischen, religiösen und ethnischen Gruppen.

An der Seite von Assad kämpfen seit Jahren auch russische Streitkräfte, die libanesische Hisbollah sowie schiitische Milizen, die vom Iran unterstützt werden. Die schwierige Situation wird durch einen weiteren Konflikt in der Region verschärft: Die Türkei kämpft gegen syrisch-kurdische Milizen der YPG im Norden Syriens an der Grenze zur Türkei.

Beim jahrelangen Kampf gegen den sogenannten Islamischen Staat (IS) in Syrien handelt es sich um keinen offiziellen Krieg gegen einen Staat, sondern eher gegen eine Terrororganisation, die im Zusammenhang mit der Opposition gegen Assads Regime entstanden ist.

Es gab mehrere Sicherheitsresolutionen der UN, die meisten wurden durch ein Veto Russlands oder auch der USA abgelehnt, insbesondere weil einflussreiche Regionalmächte, wie eben auch Russland, versuchen, ihre Interessen in Syrien v. a. militärisch zu sichern, anstatt sich für eine friedliche Konfliktbearbeitung einzusetzen.

Weil die UN nicht zu einem gemeinsamen Beschluss, insbesondere zum Einsatz von Truppen kam, haben sich auch die drei westlichen ständigen Mitglieder des Sicherheitsrates zweimal für direkte militärische Interventionen mittels ihrer Luftwaffe entschieden, z. B. nach dem mutmaßlichen Einsatz von Chemiewaffen durch das Assad-Regime. Die UNO hat keine eigenen, selbstständigen Truppen, was sie erheblich vom Willen einzelner Staaten abhängig macht, Truppenkontingente bereit zu stellen.

Ein sinnvolles, effektives Eingreifen der UNO in solch einem vielschichtigen Konflikt ist kaum möglich, weil einerseits die Konfliktparteien nicht klar zu unterscheiden sind, es sich teilweise um nichtstaatliche oder halbstaatliche Konfliktgegner in einem „Bürgerkrieg“ handelt und sich im Sicherheitsrat die Vetomächte Russland und USA gegenseitig blockieren.

3.3 Z. B.

In meinem persönlichen Umfeld kommen sowohl die Familie als auch die persönliche Umgebung am Arbeitsplatz infrage. In der Familie sind ja immer wieder Entscheidungen zu treffen, wer welche Aufgaben übernimmt. Das betrifft einerseits die Beziehungen zwischen den Partnern selber, andererseits auch die zu den Kindern. Als junger Erwachsener, der noch im Haushalt der Eltern wohnt, kann ich entsprechend meinen Fähigkeiten und finanziellen Verhältnissen zu einer fairen Aufgabenübernahme bei Lebensmitteleinkauf, Reparaturen u. a. beitragen. Bei möglichen Konflikten kann ich die Interessen der anderen Familienmitglieder als genauso wichtig wie meine eigenen achten, statt rücksichtslos die eigenen durchzusetzen, auch wenn es nur z. B. um Passivität bei der Haushaltsführung geht, um mehr Freizeit zu haben.

Im Kreis der Mitarbeiter/-innen kann ich für einen Interessenausgleich sorgen, wenn Benachteiligungen bestimmter Gruppen erkennbar werden (z. B. Migranten, Frauen), für einen offenen Dialog untereinander sorgen und gemeinsame Anliegen bei Vorgesetzten vortragen. Ganz besonders wichtig ist es, vor allem mit denen ins Gespräch zu kommen, die aufgrund von Aussehen, Benehmen, Religionszugehörigkeit so ganz anders zu sein scheinen. Dabei ist es das Ziel, Gemeinsamkeiten zu entdecken und zu fördern, Vorurteile abzubauen, das Unterscheidende zu achten, immer für die Menschenrechte bewusst einzutreten. Meinungsverschiedenheiten können dann sehr fruchtbar sein für die Suche nach einer für beide Seiten akzeptablen Haltung, die dann zum Vorbild für weitere, größere gesellschaftliche Gruppen werden kann. Positive Erfahrungen kann ich deshalb (durchaus mutig) in den sozialen Netzwerken verbreiten.

Bildquellenverzeichnis

Deutscher Industrie- und Handelskammertag e.V., Berlin: S. 32